El horizonte que nos prometimos

MARINA GRECO

El horizonte que nos prometimos

Grijalbo

Penguin
Random House
Grupo Editorial

Primera edición: enero, 2024

© 2024, Marina Greco
© 2024, Penguin Random House Grupo Editorial, S. A. U.
Travessera de Gràcia, 47-49. 08021 Barcelona

Printed in Spain – Impreso en España

ISBN: 978-84-253-6664-2
Depósito legal: B-17.902-2023

Compuesto en Llibresimes

Impreso en Black Print CPI Ibérica
Sant Andreu de la Barca (Barcelona)

GR 6 6 6 4 2

A Adrià.
Yo solo quería escribir un libro para poder dedicártelo

PRIMERA PARTE

Lo desconocido

1

Elena

La belleza está en los pequeños detalles, en la primera luz de la mañana en el horizonte, en el preciso instante en que una flor se abre y empieza la primavera, o en el roce de una caricia en tu mejilla. Mi mayor don era el de admirar la belleza de los momentos sencillos, esos que casi nadie percibe ni valora, pero que, sin duda, son los que llenan de magia los días corrientes y los que construyen las historias que están hechas para durar. Sin embargo, cuando pasó lo que pasó, yo me volví ciega, era incapaz de apreciar lo bonito de la vida como antes. Sentí como si de repente alguien hubiese apagado la luz y todas las flores se tornasen grises. Y por eso decidí recorrer medio mundo para llegar a un lugar lejano y desconocido que me recordase que, en alguna parte del planeta, el color y la belleza seguían existiendo; un lugar donde la vida todavía latiese y que me invitase a volver a latir con ella.

Cuando era pequeña, mi abuela Mila se convirtió en mi persona favorita. Ella fue quien me enseñó la importancia de apreciar el instante como un tesoro prácticamente inaudito que, si lo escuchas con atención, es capaz de llevarte a mundos nuevos y descubrir el significado real de la vida. «Las pequeñeces —decía— se anclan en nosotros y transforman un gesto en un saludo o un beso en una declaración». Tuve la suerte de criarme en Pacífico, un barrio de clase media de Madrid muy cercano al parque del Retiro y al Real Jardín Botánico, y fue allí donde pasé gran parte de mi infancia y adolescencia. Mi abuela aprovechaba nuestros paseos dominicales para ilustrarme con conceptos tan abstractos para una niña como el tiempo, la humildad o la belleza a través de las flores. En ellos me demostraba que, aunque los árboles, los arbustos y las plantas siguieran siempre en el mismo lugar, si conseguía fijarme bien, cada día eran diferentes. La luz que iluminaba sus colores, como plumajes de aves selváticas, se modulaba constantemente y nunca coincidía con la del día anterior, por mucho que acudiéramos a la misma hora y al mismo sitio.

Además de enseñarme la importancia de la luz, también me mostró los cambios de cada estación, la disciplina de las podas y, sobre todo, los secretos de la floración gracias a la que un jardín puede convertirse en un paraíso.

—Mira, Elena, fíjate en el crisantemo, está a punto de florecer. ¿Ves cómo empuja?

De ella aprendí que el arte de vivir consiste en valorar que nunca nada permanece en el mismo lugar y que, por mucho que las prisas nos los oculten, somos fotogramas de instantes efímeros. Solo diferenciándolos y valorándolos seremos capaces de percibir lo que los demás no ven.

Decía que nadie nos enseña a mirar, que todo el mundo

se empeña en que aprendamos a caminar, a correr y a avanzar cuando deberían enseñarnos a detenernos y a observar con propiedad. Mi abuela insistía a menudo en que todo es cuestión de práctica y que nunca se acaba de aprender, porque el mundo siempre tiene diferentes versiones que mostrarnos y que, por mucho que vivamos, jamás podremos contemplarlas todas.

Esa manera de percibir la cotidianidad me hizo entender que las cosas más sencillas eran la puerta a un mundo mágico al que pocos teníamos acceso. Empecé a obsesionarme con las dobleces de los gestos, con las aristas de los objetos y con los rincones de los lugares para aprender a mirar como ella. La belleza humilde pero universal de las flores y su esencia efímera se convirtieron en mi pasión. Recuerdo mi infancia rodeada de ellas: en los garabatos, en los estampados de mis vestidos y, más tarde, en una selección de botánica casera en la que había colaborado activamente toda mi familia y que se convirtió en mi gran colección. Secábamos las flores entre las páginas de los libros y las aplastábamos con la enciclopedia de mi padre. Una vez que estaban listas, las colocábamos en una cartulina blanca en la que escribíamos su nombre común, su nombre en latín y su origen, y las plastificábamos. Llegué a tener más de cien fichas y me entretenía horas mirándolas. Me las sabía de memoria. Cuando mi abuela murió yo ya era una adolescente y me gustaba pensar que la mayor herencia que podría haberme dejado fue su forma de entender el mundo. Decidí continuar con su legado y pasear por los lugares que frecuentábamos, porque así no la echaba tanto de menos. Lo hacía sobre todo a partir de abril, cuando empezaban a salir las lilas, las peonías, los tulipanes o los lirios, y los jardines se llenaban de colores imposibles. Pero también en verano, cuando florecían los rosales y las dalias, mis favoritas, y la naturaleza nos regalaba su esplendor. Como siempre me había dicho que era cuestión de práctica y atención, me esforcé en aprender a mirar como ella. Fue en un museo, sin embargo, donde me di cuenta de que por fin lo había conseguido.

Estábamos estudiando el Barroco en Bachillerato y fuimos con el colegio a ver la colección permanente de Velázquez del Museo del Prado. Noté que mis amigas se paraban ante los cuadros, les prestaban atención e, incluso, había algunos que les gustaban, pero su mirada únicamente pasaba por describirlos como nos habían enseñado a hacer en clase y decidir si eran o no meritorios de presidir el salón de la casa de sus sueños. Me acuerdo, en especial, del lienzo de *Las hilanderas*.

—¿Qué veis? —les pregunté.

—Las hilanderas o fábula de Aracne —leyó una de ellas del rótulo explicativo.

—Yo veo a unas mujeres tejiendo, ¿no? —dijo otra convencida—. ¿Qué ves tú, Elena?

—Luz y belleza —le contesté sin apartar la mirada del cuadro, y las demás se echaron a reír.

—Pues a mí no me gusta, me parece demasiado recargado —concluyó otra yendo hacia el siguiente.

No dije nada, pero me quedé embobada mirando aquel cuadro enorme del pintor sevillano. Sentía la profundidad, los trazos imprecisos, los detalles del tapiz del fondo, los rostros intencionadamente emborronados de las hilanderas, el movimiento de la rueca, cuyos radios desaparecían por el impulso y, sobre todo, la luz. La luz se proyectaba a través de los personajes y te dirigía hacia el interior de la escena, donde Velázquez había pintado a la diosa Palas y a Aracne discutiendo. De hecho, eso fue lo que más me impresionó, que el pintor ensalzara el oficio y la artesanía de las hilanderas por delante de cualquier dios. Por aquel entonces, yo era tan solo una estudiante de Bachillerato Humanístico, pero quizá por eso pensaba que cualquier vida era lo bastante valiosa como para considerarla el fruto divino de un milagro. Y ese cuadro me pareció la mejor manera de explicar que una escena sin importancia puede convertirse en algo para recordar. Probablemente, ese fue el momento exacto en que descubrí mi pasión por la pintura y decidí que estudiaría Historia del Arte, aunque no tuviera ni idea de en qué trabajaría después.

Esa forma de mirar la vida desde los rincones también tenía un punto negativo, y es que sentía que cada momento poseía tantos matices que el mundo siempre era un poco más grande para mí que para el resto. Y eso hacía que no desease mucho más de lo que tenía. Era tan feliz rodeada de todo lo que me obsesionaba y de los míos que ofrecía una resistencia feroz al cambio. Había entendido que ese era mi lugar en el mundo. Y mi mundo, hasta hacía bien poco, me gustaba.

Como siempre había estado en el mismo colegio, pensaba que la universidad supondría el gran cambio de mi vida y eso me inquietaba, pero pronto descubrí que no iba a ser así. Al seguir viviendo en casa de mis padres, mi rutina, para bien o para mal, se mantuvo prácticamente igual. Mis amigas estudiaron Turismo, Derecho, ADE y Telecomunicaciones, y, a pesar de estar en distintas facultades, seguimos viéndonos casi cada día durante los primeros años. Éramos ya universitarias, pero hacíamos lo mismo que de adolescentes. Cuando el tiempo era bueno, nos sentábamos en un banco del Retiro a reírnos de nosotras mismas y, en invierno, íbamos al bar de siempre, en el que ya nos conocían por nuestros respectivos nombres. Sin embargo, la etapa universitaria fue avanzando y las chicas empezaron a aburrirse, o quizá, simplemente, crecieron. Así que, poco a poco, se fueron borrando de los planes «de siempre» para seguir con su camino. La que solía renegar de nuestro colegio de monjas hizo otro grupo en la universidad, la más fiestera se convirtió en una adicta a la noche madrileña y empezó a salir sin control tanto los festivos como entre semana; y la que soñaba con ser madre desde pequeña encontró pareja y empezó a proyectar un futuro con marido e hijos. Así que, el último año de universidad, solo Ainhoa, mi mejor amiga, y yo seguíamos rigurosamente con nuestros hábitos. Una de esas tardes, Ainhoa quiso convencerme para que me fuera a vivir con ella a un piso de Chamberí.

—Las chicas que se van son compañeras de la uni. Hice un trabajo con ellas hace tiempo y estuve en el piso. Está supercerca del metro y sus habitaciones son las más grandes. Si te vienes, te dejo la que tiene balcón.

—¿Y por qué lo dejan?

—Ya te lo he dicho, van a hacer un Erasmus y luego ya no se quedan en Madrid. Venga, tía, ¡que es una ganga!

—Joder, Ainhoa, yo es que vivo muy bien.

—¡Venga ya! Tenemos que salir del barrio y de casa de nuestros padres. Ya toca.

—Puede que sí, a este paso vendrán los de la tele a hacernos una entrevista. —Puse voz de locutora aguantándome la risa—: Aquí *España directo*. En nuestro país, los jóvenes se emancipan cada vez más tarde. Pero hoy les vamos a mostrar un caso de estudio. Ainhoa y Elena, dos jóvenes octogenarias, se resisten a abandonar la casa de sus padres alegando que todavía no se ven preparadas para dar el paso. —No pude continuar, estallé en una carcajada.

—¿Te imaginas? —dijo Ainhoa sin poder parar de reír.

—Aunque qué pereza, ¿no? Comer de *tupper*, convivir con desconocidos... ¡Hacer una mudanza!

—¡Pero si te cabe todo en una maleta! Además, ¿y lo guay que será vivir juntas? ¿Te acuerdas de cuando lo imaginábamos de pequeñas?

—Bueno, pero me dejas la habita con balcón, ¿eh?

—¿¡Eso es un sí!? —exclamó tirándose hacia mí y zarandeándome en un fuerte abrazo.

—Tendré que empezar a buscar curro, mis padres no me van a pagar el capricho... Por cierto, ¿sabes algo de tu entrevista?

—Me lo estaba reservando para el final... ¡Me han cogido!

Ainhoa empezó a trabajar en una agencia de viajes en cuanto acabó Turismo y yo, que todavía estaba estudiando el último curso cuando nos mudamos, encontré un chollo de curro como camarera con horario de lunes a viernes en una cafetería de Tres Cantos. Empecé trabajando días sueltos y, cuando acabé la carrera, se convirtió en algo estable. Juraba que era temporal y que estaba buscando «de lo mío», pero nunca llegaba el momento de dejarlo. Y, a pesar de que me quedaba muy lejos de casa, el lugar era agradable; mi jefe, atento, y el trabajo de camarera con horario de oficina merecía el paseo hasta allí.

Irnos a vivir juntas significó salir del barrio, convivir con gente nueva y, a fin de cuentas, subsistir como entes separados de nuestros padres. Vivimos aquella primera experiencia adulta juntas y lo recuerdo como un periodo increíble en el que confirmamos lo fácil que nos resultaba llevarnos bien y que nuestro apoyo era incondicional e invencible. Además, nos sirvió para hacernos amigas de las otras dos compañeras de piso, que, sin lugar a dudas, también nos lo pusieron muy fácil. Aunque todo iba según el plan, los *tuppers* compartidos, las conversaciones hasta las tantas y las pelis románticas llorando juntas a moco tendido en el sofá duraron muy poco. Al cabo de apenas medio año, Ainhoa dejó el piso. Sus padres tenían alquilado un pequeño apartamento en Ciudad Lineal, que habían comprado cuando eran jóvenes y no tenían hijos. El inquilino lo dejó y Ainhoa y su hermano decidieron mudarse allí y así ahorrar el dinero de la habitación. Lo entendí, pero creo que ese fue el inicio de las malas noticias.

Cuando menos te lo esperas, te despiertan con una noticia horrible. Sientes un golpe duro y seco en el pecho y una grieta profunda e irreparable empieza a fisurar tu mundo convirtiéndolo en un lugar complicado e inhóspito. Acto seguido, la tristeza se te mete dentro, se instala muy rápido y parece que no exista nada capaz de sacarla. Y, poco a poco, se expande, se ramifica y se queda atrapada entre la piel y el alma. Cada día gana un poco más de espacio, hasta que empiezas a sentirla en la boca del estómago o en la parte baja del corazón. Al final, la tristeza lo llena todo y se come la energía de los lunes, rechaza los planes de los fines de semana y se transforma en una cara sin maquillaje y en un moño en el pelo. Desde que me confirmaron lo peor, hiciera lo que hiciese siempre me acompañaba una sensación de ahogo terrible, una mezcla de soledad y de miedo que me había quitado las ganas de todo y expulsado de esa vida humilde y bonita que, durante años, había tratado de cuidar y mantener.

Sentía que me habían empujado a un callejón oscuro y mugriento desde donde no iba a ser capaz de recuperar todos los colores que habían llenado mi infancia. Iba del trabajo a casa y de casa al trabajo, siempre haciendo el mismo recorrido, tratando de sobrellevar lo sucedido de la mejor manera, aunque lo único que me mantenía en pie eran las ganas de que acabara el día para volver a la cama. Por primera vez en mi vida, buscaba que algo de esa rutina que tanto amaba cambiase, pero eso no solo implicaba hacer algo completamente nuevo, algo a lo que durante siglos me había estado resistiendo, sino que también me resultaba muy doloroso, porque significaba empezar a pasar página.

Tras un par de meses completamente inmóvil, una tarde de febrero, cuando volvía del trabajo, el metro no funcionaba, hacía frío y tomé el autobús. Cuando éramos adolescentes, solía empujar a Ainhoa a coger buses que nos llevasen a ninguna parte. Aparecía uno en una esquina y la hacía correr hasta la parada. Ella siempre estaba dispuesta, le encantaba hacer eso, pero nunca tomaba la iniciativa; me decía que era yo la que tenía buen ojo para perderse. Y seguramente tenía razón. Me encantaba viajar en autobús, tanto que, muchas veces, ya de mayor, había emprendido esa pequeña aventura sola. Me relajaba sentarme y mirar por la ventana, descubrir barrios, bibliotecas, colegios o parques nuevos. Fijarme en la gente que caminaba por las aceras e inventar historias sin final. También me gustaba escuchar las conversaciones de los pasajeros e imaginar sus problemas y sus ilusiones. Esos pequeños viajes eran la forma de cambiar los escenarios a los que estaba acostumbrada y entrar sutilmente en vidas ajenas que nunca se volverían a cruzar conmigo. Ese día, volví de casualidad a esa tradición que había olvidado y pude mirar la ciudad de nuevo como antes. Era tarde y Madrid ya estaba iluminada por farolas de luz naranja, escaparates y neones de colores. Desde el interior del bus se notaba el invierno, pero la ciudad desprendía una actividad frenética. Nos detuvimos en uno de los múltiples semáforos rojos que hay entre plaza Castilla y Chamberí, y, de repente, volví a sentirlo. De nuevo, un gesto mínimo y afable volvió a despertar mi interés. En el paso de cebra, pendidos de la intermitencia del verde al rojo, una pareja de ancianos se cogió con dulzura de la mano. El gesto fue tan sencillo y cotidiano que estoy segura de que nadie más se percató de él. La mujer recibió el gesto con una mirada hacia él, que le respondió con una dulce sonrisa. Me pareció que ambos suspiraban a la vez y se detuvieron para esperar a que el tránsito se calmara. Los seguí con la mirada hasta que el vehículo pasó por delante de ellos y los dejó allí, solos, esperando su turno para seguir. Me imaginé su historia y la importancia de tener a alguien que te sujete ante el peligro. La mayor victoria de la vejez es haber podido compartir toda una historia de vida con alguien. Quizá esta había estado llena de dramas y desencuentros, tal vez nada hubiera sido fácil, pero no lo parecía aquella tarde, pues allí seguían, acompañándose y, sobre todo, agarrándose fuerte. Aquel gesto me devolvió una parte de mí que había olvidado y me iluminó como antes. Estaba claro: algo tenía que cambiar. Al llegar a mi barrio, volví a la floristería en la que solía comprar cada mes y me hice con un ramo de narcisos. Sentí de nuevo que quedaba luz en alguna parte, pero Madrid me recordaba demasiado al dolor y la pena. Tenía que escapar de allí y solo había un destino con el que soñaba desde hacía años.

Al llegar a casa, anuncié la idea a mis compañeras de piso, tres chicas muy majas que todavía estudiaban, una el doctorado y las otras dos, un poco más jóvenes que yo, la carrera. Las tres aplaudieron enseguida mi decisión y me animaron a hacerlo. Creo que quisieron asegurarse de que compraba los billetes esa misma noche, pues me rodearon y me ayudaron a escoger los vuelos. La mejor opción era junio. Cuando tenía todos los datos introducidos y el cursor encima del botón de compra, me eché atrás; quizá no era capaz de montar esa revolución. Por un segundo pensé en todas las horas extra que tendría que hacer a la vuelta para recuperarme económicamente, en el vértigo que suponía viajar sola por primera vez o en la mala suerte que parecía que había cogido el gusto a acompañarme. Cuando me giré hacia ellas para comentarles mis miedos, sin que apenas pudiera reaccionar, la estudiante de doctorado, que siempre había sido la más decidida de las cuatro y también la que tenía más mala leche, puso rápidamente la mano sobre la mía, presionó mi dedo índice y compró los billetes.

—¡Ya está! —exclamó victoriosa.

La más joven y la más dulce soltó un grito suave y se tapó la boca con las manos mientras me miraba.

—¿Qué has hecho? —susurré mirando fijamente la pantalla.

—Un favor. Te mereces ese viaje —me animó poniéndome la mano sobre el hombro.

Un relámpago de terror me sacudió. Me acababa de gastar parte de mis ahorros y ya no había vuelta atrás. Pero entonces entendí que las grandes decisiones deben tener siempre un punto de arrebato.

2

—A mí no me gusta un tatuaje que se vea tanto, Ainhoa.

—Joder, pero si te haces un tatuaje es para que se vea, ¿no? —Y añadió—: ¡Pues tú te lo pones en el tobillo y yo en el antebrazo, y listos!

—De eso nada, nos lo tenemos que hacer en el mismo sitio las dos; si no, no tiene gracia.

—A este paso no nos lo haremos nunca...

—Nah... Estoy esperando a que seas un poco mayor para que me des la razón. En unos años, tú tampoco querrás un tatuaje en el brazo, estoy convencida.

—¡Eres una clásica!

—No, pero ya sabes lo que pienso...

—Que menos es mááás... —dijo resignada.

—Exacto. El Barroco y el Impresionismo para los lienzos, y el minimalismo para la vida.

—Estás fatal.

Tanto a Ainhoa como a mí nos encantaban los elefantes y juramos que nos tatuaríamos la silueta de uno con la trompa hacia arriba, símbolo de la buena suerte en la cultura asiática, y, para nosotras, de la amistad. Esos animales eran nuestro punto en común. No es que fuésemos polos opuestos, pero sí que nos complementábamos. Nos unían las ganas de pasárnoslo bien; ella tenía un punto más alocado, yo más introspectivo, y juntas formábamos un combo imbatible en el patio cuando organizábamos juegos; en el parque cuando nos pasábamos horas y horas arreglando el mundo entre bolsas de pipas y golosinas; en la biblioteca cuando nos entraba la risa floja y nos invitaban a marcharnos; y en la noche cuando recorríamos todas las discotecas de Madrid diluyéndonos entre copas hasta el amanecer. Nadie podía con nuestra energía. Nos habíamos empujado y acompañado en todos los grandes hitos de nuestra vida y, cada vez que nos sentíamos perdidas o que necesitábamos un consejo sincero, éramos para la otra el primer número de teléfono que marcar. Fuimos amigas inseparables, psicólogas, animadoras profesionales, profesoras y, sin duda, estrellas polares. Si Ainhoa tenía el don de saber siempre cuándo era un buen momento para hacer una cosa u otra, yo era el freno necesario antes de la acción. Ella era la carrerilla, yo el impulso, y juntas el salto hacia el infinito.

Nos hicimos inseparables desde el día en que nos conocimos en preescolar. Obviamente tengo recuerdos borrosos de aquella época, pero todavía conservo una imagen en la que la profesora propuso una actividad que consistía en que nos ensuciáramos las manos con pintura para luego plasmarlas en un lienzo en blanco. Todos los niños escogieron un color; en cambio, ella le preguntó a la profe si podía pintarse las manos de muchos colores. A mí aquello me pareció una idea fantástica, así que la imité. Ainhoa empezó a plasmar huellas con las manos y acabó haciendo un manchurrón enorme en el que costaba distinguir los colores. En cambio, yo cogí su idea e intenté trazar un arcoíris con los dedos. Recuerdo que me miró, volvió decepcionada a contemplar su cuadro y entonces fue ella la que intentó salvar su obra trazando arcoíris en los espacios que le quedaban todavía en blanco. En ese instante, supimos que debíamos tenernos cerca porque formábamos el equipo perfecto. Ella era el Sol y yo la Luna, dos astros que no tienen ninguna relación, pero que siempre aparecen como complementarios e indivisibles, fruto del mismo origen y de la misma trayectoria. Fuimos creciendo y, mirase donde mirase, en todos mis recuerdos importantes aparecía ella a mi lado.

Nuestra locura compartida por los elefantes empezó con un peluche llamado Bobón. No sé de quién de las dos era ni qué día apareció en el colegio, porque acabó siendo de ambas por igual y sus orígenes se perdieron en algún lugar remoto de nuestra memoria. Medía un palmo y medio y lo que amábamos es que tenía la forma de un elefante sentado, muy realista. No era como el resto de nuestros peluches, que tenían mofletes, ojos amorosos o, incluso, pajaritas. Él era como un elefante de verdad, pero lo podíamos achuchar y, sobre todo, cogerlo. Cuando jugábamos, lo colocábamos de observador; cuando dibujábamos, él era el protagonista de nuestro arte, y cada fin de semana se lo quedaba una de nosotras para cuidarlo y para dormir con él. Lo llamamos Bobón porque nunca entendía nuestros chistes y menos aún nuestros juegos; siempre se quedaba callado, mirando al infinito y protegiéndonos a su manera. La historia del final de Bobón, como la de todos los finales, es triste y abrupta. Siempre nos lo llevábamos con nosotras de excursión y en una de ellas, a principios de la Primaria, lo olvidamos en unas mesas de pícnic en las que nos habíamos sentado con nuestras fiambreras infantiles y cantimploras para comer. El autobús estaba esperando y la profesora nos metió tanta prisa para que recogiéramos que ninguna de las dos se acordó de él. Cuando nos dimos cuenta, ya en el autocar, le suplicamos que nos dejara volver, pero el tiempo apremiaba y ella nos dijo que era imposible. Ainhoa y yo nos pasamos la tarde llorando y, seguramente, nos hicimos un poquito más mayores.

Bobón propulsó nuestra obsesión por los elefantes y tras él esta no dejó de aumentar. Recuerdo con exactitud el día que vimos juntas *Dumbo* y cómo lloramos cuando los payasos ridiculizaban al pequeño animalito. A todas las niñas les gustaba la Sirenita o Blancanieves, pero nosotras éramos las de Dumbo, dos pequeñas rebeldes que siempre tenían un discurso preparado a favor del bienestar animal. Los elefantes eran nuestro lugar compartido, ese vínculo íntimo que conecta a las personas con las cosas y las encierra en ellas para siempre. Nos definíamos como elefantas atrapadas en Madrid en una pequeña manada de dos.

Era, pues, mucho más que un animal o que un juego; era el acceso a nuestro club privado, nuestra manera de diferenciarnos del resto, y formaba parte de nuestra mitología personal. Aquella adoración infantil hacia Bobón y Dumbo fue evolucionando hasta convertir al elefante en el símbolo de nuestro tipo de amistad e incluso de nosotras mismas. Lo que más nos gustaba de ellos eran las contradicciones que los rodeaban y que, en cierto modo, nos recordaban a nosotras. Los elefantes nos parecían seres inverosímiles, animales majestuosos capaces de demostrar al ser humano lo pequeñísimo que puede llegar a ser; en cambio, están acostumbrados a vivir amenazados. Ellos simbolizaban todo lo que éramos: fieles, astutas y terriblemente pastelonas y sensibles, una debilidad que escondíamos detrás de una piel gruesa y de una apariencia fuerte. Como los elefantes, nuestra misión era pasárnoslo bien, cuidarnos ante cualquier llamada de auxilio, correspondernos y echarnos de menos.

Hubo una vez que nuestras madres se compincharon para sorprendernos con unas entradas a un circo con elefantes de verdad. Fue en un circo que llegó a la ciudad a finales de los años noventa. Estábamos emocionadísimas por aquello, tanto que nos pusimos de acuerdo en ponernos nuestra camiseta preferida y decidimos que aquel sería el mejor día de nuestra vida. No nos llevaron a la función completa, porque a nosotras nos aterraban los payasos y no queríamos de ninguna manera coincidir con ninguno, así que solo fuimos a ver a los animales que descansaban entre función y función. Había pavos reales, perros saltarines y hasta un león. Cuando llegamos al elefante, nos pusimos a llorar. Y no lloramos de emoción ni de miedo; lloramos de pena, de la angustia de ver a nuestro animal preferido con los ojos llenos de legañas y la pata magullada por el grillete que lo mantenía atado a una gruesa cadena. Nuestras madres no entendieron a qué se debía aquella escena, pero nosotras hicimos un pacto: no volveríamos a ningún circo que permitiese tener elefantes, y así lo hicimos. Por suerte, años más tarde los prohibieron, pero por aquel entonces nosotras éramos ya mayores, así que mantuvimos nuestro pacto hasta el final. La próxima vez que viéramos a un elefante sería en libertad, porque esa era la única manera en que los queríamos ver.

—Tía, si no puedo ir yo, ve tú.

—¡Qué va! Yo no voy a ir sin ti, ya lo sabes. Ese era el trato.

—No es verdad. Ambas nos juramos que, cuando volviéramos a ver elefantes, sería en libertad. Lo importante, tanto para ti como para mí, era conseguirlo. Así que, si yo no puedo ir y a ti te surge la oportunidad, ve sola, no seas tonta. Eso sí, me traes uno de recuerdo.

—Sí, claro y lo cargo a hombros o lo meto dobladito en la maleta. ¡A ver si me lo dejan pasar por el control! —Y las dos nos echamos a reír.

Recuerdo el primer día que Ainhoa mencionó que podríamos viajar en busca de elefantes en libertad. Todavía estábamos cursando cuarto de la ESO y todo lo que me contó entonces me sonó tan lejano que tampoco le presté mucha atención. Ella siempre compraba revistas de viajes, le encantaba curiosear destinos remotos, y fue a raíz de su pasión por lo desconocido cuando empezó a proyectarse como agente de viajes y decidió estudiar Turismo.

—¿Sabías que no es solo el mamífero más grande de la Tierra, sino que también tiene el embarazo más largo? Veintidós meses, ¡flipa! Y como solo pueden tener un hijo cada cuatro o cinco años, una vez que los cachorros nacen, pasan años con la madre.

—¡Pero qué monada! ¿De dónde has sacado todo eso?

—Ten —dijo alargándome la *National Geographic*—. Hay un reportaje entero. Yo ya me lo he leído, puedes quedártela.

Cada cierto tiempo aparecía con un catálogo nuevo: Tanzania, India, Tailandia, Zimbabue, Sudáfrica o Sri Lanka. Yo me entusiasmaba solo de escucharla hablar de rutas y planes; abría el catálogo con las dos manos, trazaba viajes por carretera o vuelos internos con el dedo índice y nos hacía soñar a las dos. De todos ellos, siempre apostaba por Sri Lanka; decía que era la mejor opción a nivel económico, la más segura por si pensábamos ir solas y la que ofrecía una experiencia más auténtica. Poco a poco, empecé a convencerme de que al final conseguiríamos hacer realidad ese sueño compartido. Y yo, motivada por su manera de contar los lugares en los que no había estado, una vez que empecé a trabajar en la cafetería, decidí ponerme en serio a ahorrar. Nunca se lo dije, pero comencé a guardar lo que ganaba de las propinas, aunque no fuera mucho, porque quería que ese viaje fuera una realidad para las dos. Ainhoa estaba convencida de que el mejor momento sería cuando acabáramos la carrera, y proponía que invirtiéramos nuestro primer sueldo en un viaje de esa envergadura. Sin embargo, yo nunca tuve un trabajo decente, y ella, al ver mi limitación económica, una vez que entró a trabajar en la agencia de viajes empezó a recorrer el mundo por motivos laborales hacia otros destinos.

—En serio, aprovecha y ve tú —insistió—. Yo lo haría.

—Que no, Ainhoa.

—Es verdad, mejor que no, a ver si te vas a enamorar de un esrilanqués y no vuelves —dijo con sorna.

Me daba mucha pena hacer sola ese viaje, pero, de todos modos, hacía ya muchos meses que me sentía aislada en Madrid a pesar de estar rodeada de gente. No conseguía animarme con nada ni con nadie. De hecho, las palabras de consuelo de mis padres y mis amigos todavía me hacían sentir más desdichada. Emprender un viaje en solitario me aterraba, pero también era una liberación, ya que significaba estar realmente sola, por fuera y por dentro, y no sentirme culpable por ver el esfuerzo que hacían los demás cada vez que intentaban hacerme feliz.

Ojalá siempre pudiéramos ser fuertes y mantener los sueños de la infancia. Ainhoa, esa vez, no pudo acompañarme.

3

Dicen que para empezar algo tienes que perder una parte de lo que eres. A veces se habla de hacer hueco para dejar entrar recuerdos nuevos; otras el propio camino y las circunstancias te obligan a dejar atrás lo que creías que te pertenecía. La guardería te empuja hacia la independencia; la universidad, a la edad adulta; el primer trabajo, a la vida. Avanzar significa borrar parte de lo que fuimos y, aunque ocurre de manera inevitable, para una persona como yo, a la que le cuestan los cambios, se hace un tanto difícil esa necesidad de dejar atrás. Como todas las cosas que parecen obvias con el tiempo, tardé un poco en darme cuenta de que Sri Lanka sí que conseguiría cambiar por completo mi vida. Nada sería igual tras aquel viaje.

Aterricé en Colombo, la capital, situada al oeste, aunque apenas la pisé. Mi destino era llegar a Arugam Bay, un pueblo para amantes del surf de la costa este y muy cercano al Parque Nacional de Yala, uno de los lugares de la isla donde habitan los elefantes. Tuve que invertir los dos primeros días en cruzar el país para llegar hasta allí. Las impresiones iniciales de Sri Lanka fueron el caos de sus ciudades llenas de polvo y sus edificios de pasado colonial, los colores brillantes de los saris y las túnicas budistas, los vendedores ambulantes ofreciendo todo tipo de tentempiés y platos locales a base de arroz y garbanzos, el caos del tráfico que generaban los tuk-tuks, unos pequeños vehículos de tres ruedas a camino entre una moto y un *buggy* de golf, la música a todo trapo dentro de los autobuses y un paisaje lleno de vegetación densa y selvática en la que una se podía imaginar millones de mundos y especies cohabitando. Mi primer destino oficial fue Kandy, la segunda ciudad del país y su icono de la espiritualidad. Se la conoce como la Ciudad Sagrada por albergar el templo del Diente de Buda, un edificio blanco majestuoso rodeado de agua, que conserva la reliquia del líder religioso y espiritual del budismo. A pesar del cielo plomizo y de la lluvia, que calaba hasta los huesos, el centro de Kandy desprendía cierto encanto. Sus callejuelas empedradas te conducían a tiendas de artesanía importada de la India y mercados llenos de especias y aromas ignotos. El bullicio, el desorden y, sobre todo, los colores de las casas y los carteles publicitarios que colgaban de cada fachada me fascinaron. La ciudad emanaba una mezcla ecléctica y desordenada de pasado y presente que creaba confusión, curiosidad y deseo. Por lo poco que había visto, sentí que el país latía de una forma mucho más intensa y poderosa que España. La vida allí era otra cosa, parecía que vivir era solo algo con lo que entretenerse.

Una de las cosas que me conmovieron de Kandy fueron los tenderetes de pétalos y flores, situados en los alrededores del templo, que los visitantes compraban antes de entrar para depositarlos como ofrendas. Los colores de los lirios que vendían los pequeños comerciantes se mezclaban entre sí hasta crear montañas arcoíris en las que daban ganas de sumergirse o dormir. Yo también compré un ramillete como ofrenda y aprendí que el budismo no tiene un dios como el que a mí me habían enseñado en mi colegio católico. Ellos veneraban tanto las representaciones de estados mentales o aspectos de Buda como a seres iluminados que habían llegado a un estado superior de consciencia. Sea como fuere, yo recé para que alguien o algo me protegiera durante mi viaje y de paso me guardé un lirio de agua azul para que me acompañase y empezase a llenarme de color.

Decidí cruzar el país en autobús y reservarme el mítico tren que atraviesa los campos de té para la vuelta. Los autobuses que había tomado hasta Kandy habían estado medianamente bien, pero los del último tramo ya no habían sido tan cómodos. Me metí en un autobús viejo y destartalado de color verde, que dejaba entrever restos de múltiples capas de pintura. Por lo que pude observar, antes de llegar a ese color había sido amarillo, rojo y azul. Estaba lleno hasta los topes. Había niños apoyados en las faldas de las madres, gente sentada en el pasillo y gallinas metidas en pequeñas jaulas metálicas, que iban soltando plumas en cada curva. El conductor, un tipo delgado que lucía una camisa dos tallas más grandes, intentaba aplacar el bullicio subiendo la música de la radio, pero era imposible; el gentío podía con él. Todos los viajeros eran locales, menos una pareja de extranjeros rubios y yo. Sentí que les molestaban nuestras abultadas mochilas, que impedían ganar espacio para sus cosas, y me supo mal haber metido tantos objetos inútiles que no estaba utilizando, error de viajera primeriza. El mal estado de la carretera o la poca práctica del conductor convirtieron el viaje en un intenso y largo traqueteo. Por mi parte, había tenido la suerte de encontrar un sitio cerca de la ventanilla, pero me puse la mochila entre las piernas y no quedaba mucho más espacio donde encontrar algo de comodidad. Después de varias horas encogida, empecé a notar un cosquilleo que sobrellevé como pude moviendo los tobillos y masajeándome los gemelos, y aguanté el tipo. Sin lugar a dudas, aquel trayecto no cumplía las expectativas del viaje de paz y calma que vendían los catálogos de Ainhoa, con playas turquesas y palmeras arqueadas, pero no podía negar que aquello, además de escandaloso e incómodo, también resultaba bastante auténtico, en eso mi amiga no se había equivocado. Miré con dulzura la flor que sostenía entre las manos; la fuerza de su color destacaba entre todo lo demás como una estrella perdida en el cielo. Nos alejamos de la ciudad y el paisaje se transformó en un verde infinito que lo abarcaba todo y que no paraba de recordarme que estaba en el otro lado del mundo, en un lugar totalmente ajeno y desconocido del que podía volver diferente. Solo dependía de mí.

Empezaba a anochecer cuando pisé por primera vez Arugam Bay. Me dolían las rodillas del viaje y la mochila parecía pesar más que cuando había subido al autobús. A pesar de ser un pueblo costero, no conseguí ni ver ni oír el mar, y eso hizo que me sintiera desorientada y remotamente sola en medio de la nada. Me acerqué a un hombre que tenía un puesto de cocos verdes a pocos metros de donde nos había dejado el autobús y le mostré el nombre de mi *hostel* escrito en un papel.

—Estoy buscando este alojamiento, ¿sabe dónde se encuentra? —le pregunté con amabilidad en inglés.

El señor no pronunció palabra, pero movió ligeramente la cabeza sonriendo y yo me quedé pasmada, sin saber muy bien si aquello era un sí o un no. Ante mi silencio y acostumbrado, seguramente, a las caras de estupefacción de los turistas, me hizo un gesto enérgico con la mano, indicándome una calle a mi derecha, y yo confié en él porque no tenía otro remedio. Varios días después descubrí que aquella manera de mover el cuello, negando, pero de un modo alegre, era su forma de asentir o, al menos, de llegar a un acuerdo.

Eran poco más de las seis de la tarde, pero como en Sri Lanka anochece muy temprano, la falta de luz hacía que las cosas fueran, a la vez, en color y en blanco y negro. Las calles, los tuk-tuks y las personas habían perdido su silueta, los colores habían olvidado su tonalidad y las callejuelas adyacentes a la carretera principal empezaban a desvanecerse con la debilidad del sol. Descubrí que, fuera de las ciudades, el país se apagaba con la luz natural. Me adentré, con muchas dudas y llena de miedo, en el callejón que me había indicado el comerciante. Cientos de hipótesis desafortunadas, noticiarios cargados de feminicidios y finales de peli de terror me venían a la cabeza. Me dio la sensación de que las calles estaban rotas y abandonadas; los perros ladraban muy fuerte, como lobos en luna llena, así que intenté correr, soportando los golpes de la mochila en el culo con cada uno de mis pasos hasta el único punto de luz que asomaba al final del recorrido.

El pobre hombre me había dado las señas correctas y, frente a mí, encontré el Beach and Besties, el *bed and break-*

fast que sería mi casa durante una semana, el destino tras todos los miles de kilómetros recorridos, el lugar en el que me había propuesto que algo, al menos algo, tenía que cambiar, aunque ni yo misma tenía claro entonces cuál era la equis en la ecuación que lograría resolver el problema. Cuando tomé mi primer vuelo en solitario desde Madrid, pensé que hacer las maletas, volar y plantarme al otro lado del mundo sería todo lo que tendría que hacer para ahuyentar a los fantasmas y empezar de cero, como si nada hubiera pasado. En cambio, una vez allí, frente a la estructura de madera que separaba la calle del *hostel* y de la que colgaba un cartel con letras grandes en las que ponía «Welcome to the paradise», me di cuenta de que nada cambiaría con tanta facilidad sin que pusiera algo más de mi parte. Entonces no lo sabía, pero todas las respuestas estaban esperándome tras esa puerta.

Una vez hecho el papeleo en la recepción con una chica local que hablaba inglés con dificultades y a la que no pude preguntarle mucho más que el número de mi habitación, llegué a mi cuarto compartido. La habitación se encontraba en la planta baja del edificio y era muy simple: cuatro literas, dos de ellas ya ocupadas; cuatro pequeñas estanterías que funcionaban como mesitas de noche; cuatro taquillas para guardar con llave los objetos de valor, y un baño compartido con dos duchas. Para acceder a él tenías que adentrarte por un breve pasillo con suelo de madera en el que había un cuchitril con un retrete y una papelera con envoltorios de compresas y tampones. Las duchas, por llamarlas de alguna manera, estaban al final del pasillo, al aire libre, compuestas por un tubo de algún material inoxidable defectuoso; como tulipa habían colocado un coco seco que le daba un toque creativo y tropical. Estaba claro que el *hostel* no iba a ser un cinco estrellas, pero tras el tute del trayecto en autobús y sabiendo el precio que había pagado por el alojamiento, no estaba yo para exquisiteces de marquesa. Escogí una de las camas de arriba, que se hallaba libre; dejé con cuidado el lirio sobre la mesita, me quité la mochila como quien trata de quitarse años de derrotas y me tumbé un buen rato en la cama para enderezar la espalda y estirar, por fin, las piernas.

Del techo colgaba una mosquitera blanca que cubría la cama para protegernos del dengue y me entretuve mirando a través de ella. La gasa entelaba los objetos como si una especie de vapor blanco y denso cubriese la habitación. Empecé a repasar lo acontecido durante los últimos meses como recorriendo con el dedo índice la piel de una serpiente dormida. Había sido un año de mierda cargado de malas noticias, futuros incompletos y calles sin salida. Y pensé que durante todo ese tiempo me había sentido como entonces, mirando hacia un mundo enmarañado e intentando encontrar soluciones ante una pared. Creo que, incluso, en algún momento me había decidido a treparla, pero nada había funcionado. Ni había sido lo bastante fuerte para escalar, ni tan valiente como para deshacer el camino y volver atrás como si nada.

En general, a lo largo de mi vida no había tenido la necesidad de esforzarme por caminar, tan solo me había hecho falta seguir el único camino que tenía marcado ante mí, tan recto y nítido que, incluso, resultaba estúpido mirar a los lados en busca de otras posibilidades. Sin embargo, ver cómo mi mundo definido y entero se había desvanecido hasta que los contornos se le desdibujaron por completo me había dejado devastada y a la deriva. En cambio, la opacidad que encontré en Sri Lanka tenía un matiz completamente diferente, pues sabía que las aventuras tratan, justo, de lanzarse a lo desconocido, de abrazar el riesgo y de empezar a enfocar con otras ópticas para descubrir mundos totalmente nuevos. Quería llenarme de recuerdos, olores, texturas y personas a las que nunca había estado dispuesta a dejar entrar, porque, si Madrid se había borrado, Sri Lanka me parecía un lienzo en blanco a punto de llenarse de colores.

Estaba nerviosa, sabía que el auténtico viaje iba a empezar, ya me encontraba allí y no quedaba otra que cumplir mis propósitos, tirar hacia delante y llevar a cabo mi misión. Pero no iba a ser fácil; no hacía sola aquel viaje, me acompañaban el miedo a lo desconocido y la pena, una pena profunda e invisible que vivía en mi estómago como un monstruo de pelo grueso que, cada vez que se movía, me rascaba las entrañas y me producía un dolor leve pero continuo que no acababa de irse nunca. Ambos eran enemigos, pero también compañeros de esta batalla silenciosa que lidiaba conmigo misma. Hasta entonces, cualquier momento de tregua o desconexión me había durado muy poco. Pronto volvían para recordarme que no podía deshacerme de ellos con tanta facilidad, y menos aún sentada en el mismo lugar, recorriendo las mismas calles y quedando con las mismas caras que confirmaban una y otra vez que algo se había roto para siempre. No sabía cómo iban a reaccionar durante mi viaje, pero, sinceramente, solo deseaba que por fin me dejaran en paz. Respiré hondo para tratar de disuadirlos y sentirme de nuevo libre, sin cargas, pero en cuanto el aire salió de mi cuerpo, la sensación de pesadez volvió a instalarse en el estómago. Volví a mirar hacia la habitación; ya había anochecido por completo. El gran ventanal se había convertido en un enorme rectángulo negro del que no se distinguía nada que no fuera oscuridad. Un perro callejero paseaba alumbrado brevemente por una farola destartalada cercana al *hostel*. Desde allí, a salvo, me pareció incluso adorable, pero de todos modos sentí que preferiría no cruzarme con él. Quizá no haya nada más ridículo que descubrir que lo que te asusta es inofensivo y, aun así, estar muerta de miedo. Tenía hambre y nadie había acudido todavía a la habitación, así que decidí explorar mi alojamiento en busca de algo para comer; evitaría tener que salir de nuevo a la calle y, de paso, me animaría a entablar conversación con alguien.

4

El comedor estaba situado en un acogedor porche cubierto de ramas, tipo cabaña; tenía el suelo de madera y unos troncos aguantaban la estructura; de ellos colgaban unas guirnaldas con bombillas blancas de verbena que me trasladaron a algún lugar de la infancia donde fui feliz. Por las fotos que había visto del sitio en internet, imaginé que daba al mar, aunque la oscuridad hacía imposible saberlo a ciencia cierta. Había algunos huéspedes cenando y me alegré ante la idea de que me sería fácil hacerme con algo caliente.

En la mesa más numerosa, un grupo variopinto de mi edad conversaba de forma agitada. Como siempre, escuché atentamente y me metí en la conversación. Por lo que decían, entendí que no viajaban juntos, pero que habían entablado cierta amistad.

El grupo estaba formado por un chico australiano que parecía muy preocupado; dos chicas que, por el acento, eran americanas; una chica guapísima que parecía italiana, y un chico moreno, sin duda de origen mediterráneo. Todos ellos trataban de animar al primero opinando y dándole consejos. Hablaban un inglés excelente, menos el segundo chico, que tenía un fuerte acento español. Ninguno pareció verme llegar, así que me senté lo bastante alejada de ellos para no resultar invasiva, pero lo suficientemente cerca para escucharlos con atención.

El australiano estaba explicando una historia rocambolesca en la que contaba que había ido a Arugam Bay a buscar a su hermana, que había viajado al país como turista para hacer un curso de yoga, pero que se había enamorado de un esrilanqués. Como consecuencia, había decidido dejar el trabajo y los estudios para mudarse allí de forma indefinida. Yo no entendí qué problema había con eso, pues, aunque a mí me costaría tomar una decisión como esa, no creía que hubiera un motivo más bonito ni más potente por el que dejarlo todo, pero decidí sentarme a escuchar para mejorar mi opinión.

—El problema es que mi hermana no quiere volver. Está decidida a quedarse aquí —dijo el australiano consternado.

—A ver, yo creo que no debes meterte en la vida de tu hermana —opinó convencida una de las americanas.

—Mirad, sinceramente no sé qué es lo correcto. Todo esto ha sido idea de mis padres. Me pagaron el vuelo, la estancia aquí…, pero yo ya no sé qué más hacer —se excusó desesperado.

—Bueno, pero es normal que tus padres estén preocupados, ¿no? Yo los entiendo —le animó la chica italiana.

—Es que llevo aquí más de un mes y medio, ¿eh? ¡Y ella que no quiere volver! Yo creo que está convencida de que, si coge un vuelo a Australia, ni de coña vuelve a ver a su nuevo novio nunca más. —El chico empezaba a estar más y más frustrado.

—Mira, Paul, yo creo que no es tu problema. Tú relájate, disfruta por aquí y ya se apañarán tu hermana, el esrilanqués y tus padres, ¿no? —dijo el que parecía español dándole una palmada en la espalda.

—Pues a mí me parece que tienes que insistirle. Enamorarte así de repente, pues a todo el mundo le puede pasar..., pero lo de dejar los estudios, el curro..., me parece un poco adolescente, la verdad —le soltó la otra chica americana.

—¡Pero qué enamoramiento ni qué leches! ¡Si le conoce de hace cuatro meses! Está flipada, en serio. A ella se le ha ido la olla y me tienen aquí, mis padres y ella, perdiendo el tiempo y haciendo que yo también paralice la vida que tengo en Sídney —dijo Paul echándose las manos a la cabeza.

No lo conocía de nada y no tenía ni idea de su historia, pero le vi tan desesperado que me rompió el alma que tuviera que estar en esa situación de impás. Aunque también pensé que qué manera de buscarse problemas cuando la vida ya se encarga de llevárselo todo por delante sin que podamos hacer nada al respecto. Se estaba haciendo tarde y, aparte del debate, no había nada interesante en el comedor, la cocina estaba cerrada a cal y canto, y los chicos que estaban cenando ya habían desaparecido. Miré hacia el agujero negro que había más allá del porche; apenas se veía alguna lucecita centelleante a lo lejos y los perros continuaban ladrando, cada vez más y más fuerte, como anunciando que la noche ya les pertenecía. Yo estaba hambrienta, así que decidí acercarme a ellos para intentar que me indicaran dónde conseguir una cena decente. El grupo se hallaba totalmente ensimismado en la conversación, el australiano seguía alegando que sus padres estaban muy preocupados cuando, de repente, el chico moreno se giró hacia mí esbozando una sonrisa jocosa y cómplice en la que pude interpretar un «al pobre le ha caído un buen marrón», aunque dijo:

—¿Española?

Mi primera impresión de él fue que el chico estaba extremadamente moreno, que tenía la sonrisa muy blanca y que iba de *latin lover* campechano, el típico al que le gustaba hacerse amigo de todo el mundo. Imaginé que ya había conocido a muchas españolas perdidas por Arugam Bay y que, tras un máster en mujeres mochileras, sabía diferenciar nuestro origen sin apenas hablar. El bellezón italiano, que más tarde sabría que se llamaba Nina, se giró hacia nosotros y me pareció que hacía una mueca de descontento. No sé si ocurrió o fui yo quien se lo inventó, pero en el momento en que conocí a Jero me pareció un tipo poco de fiar y, desde luego, el último chico del que enamorarme.

Me miró sin pestañear, con una mirada oscura que me ruborizó, y noté que se me empezaron a hinchar los pómulos. Quería que dejara de mirarme cuanto antes, así que quise contestarle, pero solo fui capaz de musitar un tenue «sí». Ante mi breve respuesta, me sonrió y apartó un poco la mirada para dirigirla hacia el grupo. Y a mí ese gesto me llenó de aire. El resto de los compañeros seguían enzarzados en su debate, menos Nina, que nos miraba de reojo. Antes de que el chico volviera a fijar la atención en sus amigos, aproveché para preguntarle si en el *hostel* ofrecían algo para cenar, si había una máquina expendedora, quizá.

—Aquí no hay nada de eso, pero fuera hay un tipo que

hace un *kottu* espectacular. No te dejes influir por las pintas, cocina de lujo.

Me quedé callada, intentando disimular con una sonrisa tímida el miedo a salir por ahí sola. Él pareció leer mis pensamientos y, al ver que no reaccionaba, me preguntó:

—¿Quieres que te acompañe?

Me encantó que se ofreciera y recé para que la oscuridad borrara también mi nerviosismo.

Dejamos la calidez del *hostel* a los pocos metros y nos adentramos en las calles solitarias, adornadas con cables colgando, farolas en desuso y pequeños puntos de luz en las casas y los locales resplandecientes que nos ayudaban a guiarnos por el camino. Me daba la sensación de que Sri Lanka estaba construida al borde de la carretera para escapar si fuera necesario. Pensé que, aunque en una isla uno nunca puede llegar demasiado lejos, quizá debería aprender algo de esa salida rápida, analgésica y también un poco conformista ante una realidad de la que no puedes escapar, pero que sí puedes cambiar.

—Bueno, y ¿cómo te llamas?

—Elena, ¿y tú?

—Jero. Soy de Barcelona. ¿Y tú? —Parecíamos dos niños de cuatro años en un parque infantil formulando las preguntas pertinentes antes de hacernos amigos.

—Yo de Madrid —sonreí.

—Bueno, pero nos podemos llevar bien, ¿no?

—Eso espero.

—¿Cuánto tiempo llevas en Sri Lanka?

—No mucho, un par de días.

—A mí me queda poco, ya llevo casi dos meses aquí. Vine a hacer surf una temporada; en Barcelona tenemos mar, pero pocas olas. En unos días me vuelvo para ponerme en serio a currar, que ya toca. Como será verano, espero que no se me haga muy duro. Mira, ¡ese es! —dijo señalando un puestecito de comida iluminado en medio de la nada. En su interior, un hombre parecía hacer un truco de magia con unos cuchillos que cortaban ingredientes con agilidad—. ¿Has probado el *kottu*?

Tenía tanto miedo a la supuesta intoxicación estomacal que había leído en todas las guías y a coger una indisposición durante el viaje y perderme la visita a los elefantes que en Kandy había comido y cenado en un triste Burger King. En ese momento no tenía muchas opciones para escoger. Además, estaba decidida a empezar a soltar miedos y pesares de una vez, así que ¿por qué no fiarme de un tío que llevaba dos meses viviendo en ese lugar? Dejé que él mismo pidiera «lo de siempre, poco picante».

Mientras ambos mirábamos, hipnotizados, cómo el hombre mezclaba con esmero verduras, huevo y especias, me quedé observando a Jero y pensando en esa primera imagen de chico un tanto superficial y bastante guapo que me había hecho de él en el comedor. En cambio, la forma que tenía de entablar conversación y sonreír al señor del *kottu*, la relación entrañable que parecía haber entre ellos tras días y días pidiendo «lo de siempre» me acercaba a una persona más real, que quizá me estaba perdiendo por los prejuicios. Tenía algo familiar, una mezcla perfecta entre lo canalla y lo tierno, aunque estaba convencida de que no lo había visto jamás.

El hombre introdujo mi cena en una bolsita, le pagué algo que me pareció ridículamente barato en comparación con la comida internacional del día anterior y desanduvimos el camino de vuelta.

—¡Qué descanso hablar español, llevo semanas con el inglés y ya casi no me acuerdo de mi idioma!

—¿No vienen muchos españoles por aquí?

—Sobre todo australianos. ¿Has escuchado la historia de Paul? ¡Menudo follón!

La noche era oscura y hostil, los perros se oían muy cerca, pero a su lado me sentía protegida. Era una sensación que hacía días que no tenía; percibí que, por unos minutos —en el trayecto entre el puesto de comida y el *hostel*—, había podido relajarme y dejar de estar alerta. Advertí que caminaba muy cerca de su brazo, casi rozándolo, intentando cobijarme a su lado, buscando la sensación reconfortante de que, a miles de kilómetros de Madrid, alguien, de hecho, un total desconocido, me estaba cuidando. Me pareció que me encontraba de nuevo en casa, pero «casa» ya no era un monstruo opresor lleno de pena, sino el lugar mágico de la infancia, con olor a perfume de vainilla y con la luz intermitente de un fuego en la tierra. A pesar de la sensación de sosiego, me convencí de que ese acercamiento inusual solo podía estar relacionado con la ansiedad de enfrentarme a un país lejano y la cercanía que siempre da compartir idioma.

El grupo se había disipado y cuando llegamos el comedor estaba casi vacío. Tengo que admitir que el *kottu* estaba buenísimo, nada que ver con las hamburguesas que había ingerido los días anteriores. Jero se sentó frente a mí, mirándome atentamente. No sé si esperaba que le diera la razón.

—Gracias por el tip, realmente está buenísimo —le complací.

—¡Ajá! ¡Lo sabía! —exclamó con júbilo—. Bueno, y entonces ¿cuántos días te quedas?

—Estaré por aquí una semana aproximadamente, quiero ir a Yala. Luego tengo pensado visitar Ella y volver a Colombo.

—¿Te has apuntado al curso de surf? —Empezaba a notar mucho interés por su parte. ¿A qué se debía tanta pregunta?

—Aún no, no sé si es para mí.

—Claro, mujer, ya verás como te flipa. Tienes que apuntarte en la recepción, y para ir a Yala, también. Yo fui hace unas semanas. Planéalo con tiempo, que los jeeps son limitados.

—¿Y viste elefantes? —le pregunté con algo de entusiasmo.

—Sí, claro, ¡muchos! Incluso vi a un elefantito pequeño, monísimo. —Se me partió el corazón al escucharle usar el diminutivo y descubrir su sensibilidad—. Aunque no siempre se dejan ver, depende de la suerte.

—Pues yo no tengo mucha —mascullé; por suerte, no me oyó.

—Bueno, háblame de ti. ¿Siempre viajas sola?

A lo que yo contesté vehemente:

—No; de hecho, es una novedad.

—También es mi primera vez, aunque después de dos meses ya no me lo parece. Al principio te sientes perdido, pero has llegado al lugar adecuado. Sri Lanka es increíble y en este *hostel* hay muy buena gente. Aquí muchos estamos en la misma situación y es fácil hacer amigos.

—¡Suena bien! Aunque, si te soy sincera, no es mi objetivo principal...; he venido a otra cosa.

—Bueno, todos venimos en busca de algo: las mejores olas, una gran aventura o algo más espiritual. Mucha gente viene a hacer yoga. Espero que tú también encuentres lo que quieres. —Y me sonrió.

Me miraba sucesivamente el plato, el tenedor, la comida, la boca y los ojos. No hay nada en el mundo que odie más que el hecho de que la gente me mire mientras como, pero ese interés genuino de Jero, sus palabras llenas de calma y la atención absoluta a todo lo que decía, hacía e, incluso, comía me ponía nerviosa y a la vez me hacía sentir especial. De repente, se me volvió a cruzar la belleza intimidatoria de Nina y, a pesar de lo agradable que me estaba resultando ese momento, volví a desconfiar de él. ¿A qué se debía tanto interés? Se me ocurrió que, simplemente, ya habría tenido algo con ella y le interesaría lo nuevo. Quizá era solo eso. Sin embargo, cuando estaba a punto de continuar la conversación, Jero se levantó.

—Me voy a dormir, que ya es tarde. Nos vemos mañana, ¿sí?

Y eso me descolocó y me devolvió a mi realidad. Quedaba claro: solo estaba siendo amable; los chicos guapos también tienen derecho a serlo.

5

Mientras el resto de las chicas todavía dormían, me despertó un destello de luz que entraba por la ventana de mi habitación. No tenía ninguna actividad programada, pero la curiosidad por descubrir Arugam Bay de día me levantó sin pereza y me puso a explorar los alrededores del *hostel*. Me asomé por la ventana de la habitación y me complací al contemplar por fin ante mí el paraíso que andaba buscando y que prometían las guías de viaje de Ainhoa. La habitación estaba prácticamente metida en la playa y, detrás de tres palmeras que se cruzaban como las de los catálogos de las agencias, el océano Índico hacía alarde de todo su esplendor regalándome un mar cristalino, pausado y nítido que parecía estar esperando que el día comenzara. Viendo el agua en calma, resultaba sorprendente que aquel lugar fuera una meca surfista. Más tarde descubrí que la bahía calmaba las olas y que las más bravas se hallaban unos kilómetros más al sur. Sea como fuere, aquella era justo la estampa que quería encontrar desde que aterricé: la paz hecha paisaje y el infinito en forma de horizonte azul. Me alegré muchísimo de que, por fin, el viaje estuviera cumpliendo mis expectativas, y decidí que daría un paseo tras el desayuno para impregnarme de brisa, salitre y de todos los colores que salpicaba el mar.

Me vestí rápido, cogí un libro por si me aburría de mirar al océano y bajé al comedor donde la noche anterior había estado con Jero y sus amigos. Aquella mañana, en cambio, no había rastro de ninguno de ellos. Vi un pequeño buffet libre, con té o café como bebida, tostadas con mantequilla y mermelada, huevos revueltos y fruta. Me serví un café solo malísimo y unas tostadas, y me senté en una de las mesas más grandes, junto a una chica coreana que también parecía estar sola. Intenté entablar conversación con ella en un esfuerzo más por empezar a encajar en el lugar, pero ella no tenía muchas ganas de cháchara. Apenas conseguimos hablar del tiempo de una forma breve y poco fluida.

Ese encuentro escueto propició que acabara pronto mis tostadas y que empezara antes el paseo por la playa. Era temprano y estaba casi desierta. La arena partía del porche del comedor como una alfombra deshecha que te empujaba hacia el agua. Había pequeñas embarcaciones de madera pintada de colores vivos varadas en la arena, una pareja de vacas pastando tranquilamente cerca de la orilla y un grupo de gallinas picoteando frente al *hostel*. Sin duda, nada tenía aquello que ver con la playa de Torrevieja que visitaba cada mes de agosto desde que era pequeña. Allí las palmeras nacían en el paseo, rodeadas de adoquines y asfalto; la arena era de un color más tostado y su superficie estaba plagada de sombrillas de colores y castillos de arena desde primera hora de la mañana.

Anduve, solitaria, hasta tocar el mar con los pies. El agua estaba caliente y pensé en todos los peces de colores de las tiendas de animales que, de pequeña, soñaba con tener, pero que era imposible porque vivían en mares cálidos como ese. En cuanto el agua entró en contacto con mis pies y mis tobillos, me abrazó en forma de caricia.

Estaba distraída mirando mis pies distorsionados por las ondas de agua cuando un griterío a lo lejos me sustrajo. Era Jero otra vez. Por lo visto, había madrugado mucho más que yo y ayudaba a un par de pescadores a arrastrar una pequeña embarcación de color celeste. Uno de ellos gritaba, dando algunas señas, y Jero y el otro empujaban la embarcación desde el agua hasta la arena para alejarla del océano. En cuanto dejaron la barca a salvo, también los ayudó a descargar la pesca y uno de los esrilanqueses le ofreció un par de pescados relucientes que él rechazó con una sonrisa y una especie de abrazo. Me quedé absorta mirando sus gestos enérgicos. ¿Cómo había conseguido acercarse a ellos, entender sus necesidades, ayudarlos? De nuevo, su cercanía ante lo cotidiano me despertó un interés que trascendía su pose de chico guapo. ¿Qué clase de turista logra entablar una relación tan amigable con los locales? Me di cuenta de que me impresionaba su manera de comunicarse con la gente local. Jero era auténtico, no tenía prejuicios y, sobre todo, resultaba cercano. Alguien que se fijaba en lo importante. Quizá no había sido justa con él y me había equivocado inventándole una personalidad que no le correspondía. Recordé su interés por acompañarme a buscar comida la noche anterior y la conversación con el señor del *kottu*, y sentí que me atrapaba ese comportamiento libre y despreocupado que acogía el entorno y hacía que brillase por encima de los demás. Desprendía una ternura contagiosa que me inquietaba y me atraía a partes iguales. Noté una pequeñísima punzada en el estómago, como si un cubito de hielo hubiera empezado a deshacerse, y, aunque no le di importancia, sentí una gran curiosidad.

Se despidieron con una palmada en la espalda y un gesto de agradecimiento. Disimulé de inmediato cuando Jero acabó la tarea y empezó a correr por la orilla, como un vigilante de la playa, en mi dirección. Me apresuré a volver rápidamente al B&B antes de que él llegara y me cobijé debajo de una sombrilla de paja, sobre una tumbona azul propiedad de nuestro *hostel*. Jero no me vio, pero yo sí lo vi pasar tras de mí. El sudor hacía relucir su moreno, que brillaba con el primer sol de la mañana. Tenía los pectorales marcados, definidos, y un mechón rebelde que le colgaba por la frente en forma de interrogante.

El sol empezaba a picar y me alegré de haber encontrado una hamaca con sombrilla, pues al cabo de un rato la playa comenzó a llenarse de turistas y ya no era fácil hacerse con un hueco. Intenté leer, pero me era imposible concentrarme. Un par de hamacas más allá estaban las dos chicas con acento americano que formaban parte del grupito de la noche anterior. Una vez más, me metí en su conversación; hablaban sobre el Parque Nacional de Yala, mi única visita ineludible, ya que había decidido improvisar el resto de las actividades. Las chicas se dieron cuenta de que las estaba observando y yo les sonreí para intentar no parecer una cotilla. Ellas se acercaron divertidas hasta donde estaba y me preguntaron si era española; chapurreaban español y les hacía mucha gracia practicar conmigo.

—Perdonad, es que no he podido evitar escucharos... ¿Cuándo vais a ir a Yala? —les pregunté con amabilidad—. Es que a mí también me gustaría ir y me han dicho que hace falta reservar en recepción, ¿es así?

—¡Sí! Estamos haciendo un curso de surf por las mañanas, así que hemos reservado para ir el jueves. ¡Puedes apuntarte con Amelia y conmigo! —dijo una de ellas, y añadió—: Encantada de conocerte, soy Kate.

—¡Claro! Es una idea estupenda. ¡Vente! —confirmó la otra entusiasmada.

Kate y Amelia eran de Portland, en el estado de Oregón, en la costa noroeste de Estados Unidos. Me contaron que eran íntimas amigas a pesar de ser totalmente diferentes. Kate era una fanática del surf y los deportes de riesgo, mientras que a Amelia le encantaba practicar yoga, meditación y modelaba cerámica. Habían decidido tomarse un año sabático nada más acabar la universidad, porque creían que más tarde la vida las empujaría y les sería imposible buscar el momento para viajar ellas dos solas. Me recordaron a la amistad que tenía con Ainhoa y me dolió darles la razón. Me contaron que ya habían recorrido Tailandia, Camboya, Vietnam e India, y que después de Sri Lanka planeaban recorrer Europa antes de volver a casa. Yo las escuchaba con atención, sintiendo una pizca de envidia al verlas tan compenetradas y unidas. Pensé que Ainhoa y yo también merecíamos habernos despedido de la vida atrevida, trepidante y alocada de estudiantes y de la juventud mientras atravesábamos de punta a punta el mundo cogidas de la mano.

Se ofrecieron a acompañarme a la recepción del *hostel* para que pudiese apuntarme a los mismos planes que ellas. Me pareció un gesto bonito y fue más que suficiente para empezar a sentirme bienvenida.

—Me gustaría hacer una reserva para el safari del Parque Nacional de Yala de este jueves, el mismo que han escogido ellas. ¿Sería posible? —le pregunté amablemente a la recepcionista.

Ella me miró, primero a mí y luego a ellas, con una tristeza algo impostada.

—Me temo que no, lo siento. No es posible. Se nos acabaron las plazas ayer por la noche para el jueves y los jeeps están llenos. Tiene que ser el viernes.

Por una parte, me resultó un poco fastidioso tener que ir sola, pero, por otra, pensé que sería buena idea vivir esa experiencia en solitario, ya que, al final, era lo que había ido a hacer. Además, planeaba estar allí hasta el sábado, así que me pareció bien dejar el elefante para el final de mi estancia en Arugam Bay.

—Bueno, ¡qué le vamos a hacer! —exclamé mirando hacia ellas—. Está bien, apúntame para el viernes.

—Oye, ya que no vamos a hacer el safari juntas, ¿por qué no te apuntas unos días al combo Surf & Yoga?

—No sé...

—¿Qué vas a hacer si no?

Y tenían razón, necesitaba algún entretenimiento. El curso Surf & Yoga no tenía más misterio que el que su propio nombre indicaba: iba de hacer una clase de surf por la mañana y otra de yoga por la tarde. Me pareció un poco caro en comparación con el alojamiento, la comida e incluso el safari, pero también era un buen plan para mantenerme entretenida, dejar de pensar en los motivos que me habían llevado hasta allí y, por qué no, hacer un par de amigas nuevas.

—¡Está bien! ¡Me apunto dos días al curso Surf & Yoga!

—Lo siento, tiene que ser un mínimo de tres…

Kate y Amelia me miraron con la misma cara de súplica que ponen los gatitos cuando quieren algo de ti.

—¡Pero estaré un día sola! Y a mí no me gustan ni el surf ni el yoga.

—No te vas a arrepentir. Apúntala tres días —dijo Kate a la recepcionista—. Te voy a dar tanto la lata estos dos días ¡que el jueves agradecerás que estemos en el Yala!

—Su sueño frustrado es ser monitora de surf, pero tú no le hagas caso —me susurró Amelia.

—Nos vemos luego, ¡que vamos a la clase! —exclamó Kate.

Ambas salieron volando de recepción y toda la energía expansiva que proyectaban también se fue con ellas. Yo me quedé para entregar la tarjeta de crédito y confirmar mis reservas, y pensé que el dinero, sin duda, sí que te acerca a la felicidad.

6

La mañana amaneció de nuevo despejada; la playa volvía a estar desierta y cubierta por una brisa acogedora que invitaba a sumergirse en el agua. Las palmeras se mecían apaciblemente y el horizonte era de un azul cobalto tan intenso que entraban ganas de nadar hasta alcanzarlo. Kate y Amelia me esperaban en el comedor para el desayuno y, aunque había dormido regular, tenía ganas de activarme y de hacer algo. El desayuno ofrecía lo mismo que el día anterior, y viendo a Amelia y Kate devorar los huevos revueltos me atreví a probarlos. También cambié el café por el té, y sí, estaba infinitamente mejor; solo a mí se me ocurría escoger café en uno de los países del mundo con mayor producción de té.

Una furgo negra con el logotipo de Beach and Besties nos esperaba en la puerta del *hostel* y un esrilanqués delgado con pintas de simpático se movía eficaz cargando tablas de surf sobre ella y atándolas firmes con una cuerda. Un grupito de cinco nos montamos en el vehículo y el hombre, que descubrí que iba a ser nuestro monitor, lo hizo después.

—*Are you reeeeeeady?* —preguntó de una manera tan enérgica y con tanto énfasis en la «e» que me pareció un poco forzado, como las maestras de música cuando cantan canciones sonriendo una y otra vez hasta que los niños se las aprenden. Jero no estaba entre la tribu surfista y eso me reconfortó; no quería que me viera haciendo el ridículo intentando subirme a la tabla.

El *spot* de surf estaba situado en una playa alejada del centro de Arugam Bay, en una zona en la que había diferentes áreas para practicar, tanto para expertos como para principiantes. Era el momento de pasar a la acción. El mar, como mi vida hasta entonces, había sido ese montón de agua plácida y caliente que descansaba frente a la bahía del pueblo. Sin embargo, en ese lugar las olas rompían con más furia y el océano se transformaba en un infinito salvaje y embravecido. Me sentí identificada con ese océano rebelde, pues yo también estaba agitada y cargada de miedos. Pero tocaba intentarlo, porque los obstáculos no se vencen sorteándolos, sino aprovechando su fuerza. Una vez que llegamos, el monitor me cogió por banda e indicó a los demás que calentaran y estiraran un poco; ellos llevaban algunos días con las clases y ya sabían qué hacer.

—¿Has hecho surf alguna vez? —me dijo en inglés con un fuerte acento esrilanqués.

Negué con la cabeza y él me hizo el mismo gesto de negación que un par de días antes me había dedicado el señor de la tiendecita callejera cuando le pregunté por el *hostel*. De nuevo, me costó entender si eso era conformidad o desaprobación.

—Te voy a enseñar lo básico aquí en la arena y luego pruebas tú en el agua. Sabes nadar, ¿no?

¿Qué pregunta era esa?

—Claro.

El monitor puso mi tabla sobre la arena, me ayudó a atarme el invento al tobillo, diciéndome que eso era lo que me mantendría a flote si me caía, e hizo que me estirara boca abajo sobre ella, extendiendo las piernas, con los pies juntos y sacando los brazos a ambos lados. Una vez colocada, me puso a remar. Primero un brazo, luego otro. Lo hice despacio, porque me parecía que me estaba tomando el pelo.

—Muy bien, lo haces muy bien... Corre, imagínate que ahora viene una ola: rema fuerte, rema fuerte y ¡súbete a la tabla!

Empecé a mover los brazos con energía hasta que creé un hoyo de arena a ambos lados de mi cuerpo, pero cuando quise subirme a ella lo hice con los codos, las rodillas y, en definitiva, con todo lo que pude.

—No, así no, mira cómo lo hago yo.

El monitor se estiró sobre la arena y fue describiendo paso a paso todas las acciones que tenía que hacer yo sobre la tabla.

—Mira, manos juntas... Fuerza de pectoral, fuerza de abdominal... ¡Prohibido meter las rodillas! Un salto y... ¡ya lo tienes! Fíjate en el punto de equilibrio y flexiona las piernas.

Viendo la facilidad con la que lo hacía, parecía fácil. Pero nada más lejos de la realidad; cuando me tocó probarlo a mí, mi cuerpo pesaba tanto que apenas pude ponerme de pie. Me tuvo allí practicando un buen rato mientras el resto del grupo ya estaba en el agua.

—¿Te importa si te dejo aquí practicando? Es que tengo

que atender a los demás. Haz el salto unas cuantas veces, es lo más importante, y, en cuanto te salga, métete en el agua y rema hasta nosotros como te he enseñado.

Se disculpó y me dejó en la arena.

Parecía tener muy claro qué debía hacer y cómo llegar hasta ellos, pero yo no sabía ni por dónde empezar. Practiqué el salto un par de veces más y, como me pareció muy aburrido, me coloqué la tabla bajo el brazo, tal y como había visto en las pelis californianas, y me encaminé a la orilla. La tabla era tan grande y pesada que, en cuanto pisé el agua, la dejé flotando ante mí y me adentré en el mar arrastrándola con la pierna. Me sentí un poco patética. El agua comenzaba a cubrirme.

—¡¡Eeeh!! ¡Española! Súbete a la tabla. ¡Estirada! ¡Rema! —me gritó el monitor desde unos metros más allá.

Trepé como pude a la tabla siguiendo sus órdenes. Primero la barriga y luego repté hasta conseguir una postura decente. Empecé a mover los brazos y poco a poco conseguí reunirme con el grupo. El agua allí ya era bastante profunda y resultaba imposible ver el fondo.

—¡Muy bien! Ahora siéntate. Así, como nosotros.

Todos estaban en el medio de las tablas, con la quilla hundida; no parecía difícil, pero después de la experiencia del salto no me atrevía a moverme.

—¡Me voy a caer! —grité aterrada.

Kate me animó y me indicó cómo hacerlo. Al parecer, había decidido hacer el cursillo con los «espumillas», la forma coloquial con la que los surfistas llaman a los principiantes, para acompañar a Amelia en su iniciación al surf. Los espumillas todavía no cogen olas grandes y se conforman con la espuma que forma la ola una vez que esta ya ha roto. Por supuesto, yo no llegaba ni a esa categoría.

Seguí los pasos de Kate y conseguí sentarme en la tabla. Estaba tan cansada que no podía creer que el deporte en sí todavía no hubiera empezado. Una vez sentada, vislumbré la costa desde el mar, el movimiento dinámico de las olas, los cuerpos de mis compañeros meciéndose sobre las tablas y su sentimiento de espera eterno para atrapar algún resto de ola grande.

Kate fue la primera que cogió una, y me ayudó a entender de forma práctica todas las indicaciones que me había dado el monitor. En cuanto vio una opción interesante a lo lejos, se tumbó rápido sobre su tabla, empezó a remar muy fuerte, como si fuera una nadadora olímpica, y en cuanto se encontró perpendicular a la ola, completamente firme, dio un salto, ladeó el cuerpo hacia la derecha y la tabla se deslizó sobre el agua hasta que la ola se rompió del todo. Al cabo de unos minutos, ya la teníamos con nosotros de nuevo. Me fijé en que su tabla era mucho más afilada y fina que la nuestra.

—Es una tabla corta, para hacer maniobras y aéreos —me explicó señalándola—. Las vuestras son de aprendizaje, se llaman corchos. Son mucho más estables para que os sea más fácil subiros, pero también más pesadas.

Entendí por qué me había costado tanto llevarla hasta el agua. Amelia y el resto también hicieron sus intentonas de pillar alguna ola y muchos de ellos consiguieron subirse a la tabla y aguantar unos cuantos segundos. El monitor me observaba, pero yo trataba de no mirarlo directamente a los ojos para no sentirme forzada a probar.

—¡Hey! ¡Elena, es tu turno! —exclamó al final—. ¡Venga, chicos, prohibido coger ninguna ola hasta que no lo haga la española! —dijo el monitor empujándome a probarlo.

Para ponérmelo fácil, me dijeron que me colocara en posición de coger la ola y que ellos me indicarían cuándo empezar a remar. Con tal presión era imposible decir que no, así que me tumbé boca abajo y esperé a recibir indicaciones. De repente, todos empezaron a chillar. «¡Ahora, ahora! ¡Rema, rema! ¡Fuerte, fuerte!». Y juro que lo di todo, moví los brazos como si un tiburón me estuviera persiguiendo, palmeando con fuerza, rompiendo en mil pedazos el agua con el único objetivo de atrapar la ola y surfear todo lo que ella significaba. Cuando sentí que la tabla estaba lo bastante firme, apoyé los brazos sobre ella, tiré fuerte, coloqué rodilla y... una coctelera de agua, piernas, brazos, invento y corcho me revolcó bajo el agua hasta que, por fin, afloré a la superficie con el pelo aplastado en la cara y haciendo un gesto con el pulgar hacia arriba para decirles a todos que había sobrevivido.

Arrastré la correa que me mantenía atada a la tabla, que flotaba unos metros más allá, volví a subirme como pude a ella y me puse a remar para estar de vuelta con el grupo. Todos me animaron diciéndome que no había estado nada mal para ser la primera vez. Sin embargo, a mí me había parecido penoso. Una vez sentada de nuevo, me fijé en que, más adelante, en el pico, donde nacían las olas, un grupo de surferos avanzados se turnaba para cogerlas. Uno de ellos me estaba observando. En cuanto coincidí con su mirada, sonrió y me saludó agitando el brazo y la mano. Sentí una punzada en el corazón: era Jero.

Recé para que no hubiera visto mi intentona surfista. Tenerlo cerca acabó por disuadirme de intentar coger más olas en lo que quedaba de mañana. Ni el grupo ni el monitor insistieron, quizá consideraron que ya había hecho suficiente el ridículo.

Mientras trataba de mantener el equilibrio en las posturas de yoga que dictaba la profesora, no pude parar de pensar en si Jero me había visto caer y dar vueltas como en una batidora dentro del agua. Reconozco que le di mucha importancia a haber hecho el ridículo, y a que, en cuestión de segundos —aunque a mí el trago me resultara eterno no creo que el espectáculo durara mucho más—, Jero hubiera perdido el interés que había demostrado por mí hasta entonces. Pero ¿qué interés? Si solo habíamos hablado un par de veces… ¿Por qué medía mis gestos para intentar parecerle interesante? Nunca había tratado de camuflar quién era, siempre me había esforzado en entender la vida de una forma diferente y a quien le gustase bien y a quien no también. En cambio, con Jero sentía que quería ser del montón, quizá para encajar. No le conocía y no sabía cuál era su tipo, si una mujer como Nina, atractiva, elegante y sofisticada, o como yo, patosa, humilde y loca por la luz, los colores y las flores. Pero no había viajado hasta Sri Lanka para rayarme por un tío. ¿Que era guapo? Pues sí, pero de lo más común. Un español promedio, como todos los chicos que había conocido hasta entonces. ¿Que era atento, atractivo y desprendía hacia los demás un interés genuino que me encantaba? Pues también, aunque al fin y al cabo no teníamos más historia que la de un paseo nocturno compartido y un saludo a lo lejos en el mar. Así que, siendo realistas, me estaba obsesionando por un chico con el que apenas había hablado, y eso me parecía una auténtica locura. No entendía por qué tan solo su presencia era capaz de hacerme olvidar, durante minutos, el verdadero objetivo por el que estaba allí.

Durante los días en que coincidimos en Arugam Bay, las chicas y yo empezamos la agradable y corta tradición de comprar unas cervezas tras la jornada deportiva y beberlas sentadas sobre la arena de la playa que había enfrente de Beach and Besties. Nos quedábamos allí hasta que apenas asomaba luz por el horizonte. Las comprábamos en una tienda especializada en venta de alcohol cercana al *hostel*, donde un señor muy acostumbrado al turismo extranjero atendía amablemente. Es complicado encontrar bebidas alcohólicas en el país, exceptuando dentro de los locales de restauración. Por lo general, si quieres comprar una cerveza sin entrar en un bar, solo puedes hacerlo a través de una Liquor Shop.

La playa empezó a vaciarse, algunos locales aprovechaban las últimas horas para tomar un baño en camiseta, los niños jugaban a salpicarse y las palmeras parecían distraídas meciéndose sin demasiado ritmo.

—Bueno, Elena, ¿qué te han parecido las clases? No ha estado tan mal ese revolcón en el agua, ¿no? —preguntó Kate divertida mientras echaba un trago a la cerveza.

—¡Estoy agotada, pero contenta de haber sobrevivido! —dije sonriendo—. Eso sí, mañana estaré fatal, no han pasado ni diez horas y ya empiezo a sentir las agujetas...

—Bah, no te preocupes; por muchas agujetas que te salgan, siempre tendrás más flexibilidad que Kate. ¿Has visto cómo hacía la pinza en yoga? —dijo Amelia buscando complicidad.

—Oye, ¡ni tan mal! —se quejó Kate—. Cuando paséis de espumillas os dejaré que me critiquéis. Hasta entonces, ¡calladitas!

—¡Deja que presumamos de algo! —rio Amelia.

Nos quedamos un rato más allí, charlando y riendo sobre la arena, hasta que por fin se fue del todo la luz natural.

A pesar del bochorno del día anterior, debo confesar que la primera clase de surf me resultó un auténtico reto tanto físico como emocional. Tal esfuerzo hizo que, por primera vez en muchos meses, durmiese como un bebé. No me enteré de los ronquidos de mis compañeras de habitación, ni siquiera supe cuándo llegaron, aunque probablemente encendieran las luces y armaran mucho jaleo. Dormí bien y agradecí no haber soñado con nada. A la mañana siguiente, me levanté con una sensación de bienestar que me resultaba ya desconocida y, aunque la clase de surf había sido un desastre y en la de yoga no había podido desconectar tanto como me había prometido, emprendí el día mucho más animada que el anterior, con ganas de pelearme de nuevo con esa tabla gruesa y gastada para principiantes que se había convertido en mi mayor reto. Además, reconocí que la aventura me había servido para conectar más profundamente con Amelia y Kate e, incluso, considerarlas compañeras o amigas en mi estancia en Arugam Bay. Ellas me recordaban tanto a la Elena de unos años antes que era fantástico haberlas encontrado en ese lugar recóndito y tener cierta complicidad a pesar de nuestros orígenes remotos. Solemos valorar las relaciones a largo plazo, porque sin duda ellas han sido capaces de avanzar y evolucionar con nosotros, y no hay nada más mágico que madurar con alguien con quien has compartido muñecas, mocos, clases, fiestas universitarias y cafés. Pero las amistades fugaces, que a veces duran días o tan solo unas horas, también sirven para mejorar la existencia y nos hacen definitivamente mejores. No hace falta estar para siempre, a veces solo es necesario aparecer en algún momento. Kate y Amelia aparecieron en Arugam Bay para hacerme partícipe de su experiencia, para dejarme crecer con ellas, para enseñarme cosas de Estados Unidos que ni conocía, para acompañarme en mi viaje y, sin duda, para que dejara de pensar tanto en aquel catalán que era el único que hablaba mi idioma. Y aunque Jero lograba despertar en mí unos sentimientos desconocidos, tener a aquellas nuevas amigas cerca y no depender tanto de él suponía un consuelo.

Como no compartíamos habitación, quedamos directamente en el comedor al día siguiente para desayunar. Como había predicho, tenía tantas agujetas que era incapaz de moverme con naturalidad.

—¡Elena! —gritó Kate—. ¡Aquí! —dijo haciendo señas hacia una silla que habían guardado para mí a su lado.

Llegué lenta hasta ellas, caminando como un robot. No podía cerrar bien las piernas ni articular los codos, y, aunque tenía ganas de demostrarles que yo también podía subirme a una tabla y que había recuperado la motivación, no me veía capaz de volver a intentar lo del surf. Me senté enseguida para sentirme a salvo.

—Chicas, creo que me rajo, no me puedo mover. Hoy me quedo en la playa.

—¡Venga ya! Las agujetas se pasan haciendo más deporte —se burló Kate.

—En serio, no puedo.

—Tranqui, a mí me pasó lo mismo el primer día —dijo Amelia compasiva—. Pero esta vez le doy la razón a Kate, las agujetas se pasarán si vuelves hoy. Además, con los días te das cuenta de que puedes con todo.

Y Amelia tenía razón, lo que me pasaba solo era dolor físico que mejoraba con azúcar. ¿Qué clase de mal era aquel que podía curarse así? Además, ante los retos solo existen dos opciones, o se traspasan o se huye, y yo ya estaba a medio camino. En cuanto vieron que me habían convencido, volvieron a centrarse en su plato. A pesar de toda la retahíla de consejos y pensamientos que llevaba diciéndome a mí misma desde la noche anterior, no pude evitar echar un vistazo al resto de los huéspedes que desayunaban en el comedor para tratar de encontrar a Jero con la mirada.

Empecé haciendo un repaso lento y ordenado, de derecha a izquierda, y me lo encontré de frente, sentado con otros chicos, dos mesas delante de mí. Me observaba fijamente con sus ojos negros, como si estuviese esperando a que lo encontrara y me detuviera en él, como la última parada de cualquier destino. Nos quedamos mirando unos segundos, los suficientes para parar el ajetreo del comedor y sentir un vaivén de energía desplegada entre nosotros. No quería ser yo quien bajara la vista, pero la suya era tan intensa y penetrante que el nerviosismo empezó a acelerarme el corazón y, de nuevo, a encenderme los pómulos. No me quedó más remedio que pestañear y mirar el plato de las chicas. ¿Esa escena había sido real? Quise comprobarlo porque no había tenido suficiente. Volví a alzar la mirada y allí seguía, inalterable, hasta que, como un truco de magia, me sonrió. Y yo intenté vencer la parálisis y esbozar un gesto parecido. Para ser sincera, no sé si lo conseguí; las mejillas me ardían y solo pude levantar sutilmente los labios. Me di por vencida, iba a perder cualquier guerra en la que él fuera mi rival. Dejé el juego, me levanté y fui a por mis tostadas y mis huevos revueltos, caminando torpe y dolorida. No quise girarme, pero creo que me miró el culo. Dejé el plato en la mesa y volví al buffet a por el té; Jero se estaba sirviendo una taza. ¿Se me había adelantado para encontrarme o solo había sido casualidad? Me sonrió de nuevo, sin mostrarme los dientes.

—¿Qué tal, espumilla? ¿Preparada para coger tu primera ola?

Vale, definitivamente, me había visto revolcarme en el agua.

—Seguro que tú lo hiciste mucho peor en tu primer día. Nadie tiene tanto estilo como yo para caerse.

—Caerse no es el problema; de hecho, a veces es la única solución. Solo tienes que dejar que te ayuden a levantarte de vez en cuando.

Me quedé plantada sosteniendo una taza vacía en la mano mientras observaba cómo él se servía su té y volvía a su sitio. Sus palabras resonaban como piedras en mi cabeza. ¿Qué había visto en mí para soltarme eso? ¿Significaba que me sonreía por compasión cada vez que nuestras miradas se cruzaban? ¿O era esa la química del amor de la que tanto me habían hablado?

Mis padres llevaban treinta y cinco años juntos y se querían. Se notaba por la forma que tenían de seguir cuidándose cada día. Mi madre tenía la costumbre de rozar la mano de mi padre cada vez que se sentaba a su lado o colocaba algo encima de la mesa; era un gesto sutil que no cambiaba nada, ambos mantenían la misma expresión porque, para ellos, aquel pedazo de piel les era tan cotidiano como necesario. La vida continuaba, pero, durante una leve fracción de tiempo, se recordaban que seguían caminando de la mano. Solía decir que mi padre era el mejor bailarín y que eso fue lo que la enamoró. Entonces, mi padre se levantaba como si hubiera oído una orden, ponía música de The Beatles, de The Monkees o incluso de Los Bravos, la arrastraba hasta el medio del comedor, se colocaban el uno enfrente del otro, flexionaban los codos a la vez y empezaban a dar saltitos y a mover las caderas a ritmo de twist mientras yo los miraba con cara de estupefacción. Quizá envejecer es dejar de bailar bien para otra generación. El estilo de amar de mi padre era más clásico, pues también le exprimía naranjas por la mañana, iba a recogerla cada día a la puerta de su trabajo y, en cuanto se jubilaron, cada mañana bajaba a comprar la prensa para leerla juntos. Y la llenaba de cumplidos; eran piropos sencillos, como qué color de labios más bonito, este nuevo corte de pelo te queda fenomenal u hoy se te ve radiante. Sin duda, halagos creíbles que, sobre todo, denotaban que seguía mirándola con determinación. Cuidar es sinónimo de conservar, y ese era su secreto y mi mayor aspiración de final feliz.

Dicen que todas las relaciones son el reflejo de la de nuestros padres y quizá me había costado enamorarme porque tenía las expectativas muy altas. Había tenido rollos de una noche y relaciones que habían durado un poco más, quizá unos meses. Pero ninguna fraguaba y por lo general era yo quien les ponía fin. Siempre encontraba algo que me hacía echarme para atrás. No tenía un prototipo determinado ni me consideraba muy exigente, pero sí que, si no lo veía claro, no daba una segunda oportunidad. El tiempo me parecía demasiado valioso como para hacérselo perder a alguien, y más a mí misma. Yo soñaba con un amor valiente, algo intenso, huracanado y prácticamente irrepetible que desde el principio fuera capaz de sacudir desde dentro, brotar hacia fuera y regalarte la certeza de que vivir valía la pena. Pero mi amor no se acababa aquí porque, a la vez, era un amor realista, consciente de que la euforia tiene fecha de caducidad y es capaz de adaptarse a los cambios de ritmo, a los desajustes temporales, a las pérdidas tanto físicas como emocionales y, a fin de cuentas, a la tristeza, porque podía evolucionar, rebajar intensidad y seguir impasible. Pero mi ideal de amor no solo era intenso y apacible, sino que contaba con un último estrato, el más importante y el que tanto me costaba encontrar. Mi amor circular pasaba por relegar la pasión y promover los cuidados, porque la vida, al final, es una conversación interesante, una broma compartida, un poquito de piel a la que agarrarse y seguir bailando como cuando se es joven, aunque ya no se lleve.

Recuerdo la primera vez que un chico me cogió de la mano. Fue durante una excursión de quinto de primaria: estábamos en el fondo del autobús, escondiéndonos de los profesores y de las monjas, que estaban en las filas del principio. Unos compañeros empezaron a jugar al Conejito de la Suerte. Yo no quise hacerlo porque me daba vergüenza tanto besar como que me besaran, y me senté mirando hacia la ventana. Tito, un niño bajito de ojos verdes que siempre estaba entre el top cinco de los castigados, se sentó a mi lado y me cogió de la mano.

—Me habría gustado que jugaras porque te habría escogido a ti. Pero me da igual, porque yo no juego si tú no juegas —me dijo con una voz dulce, todavía imberbe.

Yo lo miré sorprendida, pero me pareció el gesto más tierno y bonito del mundo, porque sentí que Tito no quería nada más que estar conmigo. Así que dejé que se quedara allí, callado junto a mí, demostrándome un amor tan puro que no necesitaba fuegos artificiales. Al cabo de un año, se marchó del colegio para ir a estudiar al instituto y le perdí la pista. A veces fantaseaba con ese niño y pensaba que quizá podríamos haber vivido una historia de amor más adelante, pero estaba segura de que sería incapaz de reconocerlo si algún día me lo cruzaba por Madrid, y eso me ponía triste.

Pensé que Jero tenía algo de Tito y que quizá por eso me resultaba tan familiar. Tras su pose de gracioso y un poco canalla, se escondía un tío bondadoso y sincero que a mí cada vez me costaba más quitarme de la cabeza. Además, me volvían loca su sonrisa, su mirada, esas frases crípticas que iba soltando y, para qué negarlo, sus pectorales. Sus intervenciones conseguían sacudirme y dejarme bloqueada, como un besugo incapaz de responder a su nombre. Llevaba años convencida de que sabría diferenciar el enamoramiento del pasatiempo cuando sucediese y estaba segura de que me estaba acercando. Si el amor atraviesa, desordena y te cambia para siempre sin que podamos detenernos, Jero, sin duda, lo estaba consiguiendo.

7

No puedo negar que mi segunda experiencia con el surf fue también desastrosa. Sin embargo, sentí que algo en mí había cambiado. Mi ánimo estaba restablecido, como si hubiera pulsado durante unos segundos el botón del *reset* o hubiese memorizado todos los libros de autoayuda. Había decidido poner, por fin, todo mi empeño en la tarea y quizá solo necesitaba eso: un cambio de actitud. Durante la clase, me tomé cada ola como si fuera la oportunidad de mi vida para demostrarme que, como me había dicho Amelia, podía con todo. Sabía que era capaz de hacerlo, solo me faltaba ponerlo en práctica. En definitiva, había recuperado las ganas.

Tenía que ser capaz de surfear cada maldita ola que se me pusiera por delante, porque venía de pasarlo tan mal que esas olitas de principiante me tenían que parecer una cursilada. Ya me había enfrentado a mis miedos más profundos y había cruzado todo el puto mundo, así que ahora me quedaba lo fácil. Estaba decidida a volver a disfrutar de la vida. Sabía que ninguna ola iba a ser sencilla: ni las más pequeñitas, que yo cogía animada y se envalentonaban al final hasta desestabilizarme; ni tampoco las suaves, que, cuando se acercaban a la costa, se deshacían y desequilibraban la tabla hasta que se hundía. Ninguna iba a poder con mi paciencia y, sobre todo, con mis ganas de recuperarme, porque no existe una buena opción para enfrentarse a los problemas, pero después de cada revolcón en el agua yo me volvía más fuerte. A medida que lo intentaba tenía menos miedo de volverme a caer.

Cumpliendo con nuestra nueva tradición, tras la jornada Amelia, Kate y yo nos sentamos sobre la arena de la playa. Aquella tarde ellas se abrieron un poco más para contarme su experiencia como mujeres mochileras y yo sentí una conexión más íntima, que su confesión me arropaba y me acercaba a ellas.

—Dios, llevo casi medio año sin ver a mis padres y todavía no los echo de menos. A veces me preocupo —dijo Kate lanzando un suspiro.

—Que te empiece a preocupar ya es positivo. Es una señal de que te estás haciendo mayor. Yo me muero de ganas de ver a Liam, mi sobrinito. Nació hace un mes, Elena, ¡es tan mono! —dijo Amelia sacando su móvil con intención de enseñarme una foto—. Tengo muchísimas ganas de conocerle. De hecho, estuve a punto de cancelar el viaje para estar allí tras el parto.

—Menos mal que te convencí de no hacerlo. Tu hermano te pidió por favor que no fueras —afirmó Kate un poco malhumorada.

Amelia me acercó su teléfono para que admirara a su sobrino, un bebé rubio de poco más de un mes, con la cara redonda y unos ojos ya azules y enormes que miraban con cara de asustado.

—¿A que es guapo? —Y siguió mientras guardaba el móvil en la riñonera—: Ya, es que era ahora o nunca. Luego habría sido complicado. Además, el peque no se acordará en unos años de que yo no estuve allí... —se justificó Amelia con aire triste.

—Estoy de acuerdo... —comenté, y creo que ella se animó, porque interpretó que lo decía por su comentario sobre Liam, aunque, en realidad, yo estaba pensando en la urgencia de vivir—. ¿Y os ha ido bien viajando solas?

—A ver, por desgracia no es fácil viajar siendo mujer, ya lo sabes, eso es una realidad indiscutible —sentenció Kate.

—Sí, siempre estás alerta. Yo viajé mucho con mi ex y por supuesto es muy diferente. Vas más tranquila. Siempre tienes miedo a que te estafen y esas cosas, claro. Pero vamos... nada que ver.

—Aunque tenemos que decirte que Asia es muy fácil, nosotras en general no hemos tenido problemas.

—A ver, Kate, nos drogaron y nos robaron, ¿no te acuerdas?

—¿Qué me estáis contando? —exclamé asustada.

—Sí, *honey*, en Tailandia tienen el culo pelado de hacerlo. No somos ni las primeras ni las últimas —afirmó Amelia con resignación.

—Pero ¿qué pasó? ¡Contadme más! —insistí.

—Ya, Amelia, pero no nos pasó nada. —Kate le restó importancia a la historia que estaba empezando a contar su amiga.

—Dios, Kate, ¿cómo puedes ser tan despreocupada? Pues mira, Elena, nos metimos en un bus que parecía normal, solo que la cabina del conductor estaba cerrada. Parece ser que tiran algún somnífero por el aire acondicionado. Sí, no me pongas esa cara; suena muy peliculero, pero es real. Duermen a los turistas y aprovechan para sacarles todo lo que llevan encima. Nos dejaron sin blanca, un par de dólares que llevábamos escondidos en el calcetín y que nos sirvieron para llegar a nuestro *hostel*.

—Pero ¿no llevabais la pasta en las riñoneras esas que se pegan en el cuerpo?

—Sí, de hecho, de allí nos la quitaron.

Las miré con cara de terror.

—Jo, Amelia…, ¿ves? Ya la has asustado. Eso fue en Tailandia, aquí no te pasará nada así —me dijo Kate con voz dulce.

Kate tenía razón, me habían asustado. Temí que algo así, o peor, pudiera pasarme a mí. Ellas eran dos, pero yo viajaba sola. Me quedé unos segundos en silencio, pero antes de que el miedo volviera a paralizarme decidí que lo mejor era cortar esos pensamientos por lo sano. Cambié de tema.

—Bueno, y después de Asia toca Europa, ¿no? ¿Qué ruta pensáis hacer?

—Pues vamos a ir a España seguro, pero antes queremos visitar Roma, la Toscana y París —explicó Kate.

—Aunque no tenemos claro si ir a Madrid o Barcelona… —se excusó Amelia.

—No he estado nunca en Barcelona, así que solo os puedo recomendar Madrid.

—¿No has estado nunca en Barcelona? —espetó Kate—.

¿Y a qué esperas? Si al final vamos a Barcelona, te vienes con nosotras. ¡Júranoslo!

—Bueno, es que depende del curro…

—¡Júranoslo! —insistió Amelia.

—Venga, va, os lo prometo.

—Y, si vamos a Madrid, ¿nos harás de guía? —apuntó Amelia.

—Por supuesto.

—Y tú, ¿por qué has venido hasta aquí? —preguntó Kate con curiosidad.

La luz del atardecer iba borrando cada resto de color hasta teletransportarme a una de esas instantáneas anaranjadas de los años ochenta que habitaban en los álbumes de fotos de casa de mis padres. La nostalgia es un arma de destrucción masiva, aparece de repente para recordarte que cada instante de gloria esconde también una nota de tristeza. Me sentía cómoda con ellas y la verdad es que habían conseguido que mi viaje se volviera mucho más ameno y divertido, pero no lo suficiente como para contarles, todavía, los motivos de mi viaje.

—He venido a buscar elefantes en libertad. Es una obsesión que tengo desde pequeña. Una amiga me dijo que Sri Lanka era el mejor país para hacerlo y, por lo que he ido viendo y lo que me contáis, me parece que no se equivocó.

—Ojalá los veas, nosotras esperamos encontrarlos mañana, ¡ya te contaremos qué tal!

—Creo que estaré todo el día nerviosa hasta que volváis.

—¡Qué mona! Esto me recuerda que nos despiertan a las cinco para ir a Yala, así que quizá es un buen momento para ir a cenar algo y a dormir.

Nos levantamos y nos sacudimos la arena de la ropa, ellas empezaron a avanzar hasta el *hostel* y yo aproveché para echar un último vistazo al horizonte. La fina línea que separaba el mar del cielo estaba prácticamente difuminada. Ante mí, como en la obra *Cuadrado negro sobre blanco*, de Malevich, la oscuridad se presentaba algo resquebrajada por unos pocos rayos de luz de luna. Me salió sonreír desde dentro de una forma natural que hacía mucho que no había sido capaz de reproducir. Era el orgullo hacia mí misma por haber valorado ese pequeño instante de amistad y felicidad, como me solía suceder tiempo atrás.

8

Desperté con un nerviosismo nuevo, una especie de ilusión que me resultaba extraño reconocer tras tanto tiempo. Yo no iba a ir a Yala esa mañana, pero me sentía tan emocionada como si estuviera ya allí. Tenía la intuición de que algo estaba pasando, las chicas ya estarían en el parque y al día siguiente me tocaría a mí... Todo estaba tan cerca, tan «a punto de», que me invadían las ganas de que ocurriese. Siempre deberíamos vivir con esa sensación de grandeza y anhelo de cuando algo está intacto y todavía lleno de esperanza.

Mi tercera y última clase de surf fue mucho mejor que las dos anteriores y me dio mucha rabia que ni Kate ni Jero vieran el par de veces que había conseguido subirme a la tabla y aguantar de pie. Sentí la adrenalina expandiéndose desde el pecho hasta cada rincón de la piel. Parecía que los pies y las piernas contuvieran la tensión, aguantando el equilibrio, mientras aprendía a volar. El viento impactaba contra mi cuerpo mojado y notaba el frescor de la piel húmeda acariciada por la velocidad. Allí encima me reencontré con la sensación de euforia que siempre te regalan las cosas nuevas y volví a ser aquella chica divertida y luchadora que tanto echaba de menos. El efecto solo duró unos segundos, pero, en términos de aprendiz de surf, eso significa tal eternidad que me pareció que había, incluso, surfeado. Tras la clase, volví contenta al *hostel* y con muchas ganas de explicarles mi pequeño gran triunfo a las chicas. En ese momento, tenía la impresión de que todo había sido mucho más fácil y divertido de lo esperado. El éxito parece tan fácil cuando se consigue que es completamente injusto olvidar todas las decisiones y el trabajo que nos han llevado hasta él. La habitación estaba vacía, pasé por delante del espejo y me miré. Allí estaba yo, con un brillo conocido en la cara, quizá por los restos del sol en los mofletes, que me recordaba cómo era antes del dolor y la pena. Estaba volviendo poco a poco, como los recuerdos que traen las canciones y que nos trasladan a un lugar en el que una parte de nosotros se quedó para siempre. Había empezado ya mi camino hacia delante.

Todos los jueves el *hostel* montaba una pequeña fiesta surfista en la playa para celebrar el fin de curso del Surf Camp. Las chicas estaban muy emocionadas con el evento y me hicieron prometerles que asistiría. Tras la clase de yoga, que ese día hice también sola, todavía faltaba mucho para su vuelta, así que decidí ir a ducharme para entretenerme. No había llevado prácticamente nada de maquillaje y las cuatro piezas de ropa que tenía en la mochila estaban bastante arrugadas y parecían de un saldillo de temporadas anteriores. Sin duda, no había ido a Sri Lanka para salir de fiesta y mis *outfits* no estaban preparados para ello. Decidí apostar por un estilo sencillo, el mismo que mi abuela me había inculcado repitiendo una y otra vez aquello de que «en la sencillez está el buen gusto». Escogí los únicos vaqueros de marca que tenía, unos Levi's 501 cortos, un top blanco ajustado de tirantes y las Birkenstock que llevaban acompañándome todo el viaje. Intenté dejarme el pelo suelto, pero había tanta humedad que antes de salir del baño ya lo tenía todo encrespado, así que opté por hacerme una trenza baja aun sabiendo que, en un rato, acabaría deshecha. Pero me faltaba algo, un toque especial. Eché un vistazo a la habitación y vi el lirio de agua azul todavía turgente y colorido. Logré anclarlo en el pelo, tras la oreja, con unas horquillas y conseguí el matiz exótico y singular que me faltaba.

Me senté a esperar a las chicas en una de las hamacas de la playa-jardín del *hostel*. Me quedé atenta mirando cómo unos chicos preparaban una gran hoguera y una banda de músicos treintañeros hacía pruebas de sonido sobre una tarima. Pensé que se lo estaban currando bastante y, viendo ese ambiente de anuncio de cerveza, me entraron más ganas de que empezara la noche. Quizá Amelia y Kate tuvieran razón y aquello iba a ser un gran fiestón. De repente, Jero se acercaba con otro chico al que apenas había visto antes. Cuando estaba a unos metros de mí, se paró y me miró divertido.

—¡Hacía mucho que no te veía!

Me sorprendió su comentario, pues a mí no me parecía que hubiese pasado tanto tiempo, aunque reconozco que en aquella isla las horas parecían transcurrir a otra velocidad; a veces el tiempo se volvía infinito, otras todo ocurría demasiado deprisa.

—Vendrás esta noche a la fiesta, ¿verdad? —dijo ya con un tono más tenue, más tímido. Y añadió—: Es mi última noche en Arugam Bay.

Tenía razón, Jero se iba al día siguiente y lo más probable era que no volviera a verle nunca más. Esa pequeña obsesión que había entretenido mis días en Arugam Bay y despertado sentimientos olvidados acabaría allí, en un quizá, sin que ninguno de los dos fuéramos a hacer nada por remediarlo. Me dio un poco de pena que esa fuera su última noche, pero era inevitable; no podíamos quedarnos allí hasta descubrir si esa conexión creciente entre nosotros existía o solo era una sensación infundada. Asentí. Cada vez que me hablaba, empezaba a imaginarme historias, comenzaba debates internos o fabricaba conspiraciones. Moví con sutileza el cuello como para empezar a hablar, pero no supe qué decir y enmudecí. El silencio empezaba a resultar incómodo.

—Estoy esperando a Amelia y Kate —dije al fin.

¿Y eso a él qué le importaba?, pensé.

—Muy bien, ¡nos vemos luego, pues!

Le sonreí y me quedé con esa sonrisa tonta en la cara un buen rato mientras ellos se dirigían hacia el interior del *hostel*. De repente, el sonido del motor del jeep me hizo reaccionar y me di cuenta de que estaba sonriendo al aire, en medio de la nada, como una auténtica chalada.

Me abalancé hacia el vehículo casi dando zancadas, las chicas bajaron y, en cuanto me vieron, cambiaron la expresión. Ambas me miraron fijamente y negaron con la cabeza.

Parecían más tristes por mí que por ellas mismas. Amelia fue quien confirmó mis sospechas.

—No los hemos visto, *hun*. Espero que mañana tengas más suerte... —dijo con tono cariñoso.

—Estás guapísima, Elena —intentó animarme Kate—. Vamos a cambiarnos y bajamos enseguida para comer algo e ir a la fiesta.

Volví a mi hamaca y me quedé absorta mirando las hebras de colores que la formaban. Tenía la mirada perdida y una sensación de decepción profunda en el estómago que me había hecho olvidar el bienestar de todo el día. ¿Y si no veía ningún elefante al día siguiente? ¿Y si ahora que parecía que me estaba animando, que era capaz de salir a flote, la vida volvía a ponerse de culo? Había hecho catorce horas de avión, me había gastado todos mis ahorros, las vacaciones de todo el año y toda la poca esperanza que me quedaba en emprender ese viaje. Hasta ese momento, estaba convencida de que allí vería elefantes, porque era mi misión, porque Sri Lanka es el tercer país del mundo donde habitan más elefantes en libertad, porque era un homenaje y porque era la única forma de intentar recuperarme. Pero entonces pensé que, cuando la vida va en línea recta, es capaz de barrer todo lo que tiene por delante. Por mucho que yo pusiera de mi parte, siempre podría venir una ola más grande que me lanzara al océano de nuevo. Quizá no servían de nada todas aquellas ganas de remar para salir a flote, porque el destino siempre podía tener reservada alguna sorpresa amarga que irrumpiera de repente y deshojara cada uno de mis sueños como flores que acaban en un no.

Al cabo de un rato, aparecieron mis amigas. Agradecí que me hubieran comprado una porción de pizza y una birra en un pequeño local situado en uno de los locales de la planta baja del *hostel* y que solo abría en el horario de cena típico europeo, es decir, de cinco a siete de la tarde.

—Te hemos traído un trozo de pizza. No sabíamos cuál te gustaba, así que...

—Soy adicta a la pizza margarita, habéis acertado. ¿Cuánto os debo?

—¡Oh! ¡Nada!

Se sentaron una a cada lado y Kate empezó a mecer la hamaca mientras nos zampábamos una pizza que, tengo que confesar, cumplía con creces mis expectativas.

—Nos ha sabido fatal no haber visto elefantes. Te juro que no hacíamos más que preguntarnos cuándo íbamos a verlos para tomar todas las fotos posibles... Pero nada, no ha habido suerte.

—Deben de estar descansando para salir mañana —dijo Kate con cariño.

—¡Pero hemos visto un leopardo! ¡Y varios cocodrilos!

—Ha sido genial, la verdad. Sé que has viajado hasta aquí para ver elefantes, pero te garantizamos que la experiencia estará muy bien de todas formas.

No quería incomodarlas, ellas no tenían ninguna culpa de no tener ni idea de toda mi relación con los elefantes y el significado de estar allí para mí, así que asentí y con aire lánguido les dije:

—Claro que sí, será divertido.

Les conté mi experiencia con el surf y el par de olas en las que había conseguido ponerme de pie. Kate lo celebró como si hubiera ganado un mundial y eso hizo que me sintiera algo mejor. De nuevo, los colores empezaron a fundirse al negro absoluto para que la noche se encendiese en forma de hoguera, guirnaldas de bombillas y unos focos de colores que alumbraban a la banda de rock.

La música empezó a oírse en todas direcciones y a mí me pareció que sonaba lejos, como desde otra vida. Las chicas me empujaron hasta el centro del concierto. El grupo, formado por una mezcla ecléctica de locales y rubios, tocaba muy concentrado, esforzándose por reproducir las canciones de rock internacional de su repertorio lo mejor posible. Empezaron a sonar temas de ayer, hoy y siempre, como las míticas de los Rolling, Nirvana o Radiohead. El público estaba entusiasmado, incluso las palmeras parecían mecerse al ritmo del bajo. Amelia y Kate se cogían de los hombros y cantaban a voces sus temas favoritos. Sus gritos se ahogaban con el fuerte sonido de los bafles que golpeaban, a todo volumen, la noche estrellada. Estaban tan emocionadas y contentas sosteniendo sus birras, cantando a pleno pulmón y participando, en definitiva, de todo aquello que me retiré de su lado y me senté en uno de los bancos tipo Oktoberfest que habían colocado para los que preferían beber a bailar. Me quedé mirando la gente que iba y venía con sus copas, sus trozos de pizza, sus bailes y su noche; la música parecía empujarlos hacia la felicidad como si fuera un único viaje de ida.

A lo lejos, tras la hoguera y el gentío, vi a Jero. Pedía una cerveza en el chiringuito improvisado que habían montado los del *hostel* con apenas una mesa de camping forrada de cañas y un esrilanqués tras ella como camarero. La oferta era bastante simple: a un lado, un cubo de plástico con hielo ofrecía cervezas frías; al otro, un pequeño servicio de cócteles bastante casero prometía servir mojitos de calidad dudosa. Jero estaba hablando con Nina. Sinceramente, lo primero que me vino a la cabeza en ese instante fue que hacían buena pareja y que, aunque apenas la hubiera visto durante mis días en Arugam Bay, se notaba que había salido a romper la noche. Tenía el pelo rizado y largo, como una reina egipcia; la piel clara y unas piernas infinitas. Movía mucho los brazos y eso hacía que no pudieras parar de mirarla. Jero también parecía hipnotizado. Le sonreía mucho y asentía a todo lo que ella decía, y, cuando él hablaba, ella ladeaba el cuello, se mordía el labio y se ponía el dedo índice sobre la barbilla, mostrando un interés abrumador, como si el chico fuera una estrella de rock, alguien famoso. Yo no podía parar de mirarlos, forzando cada vez un poco más mis ojos de miope para intentar vislumbrar de qué estaban hablando, qué conversación podía ser tan interesante. Sentí una pequeña punzada en el corazón al pensar que quizá la última noche la quería pasar junto a Nina y que yo apenas formaba parte de su plan de despedida.

Y no sé qué tuvo más fuerza, si la escena de coqueteo entre Nina y Jero, la posibilidad real de no encontrar elefantes al día siguiente o una mezcla amarga de ambas cosas, pero a mí se me habían aguado todas las ganas de bailar. El monstruo peludo, el habitante indeseado de mi estómago, que llevaba días dormido, se había desperezado de nuevo con todo aquello y empezaba a moverse. Notaba sus gruesos pelos volver a rozarse contra mí hasta hacerme sentir angustia y náusea. Volvía a estar triste, y juro que era lo último que buscaba en ese momento, pero solo tenía ganas de irme a dormir.

Las chicas se dieron cuenta en algún momento de que

había desaparecido de su lado y, de repente, interrumpieron mi debacle emocional corriendo hacia mí con una energía renovada y juvenil. Ellas nunca lo supieron, pero allí gané los minutos que cambiaron mi vida.

—¡Eeey! ¿Por qué no bailas? ¿Te vienes con nosotras? —me dijo, animada, Amelia.

—¡Hay un montón de tíos buenorros allí! —exclamó Kate.

Muchas eran sus preguntas para lo largas que iban a ser mis respuestas. Negué suavemente con la cabeza y, esbozando una sonrisa, les dije:

—Quizá más tarde. —Ellas se encogieron de hombros y volvieron corriendo hacia el mogollón de gente que saltaba y bailaba delante del concierto.

«Quédate solo un poco más —pensé—, lo suficiente como para que no piensen que se han hecho amigas de la más soporífera del lugar». Lo que no sabía es que ese pellizco de tiempo me conduciría al final de la noche y a vivir uno de los amaneceres más increíbles de mi vida. Porque las pequeñas decisiones, las que uno ni siquiera es consciente de haber tomado, interceptan la vida hasta añadir comas, exclamaciones y, en mi caso, tres puntos suspensivos. Vi a las chicas escabullirse entre la gente hasta perderlas de vista en la pista de baile. En cuanto me quedé sola, me percaté de una presencia nueva a mi lado, un cuerpo que se había hecho hueco entre el minúsculo espacio que quedaba entre el chico que había antes sentado a mi derecha y yo. Su calor me incomodó, así que intenté mover el culo hacia el extremo del banco para no notar su piel exhalando calor. Me giré levemente hacia él y ahí estaba Jero, mirando hacia la mesa, charlando con otros chicos con su exagerado acento, brindando con su cerveza recién abierta y, lo más importante, estaba solo, no había rastro de Nina.

Se había sentado sin decirme nada y, de hecho, en algún momento dudé si me había visto, pero ¡claro que lo había hecho! No podía ser casualidad. Había otras mesas, otros chicos, otros huecos. En cambio, él había decidido sentarse justo allí, cerca de mí, en un espacio apenas inexistente que incluso podía resultar molesto. Sin embargo, descubrir que era él me hizo sentir un alivio indescifrable, un destello de suerte, un relámpago de luz en medio de una noche a la que había decidido darle una segunda oportunidad. Me di cuenta de que acababa de descubrir el superpoder de Jero, y no era una buena noticia para mí: su presencia era capaz de aplacar mi pena, de domarla y de acallarla. Su existencia me regalaba una extraña esperanza, un motivo de felicidad que brillaba hasta encenderme las mejillas. Ainhoa tenía una virtud similar, ella era capaz de ayudarme a atravesar todos mis horizontes y yo no pude evitar plantearme qué retos me ayudaría a superar él, como si ya lo hubiéramos hablado y él estuviera de acuerdo. Y a pesar de sentir que había sustituido a mi amiga por un total desconocido, como tantas veces le negué que haría, y sentirme tremendamente culpable por ello, nada me hizo cambiar de postura. Me quedé allí quieta, notando el brazo enganchado al suyo por la humedad, sin apenas moverme por miedo a que cualquier movimiento le hiciera reaccionar o darse cuenta de que estaba demasiado cerca de mí y acabara apartándose a otro lugar, uno tan oscuro desde el que no pudiera verle.

9

Empezó a sonar «I Follow Rivers». La reconocí prácticamente desde la primera nota. Recordé que había visto la peli de *La vie d'Adèle* una tarde de domingo en casa junto a Ainhoa y que, desde entonces, siempre estaba en mi lista de reproducción. No había otro ritmo que lograra levantarme el ánimo como lo hacía esa canción, ni siquiera «I Want to Break Free», de Queen. De hecho, había estado negándome a escucharla en los últimos meses para no sentirme fácilmente animosa, porque tocaba estar triste y sabía que esa era una canción tirachinas, de aquellas que cuando acaban te han hecho saltar y gritar hasta catapultarte a otra dimensión, a otro lugar diferente de ese en el que estabas antes de que empezara a sonar. De nuevo, me asaltó la duda de si todo aquello era fruto de la casualidad o de si era un nuevo empujón de Ainhoa. Sabía que era imposible, que ella no estaba allí, pero la imaginé escondida en algún lugar remoto, desde el cual no podía verla, cambiando las partituras de la banda hasta conseguir meterla para gritarme que disfrutara de una puta vez.

Amelia y Kate se acercaron bailando hacia mí siguiendo el ritmo de la música y dando brincos. Esa vez no mediaron palabra ni tampoco yo opuse resistencia. Cada una de ellas me agarró de un brazo, me despegué como un velcro del salvavidas de Jero y me arrastraron hasta la pista de baile, empujándome y moviéndome los brazos al ritmo de la música. Me resultó muy fácil dejarme llevar, los focos iluminaban los cuerpos que saltaban hacia el cielo en cada acorde, extasiados y frenéticos. Y yo hice lo mismo, empecé a dar botes con una fuerza atroz; cada vez que me despegaba del suelo blando de la playa, la pena se escurría hasta más abajo, caía, caía y caía como el helado deshecho sobre un cono en pleno verano, pegajosa y lenta pero inequívocamente vencida. Las chicas me agarraban de los hombros, saltábamos las tres a la vez. Me desligué de ellas y empecé a moverme copando todo el espacio que ocupaba mi cuerpo, abriendo mucho los brazos, alzándolos hacia el cielo. Miré hacia el infinito y la luz que se proyectaba hacia todas partes haciendo que el firmamento se quedara sin estrellas. Pero yo ya no tenía miedo, porque estaba sonando mi canción preferida, la misma que Ainhoa y yo habíamos bailado tantas veces volviéndonos infinitas y eternas, y eso me hacía volverme invencible.

De repente, vi que Jero se había unido al grupo, que se había acercado a mí y que me ofrecía su botellín de cerveza, el mismo que hacía un rato había odiado porque le había acercado a hablar con la italiana. ¿Qué importaba entonces eso? «Deja que fluya», pensé. Él arqueaba el cuerpo hacia mí, ambos nos cantábamos a la cara, sonriendo y gritando, sudando en medio de la noche, que se abría como un mediodía. La energía formaba corrientes de luz entre nosotros, lazos infinitos de amperios, máximo voltaje.

Agarré el botellín de cerveza de Jero y le pegué un trago tan largo que escandalizó a mi esófago, que apenas podía tragar todo lo que yo le ofrecía; sentí caer el alcohol hasta confundirse con mis células. La noche estaba ya entera y yo solo tenía que atravesarla, como tan bien me había enseñado a hacer mi mejor amiga, para llegar a ese lugar salvaje y desconocido donde se construyen todas las anécdotas que pasan a la historia y consiguen perdurar en el tiempo. El mundo fue mío por un instante y nada importaba más que aquello. Pero justo cuando ya lo tenía agarrado entre los dedos, como el fin de un hechizo, se acabó la canción.

La banda siguió con «Don't Look Back in Anger», de Oasis, imagino que para bajar el ritmo y coger fuerzas, pero, sin que pudiera evitarlo, de la misma manera que había conseguido romper la barrera del sonido y contagiarme de euforia y éxtasis, un impulso profundo e imparable hizo que me echase a llorar con desesperación. Seguramente la catarsis había empezado hacía tiempo, pero no fue hasta entonces cuando exploté. Las lágrimas me caían por la cara enrojecida; lloré como si nada tuviera remedio, como si se hubiera roto algo tan profundo e inalcanzable que nadie estuviera dispuesto a operar. Lloré bajo el cobijo de la música, como si quisiera vomitar al monstruo que me habitaba y que se había despertado con más rabia que nunca por haberlo querido domesticar. Notaba sus pelos ahora en la garganta, arañándome las entrañas. Y el llanto seguía aflorando, imparable, hinchándome los párpados, empapándome las pestañas hasta volverlas pesadas e insostenibles, y llenándome la nariz de mocos transparentes y densos que me obligaban a respirar por la boca. Sentía que todos los recuerdos de mi vida me habían dejado fusilada y exhausta, y que el tiempo que había perdido durante los meses que me había pasado deambulando por la vida ahora se acumulaba como arena entre mis articulaciones manteniéndome completamente rígida e inamovible. El cielo, que unos minutos antes me había parecido el inicio del infinito, ahora pesaba sobre mi cabeza como una losa negra y asfixiante que era incapaz de sostener. La vida había sido tan triste que volver a ser feliz me había hecho darme cuenta de todo lo que había perdido y que añoraba de manera insoportable. Pero nadie pareció escuchar mi llamada de auxilio, que quedó ahogada y perdida entre la música. Ya no me quedaba voz para seguir gritando, así que, poco a poco, mi catarsis fue convirtiéndose en suaves gemidos, en sollozos imperceptibles y en una mirada clavada en el suelo que era incapaz de levantar por miedo a que me descubrieran.

Jero, que al acabar la canción se había situado a unos metros de mí, se abrió paso entre la gente como entrando en una habitación en llamas, se detuvo frente a mí y me sostuvo por los hombros. Consiguió levantarme suavemente la barbilla con los dedos y me obligó a mirarle. Al alzar los ojos y encontrarme con los suyos, me miró con terror. Me cogió con firmeza de la mano y me sacó de la pista de baile, y yo sentí de nuevo ese alivio, esa necesidad de seguirle para que me llevase a cualquier parte, lejos de mí y cerca de él.

Nos distanciamos de la fiesta y del bullicio, y nos dirigimos hacia la orilla. El mar seguía en calma y el murmullo del ir y venir del agua consiguió apaciguar mi nerviosismo. Antes de llegar a ella, nos detuvimos en la zona de las barcas de colores varadas en la arena. Allí la temperatura era más agradable, incluso noté algo de frío en mi cuerpo sudado. De nuevo él se volvió a colocar frente a mí y me abrazó con suavidad, como si no supiera o no creyese que pudiera hacerlo.

—Eh…, eh…, tranquila…, shhh —dijo con voz tan suave que apenas lo descifré.

Sentí su cuerpo caliente y sus brazos rodeando mi respiración entrecortada. Al separarnos, me quedé mirándole, como quien descubre por primera vez los ojos de la suerte. Yo seguía con la mirada acartonada y la cara encendida, pero por fin había dejado de llorar. Me sentí más tranquila, capaz de tragar saliva y, al menos, de intentar volver a parecer una persona razonable, alguien sin problemas tan evidentes.

—¿Estás bien?

Pero no pude mentirle. Negué con la cabeza, como una niña pequeña a la que acaban de rescatar de entre los escombros después de un terremoto.

—¿Quieres que nos sentemos aquí un rato?

10

Nos sentamos sobre la arena, que todavía conservaba la tibieza del sol del día anterior. Una de las barquitas de colores nos sirvió de apoyo y de cobijo, como un confesionario de sueños rotos. Jero parecía preocupado y supuse que no sabía muy bien qué decirme ni cómo empezar, así que decidí comenzar yo la conversación y ponérselo fácil. Se lo merecía.

—Gracias por rescatarme. —Intenté esbozar una sonrisa con los ojos hinchados y todavía llenos de lágrimas.

—Bueno..., yo solo..., yo solo trataba de...

—No sigas, no hace falta que digas nada. Vengo de un año muy difícil y... creo que se me ha ido la pinza... —dije algo avergonzada.

—Pero ¿qué te ha pasado?

—Pues no sé ni por dónde empezar, la verdad. De hecho, siento que, si sigo, te voy a dar la chapa... No tienes por qué escucharme, si quieres nos vamos.

—Oh, no, por favor. Quiero que me lo cuentes, de verdad.

Llevaba medio año sin verbalizar lo ocurrido, sin hablar

de ello ni siquiera con los que también la conocían. En cambio, Jero me transmitía que podía confiar en él. No sabía muy bien por qué, pero tenía una extraña necesidad de descubrirle todas mis cartas, incluso las que invitaban a salir corriendo. Se iba estableciendo un vínculo íntimo e inexplicable aun siendo dos totales desconocidos. Había una energía especial y única que trascendía a las horas o los días de nuestra corta historia, quizá porque las historias más intensas aparecen y desaparecen un día cualquiera para cambiarte la vida de una forma irremediable. Y él, que tenía las manos grandes para sujetar caídas, un torso fuerte para ofrecer abrazos y una sonrisa llena de ternura, parecía ser el final de mi huida. La paz y la calidez que desprendía hicieron que me abriera en canal.

—El pasado mes de diciembre, hace unos seis meses, murió Ainhoa, mi mejor amiga. La canción que hemos bailado antes es mi canción preferida, pero todo lo mío también era suyo, así que ahora absolutamente todo me recuerda a ella y me hunde en el dolor. ¡No sabes la de veces que la bailamos, la saltamos y la volvimos a bailar! Su enfermedad avanzó tan rápido que no pude ni siquiera darme cuenta de que tenía que despedirme de ella, de que era algo urgente. Le diagnosticaron un tumor cerebral benigno, pero que no podían operar. Ambas afirmaciones siempre iban seguidas la una de la otra. El bien y el mal, ambos en la misma frase. Resulta increíble cómo algo bueno también puede destrozarte.

—Lo siento mucho.

—En apenas unas semanas fue creciendo y se volvió imparable.

—Ostras..., no sé qué decir.

—No digas nada, por favor. —Yo quería seguir; había

empezado y ya no podía parar—. A las dos nos flipaban los elefantes desde que éramos un par de mocosas. Compartimos un peluche que era un elefantito, llevamos con orgullo durante siglos un collar de baratija que compramos en una feria en forma de elefante pensando que era de plata y mil cosas más. No te imaginas el bombo que le dábamos al elefante. Era nuestro mito. Y, como todo mito, soñábamos con verlos en su hábitat y hacerlo realidad. ¿Sabías que los elefantes sienten la tristeza y jamás abandonan a un miembro de su manada? Por ejemplo, nunca dejan solo a uno de los suyos cuando saben que va a morir. Decíamos que éramos una manada de dos, pero cuando ella murió yo perdí mi estabilidad por completo y también me di cuenta de que no éramos ningunas elefantas. Ninguna de las dos nos percatamos de que ella estaba tan enferma, ni siquiera pude acompañarla cuando falleció. —Me quedé pensativa unos segundos—. Mañana necesito verlos en Yala, es la verdadera razón por la que he venido.

Había tenido tanto miedo a abrirme de aquella manera que me sorprendió sentirme tan liviana tras soltarlo, como si hubiera tirado por el balcón todas las cajas de cartón de una mudanza de doscientos siglos.

—Ojalá lo consigas.

En sus palabras observé un deseo verdadero y me sentí agradecida. Nos quedamos quietos y en silencio. Yo pensé que ya no tenía nada más que decir, pero creo que a él le incomodaba el silencio.

—No cambiemos de tema si no quieres, pero también puedes contarme algo sobre ti, algo que te gustase hacer antes de que ocurriera lo de tu amiga.

La verdad es que agradecí que sacara otro tema, porque estaba a punto de romper a llorar otra vez. Me detuve para mirarle. Él puso cara de circunstancias y abrió un poco más los ojos para demostrar que quería escucharme.

—Pues mira, una de las cosas que más me gustaba era disfrutar de la cotidianidad. —Y sonreí—. Lo sé, es un poco raro.

—¿Como por ejemplo? —preguntó con curiosidad.

—Pues no sé, dar un paseo en primavera cuando la temperatura es perfecta y no hace ni frío ni calor; subirme en un autobús y acabar perdida en la otra punta de la ciudad; bailar una canción hasta empezar a sudar, porque todo lo demás no es bailar; pasarme toda una tarde observando un cuadro; o algo tan común como tomar un café con las amigas y acabar entre gin-tonics hasta las tantas. Qué quieres que te diga, soy fan del costumbrismo.

Jero sonrió y yo me quedé unos segundos sin saber si aquello le había parecido interesante o una estupidez sin relevancia. Estaba sentado a mi lado con su figura recortada por la luz que provenía de la fiesta. Me fijé en sus ojos negros, su nariz completamente recta y sus labios gruesos, ligeramente asimétricos. Lo encontré intensamente atractivo, como una de esas estatuas griegas cuyas proporciones tanto me gustaban cuando estudiaba. Enseguida me arrepentí de haberle contado todo aquello. Al ver que se quedaba pensativo, intenté profundizar en la idea para no sonar demasiado simple o superficial.

—A ver cómo te lo explico mejor... —Quería que lo entendiese—. Es decir, para mí, un viaje transatlántico tiene la misma importancia que el lametón a un helado de chocolate.

Jero me miró con cara de asombro y estalló en una carcajada.

—¿En serio? —rio—. ¡Creo que lo voy pillando!

—A ver..., no es que no me gusten las aventuras, me está encantando este viaje, pero me gusta apreciar la importancia de las cosas que no valoramos. Mira, esa definición me ha quedado muy bien.

Entonces se giró hacia mí, despejó su sonrisa y, poniéndose serio, me miró con una curiosidad nueva, como si me viera por primera vez. No sabía qué había dicho o hecho, pero me pareció que forzaba los ojos como para intentar verme mejor. Al final habló.

—Pues a mí me parece alucinante que algo tan concreto y especial sea lo que te defina. De verdad, no había conocido nunca a nadie así. Todo el mundo intenta siempre alcanzar imposibles, ¿no crees? Y es agotador. A mí me encantaría ser así, pero tengo una larga tradición familiar de intensitos, especialmente mi padre.

—¿Qué le pasa a tu padre?

—Que me ha educado para no parar nunca; a la mínima que me relajo, ya tiene preparado su discurso. No soporta que haya venido un par de meses aquí, para él es una pérdida de tiempo. Pensaba que se conformaría cuando acabara Arquitectura y me convirtiera en arquitecto como él, pero no. Más tarde insistió en que «heredara» su estudio. Y eso que a mí me gusta el interiorismo y poco más. No quiero crearme una reputación, un nombre, ser famoso. Pero a la vez siento que tengo el deber de intentarlo y esforzarme para conseguirlo. Problemas del primer mundo, comparado con lo tuyo.

Le sonreí porque había sido capaz de hablar de él y, a la vez, hacerme sentir mejor. Supo lidiar con mi historia y salir de ella incluso fortalecido. Sentí que ya habíamos roto el hielo —¡y de qué manera!—, que nos habíamos mostrado vulnerablemente humanos y que solo teníamos que relajarnos y disfrutar, por fin, de la conversación.

—Bueno, supongo que hemos empezado por el final. ¿Cuántos años tienes? —me preguntó Jero con cierta inocencia, como si fuera la primera vez que hablábamos.

¿En serio? ¿Estaba a punto de empezar una batería de preguntas de primera cita?

—Veintiséis —le respondí.

—Y todo esto de la cotidianidad y los momentos sencillos ¿de qué te viene? ¿Has sido siempre así?

Sí, definitivamente, me estaba haciendo las preguntas de una primera cita, esas que te asaltan cuando una persona se transforma en un planeta por explorar. La tensión mantenida durante los días anteriores se había convertido en química fluyendo entre nosotros. Podía notar la resistencia ante dos cuerpos que luchaban por estar cada vez más cerca. Me pregunté hacia dónde iría toda esa energía cuando nos fuéramos cada uno a su casa. Estaba segura de que se transformaría en un recuerdo lejano que iría quedando lejos. Incluso creeríamos que lo habíamos inventado, como todas las historias que al final no pudieron ser.

—Pues todo viene por mi abuela. Ella me llevaba siempre a pasear por los parques alrededor de casa, me contagió su amor por las flores y me enseñó a admirar su belleza. Imagino que una cosa llevó a la otra... Me gustan los gestos bonitos, los colores vivos y la belleza sencilla.

—¿Que las flores son sencillas? ¡A mí me parecen complejísimas!

—Quizá a nivel teórico lo sean, pero a nivel práctico y llano no. Por ejemplo, imagínate a alguien llevando un ramo de flores por la calle, ¿lo visualizas? Bien. ¿Ves? De repente, pasa de ser un tipo normal a alguien especial, alguien amado o amante. —Y seguí—: Además, están en todas partes, forman parte de lo que nos hace humanos... Se cree que hace veintitrés mil años ya estaban presentes en ritos y ofrendas. ¿No te parece increíble? Han acompañado a la humanidad a lo largo de la historia para llenar la cotidianidad de simbología y, como el amor, transformar cualquier paisaje, incluso el de una habitación de hospital. Perdona, es que estudié historia. Historia del Arte, de hecho. A veces siento que tomo todas mis referencias del pasado. —Le sonreí.

—Te juro que me está encantando tu clase magistral. De ahí la flor en el pelo, claro —dijo acercando los dedos hasta mi oreja y rozando con suavidad los pétalos del lirio. Sentí su tacto a través de la flor y, a pesar de que no me había acariciado a mí, noté un escalofrío burbujeante por todo el cuerpo—. ¿Y tienes una flor preferida? Yo es que, para serte sincero, soy más de cactus. Creo que cumplo con el estereotipo masculino de un piso sin flores.

—Pero ¿qué le pasa a todo el mundo con los cactus? ¿Están de moda?

—Me parece que sí —contestó él sonriendo ante mi indignación.

—Pues a ver, tengo una lista de flores infinita. Por ejemplo..., me gustan las dalias, que florecen solitarias en verano; los claveles, porque se pueden conseguir todo el año y me recuerdan a Madrid y a todo aquello que me hace ser quien soy; también la flor del almendro, que anuncia el inicio de la primavera cuando apenas hay indicios; los colores increíbles de los tulipanes; los jacintos, por cómo se transforman en numerosas flores pequeñitas; o la mimosa, porque enciende un mes aburrido como el de febrero. Este —dije señalando la flor que llevaba en la oreja— es un lirio de agua azul, es la flor nacional de Sri Lanka; la habrás visto por todos los templos. Es un nenúfar, que es una planta capaz de crecer en aguas estancadas y no demasiado limpias que digamos; en cambio, echan una flor enorme y espléndida. Eso es, justo, lo que me maravilla de ellas, que lo transforman todo. —Y, tras una breve pausa, añadí—: Eso sí, odio las rosas cortadas. Llámame excéntrica. Me gustan en los rosales. La rosaleda del Retiro, cuando florece en primavera, me parece sublime, pero las rosas tiesas como señal de amor me parecen demasiado predecibles, pretenciosas. Se creen que son las más bellas del lugar y, en cambio, son tan vulgares e insulsas… Vamos, a mí me resultan artificiales, van de chulas.

Jero rio y rio, gritando «¡me encanta!», «¡me encanta!», y yo me quedé mirándolo impresionada porque no sabía que aquello podía tener tanta gracia.

—Creo que eres la primera chica a la que no le gustan las rosas rojas. Me lo apunto por si algún día tengo que hacerte un regalo. —¿Acaso se planteaba la posibilidad de comprarme flores algún día?—. Pero tengo que decir que me parece un sacrilegio. A mí la rosa, en cambio, me recuerda a Sant Jordi, uno de los días más bonitos del año. Barcelona se llena de libros y rosas, y me parece que no hay nada que pueda superar eso. —Confirmo que esa afirmación casi me encogió el corazón para siempre—. Cuando era pequeño, mi padre y yo íbamos a primera hora a comprar una rosa a mi madre; en el cole, recuerdo el nerviosismo al llegar a clase y entregar la flor a la chica que me gustaba, y ya de mayor, siempre que he tenido pareja he aparecido con la rosa más grande y viva de la ciudad. Así que llámame convencional, pero para mí las rosas son esplendor, primavera y, sobre todo, romanticismo del bueno. Pero respeto los gustos de todo el mundo —dijo con sorna—. Así que cuéntame: ¿dónde trabaja una historiadora del arte devota de las flores con fobia a las rosas cortadas? ¿En una galería? ¿En un museo?

Me sorprendió mucho que contemplara la posibilidad de que pudiese estar trabajando en una galería y confieso que me puse colorada, pero la oscuridad de la noche me ayudó a sobrellevarlo.

—Sí, trabajo en el Reina Sofía.

—¿En serio? Jo, qué guay, te avisaré cuando vaya a Madrid y me haces una visita guiada.

—¡Pero qué va! Es broma, trabajo en una cafetería. —Y reí al ver su cara—. ¿Decepcionado? ¡*Welcome* a la realidad, amigo! La gente normal no trabaja de lo suyo.

—A ver, no he querido ofenderte...

—No me ofendes en absoluto. Para serte sincera, nunca lo he intentado, pero vamos, que es muy difícil, no merece la pena perder el tiempo buscando curro de galerista. Me gustó estudiar la carrera, aunque no creo que quiera trabajar en ninguna de las salidas que me ofrece.

—¿Y qué te gustaría hacer?

—¿Te parece que ser camarera no está bien? —le dije sonriendo.

—No, bueno, no sé, yo...

Volví a reír; descubrí que me encantaba ponerle nervioso, tanto como él hacía conmigo con sus miraditas petrificantes. Sentía que aquí tenía yo el control y no podía gustarme más.

—¡Te estoy tomado el pelo!

—Está bien si te hace feliz... —sonrió.

—Sin duda, me gustaría hacer algo con las flores, pero no sé qué. Todavía estoy buscando mi sitio, no ha sido una buena época para mirar al futuro. —Y aquí me volví a poner un poco sombría—. Bueno... ¿y tú qué? ¿Qué haces aquí, irritar a tu padre?

Noté que se ponía algo nervioso.

—Nada puede con tu historia de superación. Vine a hacer surf.

Vaya..., me esperaba algo muchísimo más interesante, algo entre líneas que siguiera construyendo la imagen de tipo tierno con destellos rebeldes que yo estaba proyectando de él. Y, tras un breve silencio, siguió.

—Me daría mucha pena que no volvieras a disfrutar de las cosas que te hacían feliz.

—A mí también, pero es como si me diera miedo. —«Guau, qué serio suena esto para una primera conversación larga con un desconocido», pensé—. Si tras cada pizca de felicidad monto un dramón como el de hoy, no sé si vale la pena. Imagino que todavía necesito tiempo.

—Claro, el tiempo borra el dolor, es un tópico que funciona.

—¿Y tú consideras de verdad que el tiempo cura? Porque

a veces pienso que solo olvida; es decir, dejamos de darle vueltas, pero, si volvemos, duele.

—Si no me crees, mira todo lo que tienes ante tus ojos. Si ellos se recuperaron, tú también lo harás.

—Se recuperaron, ¿de qué? Y ¿quiénes?

—Del tsunami de 2004, ¿no te acuerdas? Sri Lanka quedó arrasada. —Asentí al recordar todo el sudeste asiático destrozado y también la peli que hicieron años después—. Pues mira ahora esta playa, las palmeras, la bahía, el pueblo. —Fui girando el cuello despacio a medida que él iba describiendo el paisaje—. Está todo tan recuperado que parece un milagro, ¿no crees? Eso te pasará a ti; poco a poco, volverás a ser feliz y llegará de repente, sin que te des cuenta. Volverás a bailar esa canción y un día, en vez de llorar, te invadirá un recuerdo bonito. Lo conseguirás, te lo juro. —Y yo pensé que lo había dicho tan convencido que parecía como si fuera a colaborar para que lo lograra.

Me pareció que quizá tenía razón, que todo era cuestión de tiempo y de abrirme a vivir noches como esa. El silencio volvió a colarse entre nosotros para hacernos decidir si ya habíamos tenido suficiente o, por el contrario, ya nos echábamos de menos. Aposté por lo segundo.

—Estaba pensando que, si hubiera ahora mismo un tsunami, ¡estaría bien jodida con mi talento surfista! —Intenté bajar la intensidad de la conversación.

Y le hice sonreír. Y qué bonito fue eso.

—Os llevaron a un sitio chungo. Los del *hostel* montan la caravana y todo eso a modo performance y nos llevan a todos al mismo lugar, pero para aprender tendrías que haber ido al Baby Surf Point.

—Me gusta cómo suena; está claro que es para mí.

—Es que no he visto en mi vida un *spot* mejor para aprender. Entra una ola de derecha larga e infinita y para cogerla no tienes ni que remar, ni hacer el pato ni nada. Una vez en la orilla, caminas por la playa, entras y ya estás en el pico otra vez.

—Bueno, tendrá que ser a la próxima. Yo he intentado enfrentarme a las olas y eso es lo que cuenta, pero si te soy sincera creo que lo del surf no es para mí. Prefiero el yoga, como Amelia.

—Dios, ¡con lo aburrido que es el yoga! —rio con ganas—. Mira que me molaría que me gustase, pero te juro que los minutos del final me ponen de mala leche; salgo de la clase todavía más nervioso, ¡siento que estoy perdiendo el tiempo!

—Pero ¿tú no eras el que quería una vida *slow*?

—No, yo he dicho que me gustaría ser como tú, pero que, por desgracia, no lo soy. —Y siguió—: Quizá por eso me gusta estar a tu lado.

No me esperaba en absoluto esas palabras, me sorprendieron tanto que apenas me sonrojé, tal vez porque pensé que no lo había escuchado bien. Sin embargo, él continuó con un tono más solemne.

—Hoy es mi última noche en Arugam Bay, mañana al mediodía pongo rumbo a Colombo. ¡Y ya se habrá acabado la aventura! Han sido dos meses increíbles llenos de *surfing* y amigos, ha sido como cumplir un sueño. Sin duda, un viaje que no olvidaré nunca. ¿Sabes? Hace dos meses tenía mucho miedo, sobre todo por perder tantos meses de curro, por enfadar a mi padre y por no ser lo que todos esperaban de mí. Pero he aprendido que, a veces, hay que parar y dejarse llevar por lo que uno siente, ¿tú qué crees?

Yo no podía parar de escucharle hablar, era tremendamente atractivo cuando se ponía serio y me miraba a los ojos, sin divagaciones. Un cosquilleo me trepaba desde el estómago hasta la garganta. Sentía que tenía grandes dificultades para decir algo con sentido y estaba tan nerviosa que solo se me ocurrió intentar escabullirme de ahí para cortar por lo sano.

—¡Es cierto! —Fingí no haber pensado en ello hasta entonces—. Mañana te vas y por mi culpa te estás perdiendo tu noche de despedida. Vuelve con tus amigos y despídete en condiciones, anda, que estarán echándote de menos. Además, yo ya estoy mucho mejor.

—Qué va, pero si me habría encantado tener una conversación como esta todas y cada una de las noches que he estado aquí. Me apena muchísimo que no hayamos hablado siempre que hemos coincidido y mucho más no haber podido escuchar la lista completa de las flores que te gustan. Me voy con una sensación de plenitud por el viaje y, después de conocerte, con un sentimiento raro de haber perdido el tiempo.

Y siguió.

—Además, si dejas que me quede contigo, este es el lugar en el que quiero estar.

Nos quedamos mirando fijamente, de nuevo petrificados, y yo solo supe sonreír ante lo que sí me pareció un auténtico milagro.

11

Un intenso griterío se oyó desde la fiesta y se acercaba hacia nosotros escandalosamente. Amelia, Kate, Paul y un par de chicos más corrían desde el *hostel* hacia la playa, iluminados por el calor de la hoguera y llenos de ganas de vivir. Pasaron cerca y uno de ellos, no supe distinguir quién, nos soltó un «Julieta, Romeo... ¡Perdonadnos, pero es momento de tomar un baño!». Recuerdo que pensé que no podía ser que aquella historia tan minúscula y tan nuestra que apenas había empezado pudiese percibirse desde fuera.

Jero, en cambio, parecía no haber escuchado aquel comentario y, en cuanto me volví a girar hacia él, ya se había quitado la camiseta y los tejanos y corría hacia el mar en calzoncillos. Dudé si seguirlos, pero unas ganas magnéticas me empujaban hacia ellos. Yo me dirigí a la orilla despacio, tragando la noche, deshaciendo cada una de las palabras que había intercambiado con Jero, curándome las lágrimas, revolviendo los recuerdos y avanzando firme, a pesar de los socavones de la arena, y en línea recta hacia el océano. Me sentía imparable, llena de incertezas, pero también de obviedades. Había tocado el cielo y el infierno, y había sobrevivido.

El agua en la orilla seguía caliente, como si alguien se hubiera cuidado de mantenerla así, tibia y acogedora para cuando nosotros quisiéramos bañarnos en mitad de la madrugada. Me quité despacio la camiseta y los shorts, y me quedé también en ropa interior. Sorteé las olas que llegaban mansas a mis tobillos y me adentré en el Índico. El agua empezó a trepar por los gemelos, las caderas, el abdomen y los pechos hasta llegarme al cuello. Y quizá empecé a nadar, pero yo sentí que volaba con unas alas nuevas e irreconocibles. Cogí aire y me sumergí para bucear hasta ellos; la oscuridad del agua me empapó por completo, noté que la flor se desprendía del pelo para perderse en el océano y yo me sentí libre y liberada. Al volver a la superficie, me encontré con un grupo ebrio y festivo para los que absolutamente todo era una celebración. Me quedé quieta, mirando al grupo sin saber si debía entrar, si me iba a sentar bien participar en su juerga o si sería mejor quedarme al margen. Fue entonces cuando Jero se acercó braceando y me dijo:

—Todo pasará, ¿vale? Tú solo trata de disfrutar aquí.

Decidí darle la razón, le sonreí y le salpiqué con todas mis fuerzas, a lo que él respondió con la misma potencia, y de repente creamos una guerra de agua con todos los demás.

Acabamos jadeando, exhaustos, y el grupo fue saliendo del agua para terminar la noche sobre la arena. Yo fui de las últimas en salir; me encantaba estar allí sintiéndome ligera y flotando en medio de la oscuridad. Lo hice con Kate, quien, al salir del agua, me preguntó si había pasado algo con Jero.

Lo negué como si fuera una locura de pregunta. Ella no insistió, pero volví a sentir que nuestra energía era mucho más evidente de lo que yo suponía. ¿Debía tener algo con él? ¿Había ido a buscar una historia de amor o, simplemente, era parte de mi proceso de recuperación? ¿Era Jero la causa o la consecuencia?

El grupo estaba sentado haciendo un círculo entre las barcas. Se habían secado al aire o con su propia ropa. Yo me puse la camiseta y los tejanos de nuevo, con unas bragas y sujetador mojados que pronto empezaron a empapar la ropa, y me sacudí el cabello adelante y atrás un par de veces hasta dejarlo suelto, ordenado a su aire por mechones que chorreaban pequeños pedazos de mar.

No sé quién de ellos las llevó, pero en el centro del círculo había un cubo con cervezas frías y me permití coger una. Aunque todavía reinaba la oscuridad miraras hacia donde miraras, me dio la impresión de que quedaba poca noche y eso me provocó un pellizquito de pena. Cuando me senté junto a ellos, estaban hablando de la historia del australiano Paul y su hermana que yo había escuchado el día que llegué.

—Ayer tuve la conversación definitiva con mi hermana y ya os lo puedo anunciar, chicos: me vuelvo solo. —Y esto último lo dijo sonriendo, incluso diría que se le notó cierto júbilo.

Los demás lo celebraron también con unos aplausos y algunos «ue» y «oh, my god». Supuse que todos se alegraban de que Paul quedase por fin liberado de la historia de su hermana, pensasen lo que pensasen de su resolución. Kate quiso saber un poco más.

—Pero bueno, ¿qué ha pasado? La última vez que hablamos del tema eras un poco reacio a que la cosa acabara así.

—Yo no era reacio a nada, me dio siempre igual el final de esta historia, pero me sentía entre la espada y la pared con todo esto e imagino que lo pagué con mi hermana, porque siempre es más fácil ponerse del lado de la cordura. Aunque, sinceramente, después de todo no sé quién está más loco, si mis padres o ella. Sea como sea, yo ya soy libre. Pasado mañana vuelvo a Australia.

Pero Kate insistió.

—Bueno, no te estaba recriminando nada. ¡Lo que nos importa a todos es por qué te vuelves solo!

Y el grupo esa vez la apoyó vitoreando y empujando a Paul a explicar la historia entera.

—Pues no ha sido fácil. Jero, ¿cuánto tiempo llevo aquí?

—Un mes y veintiocho días. Llegaste dos días después que yo. Me sé la historia de este de memoria, como si la hubiera vivido —contestó Jero burlón.

—Pues eso, casi dos meses he tardado en entenderlo todo: me fui un par de días con mi hermana a Ella, para hablar, reconectar, no sé; yo quería encontrarme de nuevo con mi hermana pequeña de siempre, la que se cogía de mi mochila cuando tenía miedo o la que me robaba las pepitas de chocolate de las *cookies*. Me había pasado un mes y pico persiguiendo a una yogui loqui, perdona, Amelia, pero ya sabes a lo que me refiero, que era de todo menos razonable. El primer día fue bastante tenso, creo que estaba enfadada por que hubiera venido y hubiera interferido en su vida de esta manera tan abrupta. Me parece que le molestaba que todos la siguiéramos tratando como una niña, pero poco a poco nos volvimos a acostumbrar el uno al otro. Me contó su historia con Rohan, su novio esrilanqués, y, chicos, os juro que por primera vez en la vida la vi realmente enamorada. Y sé que sonará cursi o algo así, pero entonces lo entendí todo.

—Ay, Paul, que se me han puesto los pelos de punta. ¡Qué bonito! —soltó Amelia visiblemente emocionada.

—Ya, no sé. Creo que, si no hubiera venido hasta aquí, nunca habría entendido qué pasaba ni por qué quedarse era algo tan trascendental. Venir a buscarla ha sido definitivo para entender dos cosas: la primera que, si resulta que es una equivocación, ella lo acabará descubriendo y yo siempre estaré esperándola por si decide volver, y la segunda, cuando el amor sacude no hay nada que hacer. Así que nada, al final los convencí a todos para hacer una videollamada, incluido Rohan, por supuesto. Hacía meses que mis padres no hablaban con ella y yo sabía que tenían que verla como la había visto yo, aunque, claro, por videollamada no iba a ser lo mismo.

—Guau, ¡la cosa se pone todavía más interesante! —dijo Amelia.

—Y nada, supongo que la vieron feliz y eso los dejó más tranquilos, aunque sé que piensan que he fracasado y que ella se está equivocando. Llegaron a la condición de que ella volvería a casa en septiembre, a principios de primavera, para celebrar el sesenta cumpleaños de mi padre. Para que dijera que sí, mi padre le insistió en que fuera con Rohan, ¡no os podéis imaginar lo contento que estaba el chaval al escuchar la invitación de su suegro! Fin de la historia, ¡puedo recuperar mi vida!

De nuevo hubo gritos de alegría y un brindis con botellines de cerveza. El horizonte comenzaba a teñirse de un gris suave que anunciaba uno de los días más especiales de mi vida. Uno a uno, los integrantes del grupo se levantaron para irse a dormir. Solo quedábamos Amelia, Kate, Jero y yo. Amelia quería ver el amanecer, pero noté que Kate le echaba una mirada asesina, a la que ella respondió poniéndose de pie de un salto. Alegó que había cambiado de opinión, que estaba muy cansada y que ya vería el amanecer otro día.

Ellas también se iban al día siguiente.

Todo tenía un cierto halo de despedida que me llenaba de una nostalgia feliz y desconocida. Ese grupo de gente ya formaba parte de unos recuerdos nuevos, desligados de mi vida de Madrid, y su existencia hacía que me sintiese completamente renovada. Kate y Amelia se acercaron y me dieron un fuerte abrazo de esos que parecen remedios porque quitan todos los males.

—Nos vemos en España, *honey.* —Yo asentí, pero me despedí de ellas sin tener claro si coincidiríamos de nuevo.

Jero y yo nos quedamos callados y solos, con la mirada perdida en un horizonte cada vez más nítido que distinguía el fin del mar y el inicio del cielo con un espectáculo de luz. El firmamento se expandía con un color liliáceo y justo ante nosotros una bola de fuego se abría paso entre las aguas para devolver los colores a los objetos. De repente, Jero, que seguía con la mirada puesta en el agua, me cogió de la mano. Sentí mis dedos entrelazándose con los suyos hasta conseguir que nuestras manos, tan desconocidas hasta entonces, pronto fueran capaces de transformar lo que éramos hacia unos instantes, como el sol rompiendo la noche. El roce con mi piel me hacía cosquillas en el estómago y el monstruo peludo se había transformado en un par de mariposas en celo. Nos quedamos cogidos un buen rato, sin comentar por qué estábamos dándonos la mano, como si eso fuera lo más normal del mundo y ya lo hubiéramos hecho muchas veces antes.

Tras el alba, Jero por fin me miró; tenía la tez iluminada por la primera luz de la mañana y yo pensé que quería amanecer siempre a su lado. Me sonrió como si su gesto fuera capaz de conseguir la paz mundial y se fue acercando hacia mis labios tan despacio que su movimiento era casi imperceptible. Yo entreabrí los míos invitándole a besarme. Sentí una explosión cuando por fin nos rozamos; su boca estaba tibia, como todo en aquel país. Nos besamos y su lengua acarició la mía hasta fundirnos en algo que no quería que acabara jamás. Al separarnos, nos quedamos mirándonos tan cerca que casi seguíamos pegados, y susurró:

—Me ha encantado esta noche. Sé que tú lo has pasado muy mal, pero eso me ha conducido aquí, a esta playa, contigo.

Bajó de nuevo la mirada hacia mis labios, me agarró de la cara y volvió a besarme, esa vez con más intensidad, con más furia; sentí que quería comerme entera y no dejarse nada para no arrepentirse luego.

El sol empezaba a acariciar nuestra piel con mayor intensidad. Quería quedarme allí junto a él o, mejor aún, ir a la habitación con Jero hasta quedarnos exhaustos, dormir abrazados y despertar al mediodía cuando él tuviese que tomar el autobús hacia Colombo, pero no había tiempo para mucho más. Yo tenía una herida que cerrar. El jeep del safari estaría esperándome en la puerta del *hostel* en unos quince minutos. Él me leyó la mente.

—Tienes que irte, no puedo retenerte más. Espero de verdad que te encuentres con el elefante y ojalá volvamos a vernos. Escríbeme cuando vuelvas a España y, por favor, cuéntame si lo has visto.

Asentí mirándole con algo de melancolía. El truco había acabado y ya solo quedaba recordar la magia.

12

Me subí al jeep con una mezcla de nerviosismo, ilusión y añoranza. El vehículo era de esos que tienen la parte trasera más elevada para que los pasajeros fueran sentados en escalera y que nadie pudiera tapar la visión. La carrocería era abierta y solo nos cubría un toldo. No vi que hubiera muchas más medidas de seguridad ante el ataque de un leopardo y me sentí un poco amenazada, pero entendí que todo eso estaría controlado, aunque no estuviera muy segura de cómo. Compartí trayecto con una pareja de unos cuarenta años, dos mujeres japonesas entradas en la treintena y un chico pelirrojo de mi edad que llevaba una cámara profesional con un gran objetivo.

El trayecto hasta el sur de la isla duró aproximadamente una hora, el guía nos comentó que el madrugón era para tener más posibilidades de ver los animales. Me prometí que no me iba a dormir, aunque el vaivén del coche por las carreteras mal asfaltadas me lo puso difícil. Recorrimos la costa, que quedaba a nuestra izquierda, para entrar en el sureste del país, el lugar donde empezaban las reservas naturales. Estaba agotada por no haber dormido. La verdad es que, si me hubieran dicho el día que llegué a Sri Lanka que la noche antes de mi visita a los elefantes no iba a pegar ojo, jamás habría pensado que el motivo no estaría ligado a los nervios y al insomnio. En cambio, allí estaba, a punto de cumplir mi sueño, de empalme y con la sonrisita tonta que queda tras una noche llena de romanticismo. La realidad siempre supera a la ficción.

No me podía quitar de la cabeza lo vivido junto a Jero. Habíamos acumulado tanta intensidad que me daba la sensación de que todavía estábamos allí, atrapados en la playa, viviendo un amanecer eterno. Reproducía una y otra vez su forma de asentir y de mirarme. Me escuchaba como si le estuviera contando un secreto milenario, me miraba como los expertos observamos las obras de arte en los museos, poniendo el foco en los detalles a la vez que nos dejamos llevar por el conjunto. Era un misterio por qué me había elegido a mí y qué diablos había visto en la única chica que no quería enamorarse. Quizá era solo eso, que no me veía tan predispuesta como Nina; que sabía que yo tenía un secreto, algo oscuro a lo que darle luz con sus palabras, sus abrazos y su grandilocuencia. Lo más probable es que todo se desvaneciera como un sueño tras el viaje y yo estaba decidida a considerarle aquel guapo que había llegado para salvarme y que luego se había ido. Me diría a mí misma que no pasaba nada, que era lo esperable, pero sabía que, cada vez que pensase en Sri Lanka y en él, lo haría con la misma morriña que me golpeaba entonces. Pero no quería detenerme todavía en eso ni tomarme esa historia solo como una lección de vida, aunque, para ser sinceros, si ese tenía que ser el final, tampoco estaba nada mal, dadas las circunstancias que me habían empujado a ir allí. Jero me había enseñado que lo primero que hay que hacer para salir del pozo es mirar hacia arriba y ver de qué lugar proviene la luz.

Ojalá hubiera podido hablar de ese tipo de cosas con él una noche más, pero siempre todo ocurre en el último momento. Me recordó a cuando éramos pequeñas e íbamos de campamentos y todos y todas corríamos a declararnos a la persona que nos gustaba. Había una urgencia juvenil, unas ganas terribles de esperar hasta el segundo final, no sé si por miedo al rechazo y que este durara un poco menos, o por las ganas de mitificarlo, de hacer que las historias fueran tan intensas que lograran durar todo el verano o, quién sabe, toda la eternidad. Nos gustaba apurar el último trago, dejar que el tiempo se pusiera en contra y que el amor, entonces, tratase de hacer maravillas para seguir sobreviviendo. ¡Qué ganas de complicar la existencia! Pensaba que esa época había quedado atrás y que se había esfumado una vez superada la adolescencia, pero nada más lejos de la realidad. Esa noche volví a quedarme la última del baile para descubrir si la madrugada deparaba, como siempre, un nuevo principio. Jero y yo habíamos tenido cuatro días para sentarnos en la playa en cada una de sus noches, hablar hasta las tantas, cogernos de la mano y soñar en amores imposibles. Sin embargo, también nosotros nos empeñamos en hacernos los valientes y, una vez más, decidimos esperar a que sonara la última canción para regalarnos nuestro primer beso.

Entramos en Yala por la parte de Kumana, el parque nacional situado más al este, que estaba conectado con el primero y que quedaba más cercano al pueblo de Arugam Bay. El jeep disminuyó la marcha para adentrarse en un camino de tierra que llevaba a una especie de aparcamiento. En la puerta, un cartel enorme de madera anunciaba el nombre del parque y otro indicaba sus normas de uso en cingalés. El conductor se bajó y fue a hablar con un chico joven que estaba camuflado en una taquilla verde de control. Mientras tanto, un cervatillo apareció entre los coches a curiosear y a darnos una cariñosa bienvenida. Todos los ocupantes del vehículo se bajaron a saludarlo y a hacerle fotos. Él no solo estaba acostumbrado a esos mimos, sino que aquel protagonismo parecía gustarle. Yo observé la escena desde el coche; estaba demasiado exhausta como para hacer ningún esfuerzo extra y no quería perder mi posición privilegiada en la ventana central. Pasados unos minutos, empecé a impacientarme; el conductor dialogaba mucho con el guarda, quien parecía estar disconforme por algo, pero mis compañeros de viaje no se daban cuenta y seguían muy entretenidos con las fotos. Para no ponerme más nerviosa, volví a pensar en Jero.

Me lo imaginé esa vez a mi lado, haciéndome de talismán con su presencia, como en el banco de la fiesta la noche anterior. Sentí de nuevo su calor en la palma de la mano y, aunque en ese momento no disminuyó mi inquietud, estaba convencida de que, de haber estado allí, ese gesto habría bastado para hacerme saber que todo iba a salir bien. Cerré un poco los ojos y volví a nuestra despedida, abrazados por la luz imberbe del amanecer. Recordé la escena que compartimos justo antes de volver al *hostel*. Nos quedamos de pie, el uno frente al otro, y Jero me rozó la mejilla con el lateral del dedo índice. Su caricia acabó en mi barbilla, pero yo la sentí recorrer toda mi espalda como esos relámpagos de las tormentas de verano que iluminan el cielo y enmudecen toda la ciudad cuando tocan tierra.

—¿Puede haber algo más bello? —me susurró.

Yo no le contesté, pero me colgué a su cuello y me quedé así unos segundos, hasta que él me tomó por la cintura y me separó de su cuerpo con cuidado.

—Tienes que irte y te juro que no quiero que lo hagas.

—Lo sé.

Nos intercambiamos los números de teléfono y me acompañó a la habitación para que recogiera mi cámara de fotos y me cambiara la ropa húmeda. Se esperó fuera, paciente, hasta que salí con todo, y me escoltó hasta la puerta del *hostel*, donde ya nos estaba esperando el jeep.

Repetí de nuevo sus últimas palabras para ser capaz de creer en ellas.

—Ojalá volvamos a vernos en algún otro punto del planeta.

Sin embargo, cada vez que las repetía, me parecía que sonaban más a cliché que a realidad. Y aunque sentí que tenía ganas de volver a España solo para tener una excusa para escribirle, entendí el tono genérico y la posibilidad remota. Empecé a tomarme esa historia como un amor de verano, algo intenso, fugaz y único que, aunque parece que vaya a durar para siempre, muere fácilmente con la rutina. Y quizá era mejor así, que se quedara intacto en un lugar del tiempo al que no pudiéramos volver. Así no podría corromperse jamás con el trajín de los lunes, las tareas domésticas o los problemas económicos. Me imaginaba nuestra historia detenida en el tiempo, como una siempreviva entre nuestros recuerdos, un fantasma curativo al que invocar cada vez que quisiéramos sonreír. Recurriríamos a ella en secreto tras un mal día o una mala temporada. Quizá amaríamos a otras gentes y otros cuerpos, pero, aunque la vida empujase, siempre reservaríamos un rinconcito de nosotros para historias fugaces como esa, que nos recordarían que el mundo está lleno de posibilidades y caminos que recorrer.

Tras unos minutos que me parecieron eternos, el conductor volvió hacia el coche, les ordenó a todos que volvieran a sus puestos y espantó al cervatillo con una palmada en el lomo en dirección opuesta a la que tenía que tomar el vehículo. Arrancó por fin con un estruendo. Dejé de pensar en Jero. Estaba nerviosa, cansada y nerviosa. Había llegado mi momento.

El conductor redujo la marcha con cuidado y el jeep empezó a adentrarse sigiloso en el parque. Todos los integrantes del vehículo callamos de golpe. Se notaba cierta tensión y expectación. El chico de la cámara se preparó para disparar, las japonesas sacaron el móvil y empezaron a grabar, y la pareja, nada más arrancar, se hizo una selfi dibujando el símbolo de victoria con los dedos, y, acto seguido, cada uno miró por un lado del vehículo para intentar ver por ambos. Yo estaba tan concentrada en el paisaje que era incapaz de pestañear.

La experiencia era una inmersión total en una naturaleza que resultaba arrolladora. Sentía que invadíamos algo que no nos pertenecía, como cuando nos colábamos en las discotecas antes de los dieciocho utilizando un carnet de identidad que no era nuestro. La tierra y el agua estaban unidas de una manera misteriosa y se presentaban, siempre juntas, en forma de llanuras, junglas y humedales. Los primeros animales que vimos fueron aves que revoloteaban alrededor de una laguna y picoteaban en el suelo del humedal. El guía y conductor nos indicó que eran garzas reales y garcetas.

De repente, una de las japonesas lanzó un grito ahogado de sorpresa y todos nos giramos hacia su dirección. Una de las garcetas estaba apoyada en una superficie que se movía lentísima. Del agua afloraba un lomo robusto y oscuro de animal grande. Y mi corazón se puso en vilo. Nos fijamos detenidamente en que un par de cuernos redondeados acompañaban la cabeza de un búfalo que nos miraba con indiferencia. Me sentí un poco desilusionada, pero acabábamos de empezar. El guía nos dijo que tenía la sensación de que iba a ser un gran día.

—¿Queréis que vayamos a la zona de los elefantes?

—¡Sí! —exclamé antes de que nadie más pudiera reaccionar.

El jeep siguió por un camino que se perdía en el humedal. El avance del coche por el agua creó una gran ola a ambos lados del vehículo, pero ni el búfalo ni las aves, al otro extremo, parecieron molestarse.

En nuestro camino hacia la zona de los elefantes, el coche serpenteó entre la vegetación pasando por zonas frondosas y llanuras llenas de pastos en los que la jungla se abría hasta extinguirse. Vimos una manada de ciervos, serpientes y lagartos, un tucán, y alguien dijo que había visto un leopardo. También atravesamos una pequeña laguna en la que el coche frenó de golpe y el guía nos indicó con emoción que miráramos atentamente, que había un cocodrilo. Todos los integrantes del coche se agolparon hacia mi lado para ver al reptil y empezar a tomarle fotos, y este nos hizo el favor de salir del agua y pasearse por la orilla para que pudiéramos observarlo en plenitud. Yo tenía mi cámara de fotos encendida, pero no había disparado ni una sola fotografía.

—¿Falta mucho para llegar a la zona de los elefantes?

—Querida, la zona de los elefantes está en todos lados. Yo solo os llevo donde están normalmente, pero eso no significa que siempre tengamos suerte. Estate atenta —me dijo con amabilidad.

Me conformé con seguir mirando el paisaje. Tomamos un par de curvas cerradas que nos condujeron a una gran llanura verde, tan extensa que era difícil verla de un solo vistazo. El jeep redujo incluso más la marcha hasta que casi se movía por inercia. De pronto, cuando la vegetación se abrió para descubrir la extensión del paisaje, a apenas unos metros, unos arbustos de altura considerable se agitaron vigorosamente. Sin duda tras ellos había un animal. Yo no quise volver a hacerme ilusiones, pero lo veía. Veía un cuerpo enorme, la piel gris que se traslucía entre las hojas; podía ser un elefante, sí, pero también un hipopótamo, un ñu, otro búfalo o cualquier otra cosa. Necesitaba acercarme, casi tocarlo para entenderlo. Intenté forzar la mirada, miré al interior del jeep, hacia el conductor; quería preguntarle «¿es o no es?», pero el hombre estaba muy concentrado intentando llevarnos hasta allí. El vehículo se deslizó hasta un ángulo que amplificase la visión tras los matorrales y el animal también colaboró moviéndose hacia la llanura. De repente, ante nosotros teníamos un magnífico ejemplar de elefante asiático, con sus orejas menudas, su trompa de un solo lóbulo y su pequeña joroba en el cráneo. Percibí el verdadero significado de la suerte como un suceso improbable y deseado que, de repente, sí ocurre. El animal, imponente, caminaba con calma entre la vegetación baja. Yo no podía creérmelo. Allí estaba, frente a mí, tan cerca que podía ver su piel arrugada de anciano, sus ojos tristes y diminutos, y la aparente torpeza en cada uno de sus movimientos.

—¡Ahí lo tienes! —exclamó el guía con entusiasmo y en voz baja.

Todos mis compañeros volvieron a apelotonarse a mi lado, pero yo apenas los sentí. El elefante, a escasos diez metros de nosotros, se movía libre y relajado, toqueteando los matorrales con la trompa. Sacudió la cabeza con fuerza y miró hacia el coche, que se encontraba totalmente detenido. Mientras todos sacaban fotos entusiasmados, aprecié que me estaba mirando directamente a mí, la única que no había sido capaz de alzar la cámara y tomarle una fotografía. Agitó la trompa y observé los colmillos. En una señal de agradecimiento le sonreí y asentí con la cabeza. Ahondé en su mirada oscura, me imaginé arropada por su trompa y suspiré profundamente. Un par de lagrimones de felicidad se deslizaron por mis mejillas hasta perderse en mi barbilla para celebrar que lo había conseguido. No me podía creer que hubiera tenido tanta suerte, porque la suerte era un término que parecía estar proscrito.

Pero todavía había más. El chico pelirrojo empezó a ponerse nervioso y a hacer gestos sin querer gritar. Entre las piernas del animal, oculto tras los matorrales, un bebé elefante se protegía del mundo. Me quedé quieta mirando esa escena con un miedo real a despertar. Con la elefanta redescubrí la paz y con el elefantito la esperanza. Me di cuenta de que cada una de nuestras pequeñas e insignificantes historias tienen el único propósito de hacer que la vida siga existiendo y entendí que, aunque Ainhoa no volvería a mi vida, los elefantes continuarían en algún lugar del mundo para recordarnos quiénes éramos cuando estábamos juntas. Ellos seguirían de pie, luchando por nosotras y por todas las amistades que, como ellos, estaban dispuestas a cuidarse tanto en la alegría como en la tristeza y a echarse siempre de menos.

Tenía que afrontar la vida con todos sus condicionantes y confiar en encontrarme con otros elefantes que, como Ainhoa, allanaran con las patas mis caminos, me cobijaran bajo su piel gruesa o, simplemente, lloraran conmigo. Por Ainhoa, por mí y por nuestra historia, la valentía era la única opción posible.

SEGUNDA PARTE

La distancia

13

Elena

A finales de junio, cuando volví a Madrid, la ciudad había recuperado cierto brillo. El verano ya estaba instalado y, aunque esta empezaba a vaciarse en dirección a la costa, las plazas y terrazas se llenaban de bebidas bien frías y se convertían en el punto de reunión cuando caía la tarde. Hacía un mes que había vuelto y el viaje ya quedaba lejos. Recuerdo que la primera noche me quedé dormida sin creer que lo hubiera conseguido. Al día siguiente, me desperté muy temprano, seguramente por el *jet lag* y por las ganas de vivir. Cogí hora en una peluquería de mi barrio, me corté el flequillo y de allí me fui directa a Tres Cantos a negociar con mi jefe un horario nuevo. Al principio me dijo que era imposible, que no podía ampliar mis horas durante la temporada de verano, ya que era cuando menos me necesitaba, pero hacía años que me conocía y supongo que, al final, accedió cuando me vio sonreír otra vez. El horario ampliado en la cafetería me ayudaba a sufragar los gastos del viaje, pero también hacía que me pasara el día trabajando. El verano parecía una cosa que solo les sucedía a otros, pero no me importaba. Venía de vivir la experiencia de mi vida y estaba tan contenta que durante el trayecto hasta el curro me entretenía fijándome de nuevo en los pormenores de la ciudad: los polos que se les derretían a los niños y les manchaban las manos, las fiestas de los barrios y sus banderines, las piernas desnudas y las gafas de sol. El viaje a Sri Lanka había supuesto un nuevo comienzo para mí. Allí no solo había aprendido que el monstruo feo y huraño que cohabitaba conmigo era capaz de desaparecer si lo alimentaba de amor y de vida, sino que, aunque tuviera que hacer todas las horas del mundo, había vencido. Y eso hacía que todo lo demás mereciera la pena. No nos engañemos, el duelo y el dolor nunca desaparecen de golpe y quizá nunca lo fueran a hacer del todo, pero al menos sabía que era capaz de salir adelante.

Me bajé en Iglesia, la parada de metro que me dejaba más cerca de casa, y, como cada día, crucé Trafalgar hasta llegar a Arapiles. Era ya muy tarde, pero el cielo de Madrid todavía seguía regalando un espectáculo de colores rojizos entre los edificios, como si se le hubiera caído un frasco de pintura encima. Las calles desprendían un leve aroma a jazmín y el color encendido del *skyline* me recordó el último amanecer en la playa de Arugam Bay. Intentaba no pensar demasiado en Jero, pero sí en la sensación de serenidad que tuve entonces y que trataba reproducir casi cada día. Desde que nos separamos, nos habíamos intercambiado algunos mensajes. Le escribí el mismo día que vi los elefantes en Yala, para darle las gracias y confirmarle que los había encontrado. Él me contestó con alegría y me informó de que estaba a punto de tomar el vuelo hacia Barcelona. Ya en Madrid, volví a escribirle un par de veces más. Él siempre me respondía muy rápido y con extrema cordialidad. Por lo general, acababa sus mensajes con un «hasta pronto» o un «a ver cuándo nos vemos». Se notaba que no quería zanjar la conversación conmigo por si volvíamos a encontrarnos, pero nunca me hizo ninguna invitación formal. Además, siempre era yo quien daba el primer paso y nunca salimos de la dinámica de cordialidad y puertas abiertas. Me di cuenta de que lo nuestro había sido como una estrella fugaz que promete conceder todos los deseos para hacerte creer en la suerte durante un instante, pero que luego desaparece hasta que te olvidas de lo que le pediste. Y no pasaba nada, no me sentía ni herida ni triste, sino todo lo contrario; la vida seguía y yo, por fin, también con ella. Había perdido a mi mejor amiga, así que después de eso no estaba dispuesta a llorar la pérdida de un imposible. Pronto empecé a pensar en Jero como un mero facilitador; apareció cuando lo necesitaba y luego se fue amablemente para dejar que siguiera mi camino.

Como mis compañeras de piso seguían siendo estudiantes, durante los meses de julio y agosto abandonaban el piso y yo me convencía de que era todo mío. Durante ese tiempo, me sentía dueña de un piso de ochenta metros cuadrados en Chamberí y eso no me podía hacer más feliz. Me gustaba ir en bolas por casa, estirarme en el sofá sin tener en cuenta que tenía que dejar espacio para las otras, poner música folk hasta las tantas y, en definitiva, vivir como a mí me daba la gana. Cada noche, lo primero que hacía era abrir los balcones y las ventanas, quedarme en bragas, llenar la regadera de Ikea y dar de beber, una a una, a todas las plantas del piso. Empezaba por las interiores, que parecía que llevaran horas esperándome y estuvieran a punto de ahogarse con el calor de Madrid, y acababa con las del balcón, siempre a partir de las nueve de la noche, porque tenía la creencia de que me multarían si lo hacía unos minutos antes. Ese día vi las dalias más bonitas que nunca, espigadas, llenas, esplendorosas. Estaba entretenida limpiándolas y reordenando las macetas del balcón cuando sonó mi teléfono: era un mensaje de Kate.

Kate 21.46
Hola, *hun*! Cómo estás? Nosotras superbién!!
El 14 de agosto por fin llegamos a España!

Me sacudió una alegría inmensa cuando leí su mensaje. Había llegado la última parada de su año sabático y eso significaba que existía la posibilidad de volver a verlas de nuevo. Le contesté nada más leerlo.

Elena 21.46
Uoooooo!!!! Mad o Bcn?

Kate 21.47
Al final Bcn...

Joder, ¿y por qué no venían a Madrid? Ya me había hecho a la idea de que vendrían a la capital y, de hecho, tenía toda una lista de planes veraniegos para que conocieran Madrid como un local. Pero Kate me contestó antes de que pudiera quejarme.

Kate 21.47
Tenemos ganas de playa

No tenía ninguna alternativa que ofrecerle.

Elena 21.48
No sabes lo contenta que estoy!!
Me has alegrado el día!
Haré todo lo posible por estar allí

Creo que Kate notó en mi respuesta que no iba a acabar yendo. Y es cierto que mi mensaje sonaba a la frase de «a ver si nos vemos pronto y nos tomamos un café» que se convierte siempre en una consecución de años, hijos, bodas y jubilaciones que postergan la quedada. Así que me amenazó.

Kate 21.52
No puedes faltar. Avísanos de qué día vienes,
porque reservaremos
una habitación triple. *See u*!!!!

Quizá en otro momento le habría dado largas, pero Sri Lanka me había demostrado que nuestras acciones son las que logran cambiar el rumbo. Me encantaban las flores y las plantas, pero había entendido que yo sí que podía cambiar de jardín, así que esa misma noche compré los billetes de AVE.

Escogí la opción más barata, la que llegaba el viernes por la noche y volvía el domingo por la mañana a primera hora. La alegría empezó a mezclarse con el nerviosismo. Me cuestioné si también habrían avisado a Jero, pero decidí que era mejor no preguntarles para que no contactaran con él en caso de que no lo hubieran hecho ya. No obstante, tenía millones de preguntas rebotando en la cabeza. ¿Estaría él esos días en Barcelona? ¿Debía volver a escribirle para decirle que visitaría su ciudad? Eché de menos llamar a Ainhoa y preguntarle qué tenía que hacer. Al final, decidí que no era buena idea contárselo, pues él no había demostrado ningún interés real. Tenía los billetes, en dos semanas visitaría su ciudad y sobre el resto ya veríamos. Me convencí de que, a partir de entonces, iba a dejarlo todo en manos del destino, aunque, para ser sinceros, yo ya lo había torcido y modificado a mi antojo, porque el destino solo existe para que podamos cambiarlo.

Amelia y Kate se abalanzaron sobre mí en cuanto salí de la estación. Barcelona me recibió con una agobiante bocanada de aire húmedo y caliente. Tiré mis cosas al suelo y les correspondí con un fuerte abrazo y un montón de besos sonoros en las mejillas; estábamos llenas de impaciencia e ilusión. Me alegraba mucho volver a verlas y pasar otro fin de semana junto a ellas, aunque eso significara otro estrago más en mi cuenta corriente. El viaje me había resultado muy corto y, por un momento, pensé en que una relación a distancia entre Madrid y Barcelona tampoco podría resultar muy difícil. Tuve una sensación de misión y de urgencia parecida a la que experimenté los primeros días en Sri Lanka, y eso, más que inquietarme, me puso de buen humor. Recuerdo que al llegar a Barcelona tampoco olí a mar.

Las chicas estaban muy excitadas, llevaban unos días en la ciudad condal y ya habían visitado los lugares más emblemáticos, así que me dejaron claro que, como yo tenía Barcelona muy cerca, tendría que volver en otra ocasión para conocerlos. Insistieron en que ese fin de semana era para salir de fiesta y dormir durante el día. Aunque me dio un poco de pena perderme los iconos de la ciudad, no pude negarme; en cierta manera, ellas tenían el papel de anfitrionas y yo estaba dispuesta a dejarme llevar.

—Ahora iremos al hostal; como te dijimos, hemos cogido una habitación triple para el finde —me informó Amelia.

—Pensamos que así estaríamos más tranquilas —añadió Kate.

Me ayudaron con mis cosas y nos sumergimos en el metro, donde me entretuve leyendo las traducciones del catalán al castellano. Estaba lleno de turistas y el aire acondicionado iba a tope. Mientras el tren recorría las tripas de la ciudad, yo me fijé en cada una de las personas que había en el vagón; buscaba una cara conocida entre la gente de la misma manera que se busca el calor en invierno, pero ningún rostro coincidía con el de Jero.

Las chicas no paraban de contarme sus andaduras europeas, las maravillas de Roma, el encanto de París o el mítico sol de la Toscana. Se las veía disfrutar todavía tanto del viaje que no parecía que este estuviera a punto de acabar. De repente, Amelia me informó:

—El hostal está situado en Gracia. ¡Ya verás qué sorpresa!

¿Qué sorpresa? No pude evitar relacionar esa palabra con Jero. Me lo imaginaba esperándome, radiante y con un ramo de tulipanes, en la salida del metro o en la puerta del hostal, dispuesto a darme un morreo que acallara la ciudad. Me puse tremendamente nerviosa solo de pensarlo, empecé a mover la pierna sin parar, a recortarme con los dientes la uña del pulgar de la mano derecha y a llenarme de una inquietud latente que hacía que me moviera en tensión y de forma un tanto rara.

Salimos en la parada de Fontana, en el barrio de Gracia, la meca barcelonesa de las tiendas alternativas, los restaurantes intercontinentales y todo lo sostenible, pero ni rastro de Jero. En cambio, nos esperaba un gran bullicio con carácter festivo. Las chicas se adentraron rápido entre callejuelas peatonales y yo las seguí para no perderme. Eran las fiestas del barrio y no solo la mayoría de las calles disponían de una barra metálica de alguna marca de cerveza que servía cubalibres, cervezas y regalaba sombreros de paja, sino que cada una de ellas tenía un pequeño escenario en uno de sus extremos y, además, cada calle estaba decorada siguiendo una temática determinada: la antigua Roma, *El libro de la selva* o el mundo rural eran algunas de ellas. Los decorados, hechos con botellas de plástico, hueveras o cartón, colgaban de cordones que iban de punta a punta de los edificios e, incluso, había grandes figuras de porexpán en medio de las calles, que dificultaban el paso, pero a la vez te incluían en la escena. Aprendí que, cada año, los vecinos invertían horas en la decoración, que siempre tenía que incluir elementos reciclados, y que había premios para las más bonitas. La verdad es que no solo los decorados, hechos con gran destreza y maestría, resultaban fascinantes, sino pensar en la cantidad de horas que los vecinos habían invertido en su preparación. Era conmovedor. Amelia y Kate, de repente, se giraron hacia mí.

—Qué, ¿te gusta la sorpresa? ¿Te imaginabas que te llevaríamos a una fiesta así? *It's amazing.*

¿Así que esa era la sorpresa? No negaré que, en otras circunstancias, me habría encantado ese plan, pero en ese momento me sentí desilusionada. Empecé a hacerme a la idea de que no solo no sabía si Jero estaba en la ciudad, sino que, de ser así y en caso de que él también asistiera a las fiestas de Gracia, entre tal gentío jamás nos íbamos a encontrar. Si yo no le escribía, no íbamos a vernos. El orgullo me impedía hacerlo, pero, a la vez, me podían las ganas. No hizo falta pensar en ello mucho más, ya que, una vez en la habitación del hostal, mientras colocaba mi ropa en uno de los armarios, Amelia, como el que pregunta qué cenamos hoy, soltó:

—Por cierto, esta noche hemos quedado con Jero y algunos amigos suyos.

14

Jero

Era viernes y mis amigos, Marc y Pol, llevaban todo el día dándome por saco con nuestra salida por Gracia. Estaban ansiosos por conocer a las americanas. Por mi parte, sentía mucha curiosidad por aquella noche. Desde que me había escrito Kate para que quedara con ellas en Barcelona y me confirmó que vendría Elena, había tratado de convencerme de que no había nada de especial en ver a mis amigas de Sri Lanka y que esa quedada no escondía ninguna historia entre líneas. Mi intención era verlas, reírnos un rato y volver pronto a mi piso, a salvo de mis errores y sin haber abierto, ni revuelto, ningún cajón. Sin embargo, la realidad era muy diferente: llevaba semanas pensando en Elena. Desde que había llegado del viaje había intentado tener el menor contacto posible con ella. Una vez en Barcelona, cuando volví a mi rutina, me di cuenta de que lo que había ocurrido allí había sido un gran error. Precisamente había decidido hacer ese viaje para no pensar en chicas y volví de allí con Elena metida en la cabeza como un intermitente que iba y venía y aparecía en un plato de arroz, representada por un color en el cielo o cada día que me bañaba en el mar. Tenía muchas ganas de verla, pero me había prometido que bajo ninguna circunstancia debía volver a besarla. Quedamos en mi casa, como solíamos hacer siempre que salíamos de fiesta. Recuerdo que Marc, que me conocía de toda la vida, fue claro conmigo.

—Nen, hoy te prohíbo beber ni una copa. Nosotros subimos a Gracia en metro, tú pilla la moto y así te obligas a no hacerlo. Debes tener la cabeza bien fría.

Marc era la voz de la sensatez y del sentido común; cada vez que me sentía perdido o no sabía por dónde tirar, acudía a él, que siempre tenía el mejor consejo listo y calentito para tomar. Como era habitual, le hice caso. Ellos cogieron el metro y yo llegué en moto.

Las fiestas de Gracia nunca decepcionan, pero cada vez acogen a más gente y muchas veces resultan un poco agobiantes. Así que decidimos quedar con ellas en la calle Perill, que por lo general no está tan abarrotada y puedes bailar en paz. Llegué el primero y me fui a la barra a por un agua bien fría. Los chicos no tardaron en localizarme y comprobé que Marc me daba su visto bueno al verme con el botellín. Tocaba un grupo de cumbia que llenaba de ritmo y color el escenario. La decoración escogida era de temática de videojuegos de los ochenta y resultaba humilde en comparación con la de otras zonas. La calle estaba decorada con bloques de Tetris elaborados con cajas de leche recicladas, monedas, fantasmas del comecocos, escaleras, gorilas, nubes y macetas con flores pixeladas colgando de unos cables que iban de un edificio al otro. A pie de calle estaban representados los protagonistas de los grandes mitos de nuestra infancia, Donkey Kong o Mario Bros, fabricados con cartón piedra.

Las vi a lo lejos, entre el bullicio. Accedieron por la entrada opuesta al concierto, pero no quise decirles nada a mis amigos todavía. Tenía ganas de observarlas y espiar sus movimientos antes de ser parte de su noche. Amelia y Kate iban delante, haciendo grandes gestos, riendo a carcajadas y saltando. Parecían ya algo borrachas, pero divertidas, y de vez en cuando se giraban hacia atrás, donde creí ver a Elena. Entonces empecé a ponerme nervioso. A medida que se acercaban, la pude observar con claridad. Ella las escuchaba de forma distraída, caminaba con pasos lentos y miraba, inquieta, hacia todas partes. Parecía estar más pendiente de todo lo que ocurría a su alrededor que de lo que le iban explicando. ¿Me estaría buscando? Se había cortado el flequillo y llevaba un vestido corto de topos de colores, como si fuera confeti. Tuve de nuevo esa sensación de que conseguía destacar en medio de la muchedumbre. Tenía un ritmo propio, sosegado, que irradiaba con sus gestos y miradas, independiente de la locura de la noche. Seguía transmitiendo una delicadeza especial, una manera distinta de ver la vida y una paz que trascendía los lugares y las cosas. Lamenté sentir de nuevo que ella era un destino en el que quedarse, pero sonreí al comprobar que no la había mitificado ni sobrevalorado. Era la misma chica que me había fascinado al otro lado del mundo, tan especial y a la vez tan cercana que había conseguido romper todos mis propósitos. Me pregunté si esa noche también sería capaz de hacer que me saltara mis propias reglas.

—¡Eh, tío! —me gritó Pol al verme ensimismado y con la mirada perdida.

Reaccioné.

—Allí están.

Kate fue la primera en verme. Recuerdo que vino corriendo y gritando hacia mí formando un gran alboroto, y se me lanzó al cuello.

—*Jerooo, how are you!!!* —Y, lanzando una mirada a Marc y Pol, siguió—: ¡Creo que me tienes que presentar a tus amigos!

Pero no hizo falta, ellos ya se habían acercado y ya estaban preparados para darle un par de besos. Amelia también me saludó de manera simpática, aunque más comedida, y rápido se unió a la conversación que había iniciado Kate con Marc y Pol. Tras ellas, Elena esperaba con una sonrisa tímida que me pareció cautivadora. Nos miramos de nuevo fijamente; me encantaba mantenerle la mirada, era mi declaración de intenciones. Ella jugaba a hacer lo propio, pero nunca lo conseguía y siempre la bajaba con una sonrisa infantil y vencida. Ese pequeño gesto me volvía loco. Esa vez quise ser benévolo; tras unos segundos mirándola, tomé la iniciativa.

—Me alegro de verte.

—Qué sorpresa —dijo esbozando una sonrisa pícara.

Volver a escuchar su voz fue como si me empujaran a una máquina del tiempo.

La noche discurría entre empujones, ritmo de rumba, pop-rock y chasquidos de luz. Fuimos recorriendo distintas calles, confundiéndonos entre la gente y los decorados. Recuerdo que bailamos todos mucho, gritamos fuerte y, a pesar del gentío, no nos separamos en ningún momento. Kate y Amelia hacían buenas migas con los chicos y, aunque me esforzaba por hablar con Elena, el ruido hacía que apenas pudiéramos intercambiar, entre gritos, palabras sueltas y frases recortadas. Hacía tiempo que no salía sin beber ni una gota de alcohol y aquella perspectiva abstemia me hacía percibir todo lo que acontecía de una manera auténtica, sin filtros. Sabía que nada de lo que sentía estaba disfrazado por el entusiasmo de la ebriedad, todo era real, como cuando tenía once años y me gustaba la más guapa de la clase y le escribía notitas y le regalaba rosas por Sant Jordi. Sentía que estaba más cerca que nunca de la pureza y, como todo lo veía más claro que nunca, me arriesgué.

Los músicos lanzaron una proposición al público para que tratara de acertar la siguiente canción. La masa, entregada a la propuesta, empezó a gritar los títulos de todas las canciones y la banda se sintió obligada a escuchar y bajar la música. La batería era el único instrumento que seguía tocando, como un latido. Aproveché la pausa sonora para acercarme a Elena un poco más.

—Sabía que vendrías.

Me contestó un poco brusca, intuí que podía estar molesta.

—Pues yo no. ¿Por qué no me lo dijiste?

No quise contestar a su pregunta porque me escocía la verdad, pero al final solté:

—Quería dejarlo en manos del destino.

—Anda, ¿ahora el destino tiene nombre americano? Ambos estamos aquí solo porque Amelia y Kate nos han hecho coincidir. No hay mucha magia, ¿no crees?

—No te enfades, no quería insistir; quería que, si venías a Barcelona, lo hicieras por ellas.

—Oh, pero ¿cómo puedes ser tan creído? —dijo abriendo los ojos y poniendo una expresión divertida e indignada—. ¡Por supuesto que lo he hecho por ellas!

No sabía si estaba molesta de verdad o solo se estaba haciendo la enfadada, pero temí que, de un momento a otro, se girara, cogiera a las chicas del brazo y se despidiera de mí sin apenas mirarme. Me quedé clavado en su mirada y deseando que se quedara a mi lado. Éramos dos estatuas mientras que a nuestro alrededor todo era luz, noche y movimiento. El silencio no siempre significa abandono, en mi caso había sido la consecuencia de una autocensura atroz. Lo nuestro no podía ser, lo supe en Sri Lanka y lo sabía entonces. Desde que llegó a Madrid, me había cortado la lengua y los dedos para evitar hablarle y escribirle en un intento inútil de aplacar el deseo y encontrar la sensatez. Sin embargo, tenerla de nuevo ante mí había hecho que volviera a sentir ese huracán de fuego capaz de cambiar las flechas de mis esquemas. Quería decirle que estaba cargado de miedos, que mi silencio no restaba importancia a nuestro beso de Sri Lanka, que hacía semanas que no podía quitármela de la cabeza y que aquella noche, en Barcelona, había confirmado mis sospechas. Ella se giró brevemente hacia el escenario para escuchar los gritos del público. Me quedé mirándola. Me moría de ganas de pasar la noche con ella, así que en un impulso decidí saltarme mis propias normas. Y cuando ella se volvió a girar hacia mí, le solté:

—¡A la mierda! ¿Te vienes a descubrir Barcelona?

Ella me miró dubitativa.

Pero no dejé que contestara, la agarré de la mano y tiré de ella hacia las calles sin música ni colores flúor. Ella me siguió como se siguen las causas perdidas. Iba a hacer lo posible para que, aunque sabía que lo nuestro no iba a ser eterno, aquella noche fuese inolvidable.

15

Elena

¿A la mierda? ¿A la mierda por qué? Jero tiraba fuerte de mí mientras caminaba decidido hacia calles menos concurridas. Parecía que tenía clara la dirección de sus pasos. Por supuesto, le seguí, porque, aunque intentaba hacerme la enfadada, soñaba con escaparme con él desde que nos habíamos reencontrado unas horas antes.

—Oye, ¡pero tendremos que avisar a Amelia y Kate!

—Han recorrido medio mundo solas; además, mis amigos son supermajos —dijo sonriendo—. Estarán bien, luego les enviamos un mensaje.

Anduvimos por callejuelas desiertas en comparación con el trajín y la efervescencia que había tan solo unos metros más allá. La música y el bullicio se atenuaban en cada uno de nuestros pasos y, al final, llegamos a una pequeña plazoleta con una fuente. Jero se acercó a una Vespa clásica de los años sesenta de color negro reluciente. Sin mediar palabra, me ofreció uno de los dos cascos atados a la moto.

—Toma.

Me lo puse mientras él arrancaba con un fuerte petardeo. Una vez encendida, me miró con picardía y, con las manos en el manillar, me hizo un gesto con la cabeza hacia su espalda para indicarme que me subiera de paquete. Obedecí sin pensármelo dos veces. Apoyé brevemente el cuerpo contra el suyo y le agarré con fuerza por la cintura.

Apenas había tráfico y sentía que la motocicleta resbalaba por las calles recién regadas. La humedad desaparecía con la velocidad, notaba el pelo golpearme contra los hombros, el aire fresco deslizándose por mi cuerpo y una tibieza conocida entre nosotros. Jero me acariciaba las manos en cada uno de los semáforos rojos y yo deseaba con todas mis fuerzas que la ciudad se detuviera en cada esquina.

—Señorita, ha sido usted invitada a un exclusivo tour nocturno por Barcelona, ¡espero que le guste! —gritó mientras giraba con suavidad el manillar hasta tomar una calle que nos llevó directos a la Sagrada Familia.

El templo, iluminado por una luz clara, se abría majestuoso entre los edificios rectilíneos que lo rodeaban. Parecía que provenía de otro planeta y sus formas me parecieron inconcebibles para una mente de principios del siglo xx. Por supuesto, había estudiado el modernismo y a Gaudí en la carrera, y, aunque reconozco que no era el estilo que más me gustaba a pesar de que compartíamos obsesión por las formas de la naturaleza y las flores, ver aquella obra maestra en directo y agarrada de Jero me pareció un auténtico delirio. Pero todavía había mucha ciudad por descubrir.

—Pues bien, el tour ya ha empezado; si tiene alguna petición, por favor diríjase al conductor, aunque le recomendamos que se deje llevar.

—Hecho, ¡tú mandas!

Con mis palabras, él metió un poco más de gas y recorrimos el Eixample hasta llegar al centro, bajar por Las Ramblas, rodear la estatua de Colón y encaminarnos hacia la Barceloneta. Jero iba describiendo todos los iconos de su ciudad y yo giraba la cabeza de derecha a izquierda para no perderme nada de lo que él me mostraba. Cuando llegamos a la playa, redujo la velocidad, me pidió que me bajara y aparcó entre una batería de motos.

—¿Te apetece el mejor helado de la ciudad?

Contesté con una sonrisa.

—Cierran a las dos, espero que lo pillemos abierto. —Y me advirtió—: No son muy amables, pero merece la pena.

Un tipo italiano con ganas de cerrar nos sirvió un helado enorme. Yo lo pedí de chocolate negro, él de stracciatella. Jero me invitó. Salimos tranquilamente en búsqueda del mar y entonces sí que sentí la típica fragancia de salitre de las ciudades costeras. Pensé que eso siempre era señal de suerte.

Nos sentamos en uno de los escalones de hormigón que descendían hasta la playa. El paseo también estaba lleno de gente; me recordó el ambiente incesante de verano en Torrevieja. El helado estaba exquisito, se notaban la calidad del chocolate y la elaboración casera.

—¿A que está rico? —Y al ver mi cara de aprobación continuó—: Nunca me equivoco con mis recomendaciones gastronómicas, ya lo sabes.

Ese guiño a nuestro inicio en Sri Lanka, a esa calle plagada de perros gruñones, la oscuridad del pueblo y al señor del *kottu* iluminado con apenas un par de bombillas como un faro de hospitalidad me hicieron volver a creer en nosotros. En la tendencia de querer encontrarnos como kamikazes a punto de saltar al vacío. Creo que él también pensó en ello. Nos quedamos un rato mirando el mar en un silencio acogedor y recordando todos los porqués que nos habían catapultado a ese instante.

—Recuerdo lo que dijiste del helado de chocolate.

—¿Qué tontería dije? —No me acordaba.

—Que para ti era igual de importante un viaje transatlántico que un lametón a un helado de chocolate —me contestó sonriendo.

—¡Totalmente cierto! —Me ponía muy contenta cuando alguien me recordaba algo que había hecho o dicho en el pasado y todavía coincidía con mi punto de vista.

—¿Sabes? En ese momento confirmé lo especial que eras.

—Jero... —Intenté entenderle; no comprendía a qué venía todo eso después de su distanciamiento tras el viaje. Pero él me cortó.

—Acábate el helado, que te voy a llevar a otro sitio. Este no es suficiente.

El helado, el sonido del mar acariciando la arena, la temperatura veraniega y nosotros uno al lado del otro de nuevo. No es que aquello fuera más que suficiente, sino que incluso pensé que era perfecto. Pero él ya estaba de pie tendiéndome la mano. Mastiqué lo que me quedaba de galleta y me agarré a él. Tiró de mí con fuerza y me levantó de un salto. Ojalá no me soltase nunca.

Fuera de los enclaves turísticos, la ciudad respiraba adormecida, los semáforos aplaudían y nos obligaban a movernos a su son. Grupos de gente golpeaban las aceras con sus pasos y algún que otro coche rompía el silencio durante unos segundos con la música a todo volumen. Taxistas, coches de policía y ambulancias ponían luz a una ciudad que parpadeaba en la madrugada como si se empeñaran en despertarla. La Vespa también rugía con nosotros. Volvimos a subir por Las Ramblas, cruzamos de nuevo plaza Catalunya y, esta vez, me descubrió Paseo de Gracia, cuyas tiendas de lujo, entonces cerradas, me recordaron a las de la calle Serrano en Madrid. Allí me enseñó La Pedrera, con sus curvaturas sinuosas y la pomposidad de la Casa Batlló, pero también la Casa Amatller y la Casa Lleó Morera, que, aunque contemporáneas e igualmente exuberantes, me resultaron más discretas y elegantes, y, para mi gusto, mucho más bonitas. Barcelona me pareció mágica agarrada a su cintura.

Trepamos por la ciudad hasta llegar a la falda de la montaña de Collserola. En la cima se podía ver la torre de comunicaciones parcialmente iluminada y también el templo del Tibidabo, de un color blanco resplandeciente. Jero se escabulló entre unas calles para tomar una carretera serpenteante de curvas cerradas que escalaba el cerro. En una de las rectas, disminuyó de nuevo la velocidad y giró con suavidad hacia la izquierda para entrar en un mirador. Dejamos la moto y nos sentamos en un banco de madera. Barcelona centelleaba bajo nuestros pies como el sol cuando se encalla en el mar un mediodía de agosto. Jero tenía el poder de convertir la oscuridad en un mar de luciérnagas.

No podía parar de observar la ciudad finita ante nosotros. La diferencia principal con Madrid eran sus límites. En Barcelona, la ciudad se acababa abrupta con el inicio del Mediterráneo.

Se quedó observándome y buscando de nuevo algún tipo

de aprobación por mi parte. Todo permanecía idéntico a como lo habíamos dejado la madrugada de Arugam Bay, el horizonte frente a nosotros, la temperatura agradable y él tan cerca de mí que me entraban ganas de morderle. El paisaje cambiaba, pero nosotros permanecíamos, como si juntos fuéramos capaces de detener el tiempo. Me di cuenta de que éramos más importantes que las circunstancias o el escenario que nos rodeaba.

—Creo que te pondré una buena reseña en TripAdvisor.

Él esbozó una sonrisa de satisfacción y yo aproveché ese momento para enviar un mensaje a las chicas.

—Estarán bien.

—No lo dudo, pero no quiero que se preocupen; eso hacemos las amigas.

Informé a Kate y a Amelia de que Jero me había raptado y acabé el mensaje con cinco caritas rodeadas de corazones. No supe si decirles que me esperaran en el hostal o que, directamente, nos veríamos al día siguiente. Ni siquiera me había besado con Jero, ¿por qué estaba adelantando acontecimientos? Dejé el mensaje así porque ni siquiera sabía cómo iba a acabar aquella noche.

—¿Sabes que es la primera vez que visito Barcelona? Ha sido genial verla así, de un vistazo, en moto. Las chicas ya me habían convencido de que no vería la ciudad. Pensaban invertir el finde en salir de fiesta y dormir.

—Podemos repetirlo tantas veces como quieras.

—¿De dónde has sacado una Vespa tan chula?

—Era de mi padre, es del 78. La guardaba como una reliquia, pero estaba inutilizable y hacía años que la tenía tirada. Hace un par de veranos me propuse restaurarla con la condición de que me la dejara. Mi madre me ayudó a convencerle. Y mírala ahora —dijo orgulloso—. Me encanta, es una joyita. Creo que ahora mi padre se arrepiente de no haberla restaurado antes.

—Siempre me han encantado las Vespas antiguas. A mí me gustaría tener también una moto en Madrid. Tengo que hacer un transbordo para ir al trabajo y tardo más de una hora en llegar. ¡Me daría la vida!

—Pero ¿por qué te buscaste un trabajo tan lejos? ¿Es que no hay más cafeterías en Madrid?

—Para tener libres los findes. La cafetería está en un polígono industrial de Tres Cantos donde solo hay empresas y es uno de los pocos curros de camarera con horario de lunes a viernes. Cuando lo cogí me compensaba ir hasta allí para salir con mis amigas y tener unos horarios normales, pero es cierto que cada vez me da más pereza el trayecto.

—Ya veo… ¡Es que es una paliza!

—Lo sé, tengo que buscar algo diferente. ¡Ya llegará!

—Bueno, qué, ¿cómo estás? —dijo cambiando de tema—. Míranos, aquí los dos de nuevo, coleccionando horizontes y amaneceres. ¿Serán nuestro fetiche?

—Me he acostumbrado a renacer últimamente.

—Eso es bueno, ¿no? Es lo que andabas buscando. Me alegro de que lo estés consiguiendo o de que ya lo hayas conseguido. Y también me alegro de que seas la misma. Quiero decir, la misma que recordaba. Me daba auténtico pavor haberte idealizado. Te vi tan poco y en un contexto tan extraño que me preguntaba una y otra vez si eras o no real. En alguna ocasión incluso pensé que te había inventado. Qué tontería, ¿no?

—No sé, Jero; si te soy sincera, no me esperaba esto. Apenas hemos hablado desde junio. No entiendo nada.

Se tocó la nuca. Parecía inquieto, no sabía si era mejor hablar o quedarse callado. Pero habló.

—Mira, te voy a contar algo. Esta noche he cogido la moto por dos razones. La primera, para obligarme a no beber y no caer en la tentación de besarte, y la segunda, que es completamente contraria a la primera, para escapar contigo si no podía evitarlo.

—Pero no me has besado —le recriminé.

Él siguió.

—Llevo dos meses pensando en ti. No me quiero flipar porque solo nos dimos un beso, pero qué sé yo, me atrapaste. No sé cómo explicártelo. Supuse que llegaría a Barna y se me pasaría, y no, has seguido aquí, en mi cabeza —dijo golpeándosela suavemente con los dedos—. Elena, eres para mí una contradicción total.

—¿Tan importante fue lo del lametón? —dije riendo.

—No, pero entonces entendí tu forma de mirar. A ver, ¿cómo me explico...? Me encanta cómo percibes las sutilezas. Te hace especial. —Y añadió—: Eres diferente.

Me hizo sonreír. Me había esforzado mucho para aprender a mirar y que Jero lo hubiera percibido, y, sobre todo, que le hubiera gustado, me hacía sentir orgullosa. Ninguno de mis rollos anteriores había parecido nunca darse cuenta de eso, o sí; no obstante, jamás le habían otorgado ningún valor. «Elena se fija siempre en cosas raras», «hostia, pues yo no me había dado cuenta» o «¿y eso qué tiene que ver?» eran las reacciones más comunes cuando yo me salía por la tangente. Pero Jero no, a él parecían gustarle mis divagaciones. Sin embargo, cuando yo estaba a punto de empezar a flotar, añadió:

—Quiero serte sincero: no busco una relación a distancia; de hecho, huyo de ella. Todo lo que puedo ofrecerte está aquí, ante tus ojos, este fin de semana.

Seguía sin entender qué hacíamos allí si tanto miedo me tenía. Sentí que sus palabras caían como meteoritos de fuego sobre nosotros, incendiaban Barcelona y calcinaban los pequeños brotes de ilusión que estaban naciendo en mi interior.

16

Jero

Me di cuenta de que Elena empezaba a mostrarse abatida y harta de mí. No quería herirla y, sin embargo, parecía que lo había conseguido. Ojalá las heridas se curaran siempre con la verdad, aunque muchas veces sucede justo lo contrario. Me miraba con una cara de pena y rabia que me suscitaba unas ganas terribles de abrazarla y llevármela conmigo para siempre. Intenté arreglarlo y rogué que, por favor, no me pidiera que nos fuéramos de allí.

—Cuando me contaste tu historia en Arugam Bay, me avergoncé. Yo también fui a Sri Lanka huyendo de algo, pero lo mío era tan irrisorio en comparación con tu viaje que no me atreví a contártelo.

—Hazlo ahora.

—Estuve saliendo durante tres años con una chica. Pía, se llamaba; bueno, se llama. Era un poco más joven que yo y este era su último año de carrera.

—¿Qué ha estudiado?

—¿Acaso eso importa?

—Ya sabes que me fijo en los detalles.

—Publicidad.

—Me lo imaginaba.

—¿Por qué?

—Nada, cosas mías. Sigue con tu historia, por favor.

—En fin, el año pasado decidió hacer un Erasmus y obviamente la apoyé. Ella estaba muy emocionada con la idea de vivir una temporada fuera y todo eso. Solo iban a ser unos meses, de enero a junio. Estábamos convencidos de que nuestra relación no se vería afectada; todos pensamos esas cosas, imagino. Pero aguantamos una semana. ¡Una puta semana! Recuerdo que me hizo una videollamada y me contó que no se veía en una relación a distancia y que quería vivir la vida. ¡Como si yo no estuviera vivo! Creí entonces que estaba enamorado de ella y me hizo mucho daño. He hecho un ejercicio de entendimiento y, bueno, aunque me dolió en su momento, quizá tenía razón. Tiene veintitrés años, yo veintisiete. Son muy pocos años de diferencia, pero estábamos en momentos infinitamente opuestos. Yo me imaginaba ya planificando mi futuro, qué sé yo, ¿una boda? Oh, Dios, no me mires así, no buscaba casarme mañana, pero sí, no sé, llámame clásico. Y ella todavía tenía que asegurarse de que yo era el chico de su vida.

Elena se me quedó mirando un tanto atónita, seguía poco convencida.

—Me quedé fatal. Hace unos meses pensaba, de veras, que estaba enamorado de ella y no entendía por qué se había desmoronado todo lo que estábamos construyendo. Así que decidí tomarme un par de meses sabáticos para viajar y hacer lo que más me gusta. Buscaba descubrirme, olvidar a Pía y volver hecho un pro del surf, por eso decidí instalarme en Arugam Bay y pasar los dos meses ahí. Busqué un *hostel* barato; no sé si te fijaste, pero muchos de los que estábamos allí llevábamos meses viviendo en ese antro. Eso me encantó, porque pude estrechar lazos con gente a la que ahora quiero y valoro mucho. Créeme, lo último que buscaba era sentir algo así por alguien.

—¿Y Nina?

¿Por qué me preguntaba por ella?

—¿Qué pasa con Nina?

—¿Tuvisteis algo? Se notaba que había tensión entre vosotros…

—¡Qué va! Es cierto que ella buscaba conversación conmigo todo el rato, pero nunca pasó nada. Ya te he dicho que no estaba abierto a conocer a nadie, no había viajado a Sri Lanka a eso. Pero luego apareciste tú. —Hice una breve pausa para mirarla y comprobar si la había convencido, y seguí—: Me siento ridículo explicándote toda esta chorrada cuando conozco lo que motivó tu viaje. En serio, no pretendo parecer desconsiderado, pero quiero que entiendas en qué momento estoy.

—No te preocupes; supongo que los dos teníamos motivos para estar tristes. ¿Y qué más da la gravedad? Al final, lo que importa es si duele —me tranquilizó.

—Me encantas, te aseguro que me encantas. Pero estoy aterrado de empezar algo a distancia y que vuelva a acabarse sin que pueda hacer nada para repararlo. Pía no tiene nada que ver contigo, es una estirada y una superficial, y aun así me partió el corazón. ¿Qué podrías llegar a hacerme tú?

—No tengo intención de hacerte daño, me estás juzgando por otra historia. Yo soy una persona distinta y creo que ahora tú también. No puedes llenarme de felicidad y luego quitármela por miedo. En serio, no puedes. —Y, tras unos segundos dudando, siguió con su argumento—: Después de todo lo que he sufrido y aprendido, no quiero rechazar ninguna oportunidad de ser feliz. A mí me gustas, lo sabes, lo notas y por eso te has atrevido a sacarme de la fiesta y acabar de conquistarme con tu tour por Barcelona. Lo he pasado muy mal durante los últimos meses y ahora resulta que tú me salvas y luego te rajas. Tú mismo me lo dijiste: todo saldrá bien. Aplícate el cuento.

Yo la había decepcionado profundamente y en cambio ella me había dado toda una lección. La observé de nuevo, pero había bajado la cabeza y miraba al suelo. Jugaba con unas piedrecitas para evitar mirarme. No podía verle la cara, pero supe que se estaba secando las lágrimas con el dorso de la mano izquierda. Lo último que quería era hacerla llorar. Le aparté el pelo con delicadeza, la cogí suavemente de la mandíbula para que alzara los ojos hacia mí y con el pulgar le sequé las lágrimas. Me pareció imposible no enamorarse. Sonreí como pude y ladeé la cabeza para intentar pedirle disculpas. Solo tenía una cosa que decirle.

—Tienes razón.

Y la besé profundamente. Ella se dejó llevar por mis movimientos, dócil y entregada. Se me antojó el mayor acto de redención de mi vida. Nos fundimos en un beso capaz de dilatar el tiempo y ensanchar los límites del deseo. Me pareció que nos dejábamos llevar por la ingravidez y viajábamos juntos entre todas las luces que parpadeaban ante nosotros. La noche palpitaba como nuestros cuerpos generando, a la vez, extravagancias de placer. Éramos el lobo y la luna. Sentí que estaba en una de esas atracciones de feria a las que te resistes a subir, pero que luego te enganchan con su adrenalina.

Había querido volver a besarla desde que nos separamos en la madrugada de Arugam Bay y ella tuvo que tomar el jeep para ir a su safari, pero no me había dado cuenta de cuánto la necesitaba y ansiaba hasta entonces. Su cuerpo desprendía un olor a almendras, su piel era suave y tierna, y su forma de moverse resultaba tan agradable que la hacía tremendamente sensual. Lo hacía sin querer, pero emanaba ganas de quedarse a su lado. Y entonces pensé que yo nunca había tenido ganas de permanecer en ningún sitio. Incluso cuando estaba con Pía, siempre le decía que teníamos que encontrar un trabajo en remoto, vivir en lugares lejanos, no descansar nunca. En cambio, Elena construía imperios con la sencillez. Ella me enseñaba a ver el mundo de nuevo. Era el prisma y yo la luz que la atravesaba. Gracias a ella conseguía convertirme en todos los colores del arcoíris. Lo último que quería era hacerle daño, así que lucharía por convertirme en su analgésico y no en su piedra de toque. Elena tenía razón. ¿Por qué no intentarlo? Me convencí de que debía dejarme llevar hasta donde se acabara nuestro horizonte.

—Una relación a distancia no puede ser algo tan malo si cada vez que nos vemos los encuentros son como este, ¿no crees? —dijo divertida, y yo sentí que me había perdonado.

—Me estás convenciendo...

Seguimos besándonos como si quisiéramos borrar los rastros de todos los cuerpos que habían estado antes con nosotros y ser los primeros en descubrirnos. Queríamos convertirnos en tierra sagrada, inventar un diccionario nuevo, transformarnos en una página en blanco para escribir nuestra historia y firmarla con besos y gemidos. Empecé a sentir que el placer se extendía desde el pecho hasta las pantorrillas y mi sexo intentaba acercarse al suyo cada vez un poco más. Atraído, inconsciente, voraz, unánime. Cada vez más cerca. Nos comíamos el alma en cada beso. Empecé a besarle el cuello. Ella ladeó la cabeza para dejarme más espacio y yo trepé con la lengua desde su clavícula hasta su oreja. La cogí fuerte de la cintura y mis manos empezaron a bajar hacia sus piernas, que se abrían lentamente para dejarme entrar por la parte interior de sus muslos. Metí suavemente la mano derecha por debajo de su vestido y la dejé atrapada en la goma de sus bragas. La acaricié desde allí, sin llegar a su sexo, dejándola pendiente un poco más, solo un poco más. Ella me cogió del pelo, me ladeó la cabeza y se acercó más a mí. Teníamos tantas ganas de follar que, por un segundo, pensé que la noche era lo bastante oscura como para hacerlo allí mismo, pero me separé enseguida de ella.

—¿Quieres venir a mi casa?

No sé si Elena estaba excitada o nerviosa, pero asintió enseguida; la volví a tomar de la mano hasta que montamos de nuevo en la motocicleta. El sol empezaba a clarear el horizonte, que despertaba con un suave tono púrpura. El viento fresco en la cara nos devolvió al mundo que nos rodeaba. Elena seguía bien cerca, rodeándome con las piernas y los brazos aferrados a mi cintura. Las pulsaciones iban decreciendo, pero sentía que estaba, cada vez, más dentro de ella.

17

Elena

Estaba nerviosa. Temía que el sexo conllevara el momento de la gran decepción, pero la conexión había sido tan intensa que quizá era lo único que faltaba para convencerle de que nuestro momento estaba empezando. Llegamos a su apartamento. Estaba en el barrio de Sant Antoni, que me explicó que, en los últimos años, había sido colonizado por los restaurantes más contemporáneos de la ciudad. Cuando llegamos, el barrio estaba cerrado a cal y canto y solo algunas panaderías empezaban a subir las persianas.

El piso se encontraba en una finca regia típicamente barcelonesa que me recordó a los edificios situados enfrente de casa de mis padres, en los que yo soñaba con vivir de pequeña. En la fachada de colores destacaban dos ninfas que portaban cántaros de agua; los balcones eran de hierro forjado y la entrada de mármol lucía un enorme rosetón de yeso en el techo. El edificio carecía de ascensor y, a pesar de su belleza, a esas horas de la mañana me pareció agotador. Seguí a

Jero por las escaleras hasta el ático, al que llegué jadeando. Él se giró y bromeó.

—Bienvenida a mi piso y a mi gimnasio.

Apoyé la barbilla contra su espalda mientras él buscaba el llavero en el bolsillo. Por fin, giró la cerradura y abrió la puerta.

—¿Vives solo?

—Sí, el piso es de propiedad familiar —se excusó.

El apartamento tenía unos cincuenta metros cuadrados, pero me pareció una mansión para una persona sola. La luz de la mañana empezaba a alumbrar el salón con un suave manto de claridad azul. La decoración era exquisita, de estilo claramente masculino y con un punto *vintage* nórdico. Los muebles y acabados se veían de calidad y todos los materiales eran nobles; allí no había nada de imitaciones ni muebles de Ikea. Su piso parecía sacado de la revista *AD* y el mío de un bazar chino. Recordé que en Sri Lanka me dijo que le gustaban los cactus, aunque ahí tenía una monstera enorme que le daba un aire tropical a la estancia.

—¿Quieres una copa, agua o algo de desayuno?

Sonreí al escuchar el repertorio de opciones tan variado que me ofrecía. Reparé en que, la mañana anterior a la misma hora, estaba en Madrid preparándome para ir a trabajar. Me pareció de lo más extraño. Hay días que caducan sin que apenas los hayamos vivido y otros que concentran los inicios y los finales de toda una historia. Noté que la fogosidad vivida en la cima de Barcelona dejaba paso a un cansancio abrumador.

—¿Me das un poco de agua, porfi?

Creo que Jero lo notó, porque me trajo un vaso de agua

y una camiseta XXL de algodón para que pudiera utilizarla como pijama.

—Tienes cara de cansada, ¿quieres que nos tumbemos un rato?

—Voy al baño a ponerme esto.

—Al fondo del pasillo.

Cuando salí, me estaba esperando en su habitación, la única del piso. Había apartado los cojines y abierto la sábana de la cama para dejarme entrar. Le comenté que estaba agotada, que llevaba veinticuatro horas sin parar. Él no dijo nada y nos tumbamos mirándonos fijamente. Comenzó a acariciarme la frente y la cara, como si me peinara la piel del rostro. Las pestañas empezaron a pesarme toneladas, intentaba abrir los ojos para verle cuidándome un poco más, pero acabé vencida por el peso del sueño y la gravedad, y fui incapaz de mantenerle la mirada, una vez más. Creo que me estuvo acariciando hasta que me dormí del todo.

18

Jero

Me dormí después de que lo hiciese Elena y me desperté antes que ella; sentía que no podía perderme ni un segundo de su presencia. No podía parar de mirarla. Por la mañana aproveché para recoger las copas que se habían tomado Marc y Pol la noche anterior, doblar con cuidado el vestido de Elena y cargar su móvil, que se había quedado sin batería. Me puse a preparar el desayuno con la esperanza de que el olor a tortitas y café la despertara. Cada quince minutos volvía a la habitación y me apoyaba en el marco de la puerta para observar cómo dormía. Nos pasamos lo que quedaba de madrugada durmiendo abrazados y, por primera vez, entendí que no hacía falta mucho más que eso para ser feliz. En una de mis visitas a la habitación, Elena parecía estar desperezándose. Me lanzó una mirada entre la victoria y la timidez que me obligó a lanzarme sobre ella.

Empecé a besarle las mejillas, la barbilla y el cuello hasta que ella emitió un leve gemido que me indicó que había dado con su talón de Aquiles. Inicié una batalla de cosquillas como en una guerra sin rival, ya que ambos luchábamos por la misma causa.

—¡Que me haces cosquillaaaaaas! ¡Tregua, treguaaa!

Pero yo no podía parar de tenerla deshaciéndose entre mis brazos, luchando con todas sus fuerzas contra mí, mientras reía escandalosamente. Encontrar sus puntos erógenos y los rincones donde tenía cosquillas me pareció entonces que bien podría estar entre los mayores descubrimientos de la historia de la humanidad. Cada fracción de su piel era una gesta; quería recorrerlas todas hasta ser capaz de mapear su cuerpo si me quedara ciego.

La lucha no duró mucho, pronto acabamos tirados en la cama, mirando al techo, jadeando y completamente exhaustos. Cuando se recuperó, se sentó encima de mí.

—¿Me has preparado el desayuno? —me dijo sonriendo.

No tuve tiempo de contestarle, empezó a subirme la camiseta y a mordisquearme el abdomen y los pectorales.

—No sabes las ganas que tenía de hacer esto... —me dijo pícara.

Me estaba empalmando, así que la agarré de la cintura y bajé las manos hasta dejarlas en su culo para notar cómo se movía entre ellas trazando todas las letras del abecedario. Ella no paraba de besarme y mover la cabeza y el pelo de un lado al otro, divertida. Deslicé las manos por sus piernas; ella empezó a rozarse contra mí y justo entonces sonó su móvil como un estallido de cigarras.

—No será nada... —me susurró.

El móvil se cansó de sonar y volví a concentrarme en su cuerpo y en sus ganas de ceder a mis deseos. Nos estábamos comiendo a besos, pero el móvil volvió a quejarse con su melodía estridente. Era imposible concentrarse. Elena se apartó de mí, malhumorada, para arrastrarse hasta el aparato y yo me arrepentí de habérselo puesto a cargar un rato antes.

—Es Kate —me dijo poniendo cara de circunstancias—. A ver si les ha pasado algo...

Le hice un gesto con la mano para que se lo cogiera.

—*Hi?*

Escuché a Kate desde el otro lado, hablaba muy fuerte. Le decía que llevaban dos horas esperándola para ir a la playa y que se diera prisa.

Colgó y apretó fuerte los labios negando con la cabeza.

—Lo siento, tengo que irme.

—¿No te quedas un poco más?

—No, no puedo, Jero; son mis amigas, no puedo fallarles. Puede que no vuelva a verlas nunca más. —Se quedó un momento en silencio, pensativa—. En realidad, estoy aquí por ellas, tú ni siquiera me has invitado a venir en estos meses...

Sus palabras me dolieron y sentí un vacío en el estómago. Elena se me escapaba y no tenía muchos argumentos para frenarla, así que, antes de que continuara y volviéramos a retroceder, la interrumpí.

—No sigas, tienes toda la razón, la amistad es lo primero. —Y como quería volverla a ver, añadí—: Pero prométeme que esta noche cenaremos juntos.

Asintió.

—Quedamos aquí a las nueve de la noche. Voy a cocinarte, en todos los sentidos.

19

Elena

Quedé con Amelia y Kate en la salida de metro de la Barceloneta, pero me escribieron para decirme que se habían sentado en un bar a comer algo y tomar unos mojitos. Jero me indicó que cogiera un bus en la avenida del Paralelo y llegué con facilidad. Las chicas estaban sentadas en la terraza de un restaurante aparentemente mexicano que preparaba todo tipo de cócteles y que ofrecía comida intercontinental. No parecían preocupadas ni enfadadas conmigo, pero en cuanto las vi puse las manos en señal de súplica y me acerqué a ellas diciéndoles más de veinte veces «*sorry, sorry, sorry*». Me sentía fatal.

—No nos pidas más perdón, tómate algo y cuéntanoslo todo, ¡maldita! —soltó Kate mientras me pedía un mojito.

Amelia me agarró fuerte de la mano denotando curiosidad y expectación.

—Si os preguntáis si nos hemos acostado... sí y no.

—¿Qué quiere decir eso?

—Pues que hemos dormido juntos..., pero que no ha pasado nada. Solo nos hemos dado algunos besos, algunos más subiditos de tono que otros, poco más.

—Joder, no sabía que los españoles os tomabais tan en serio esto del cortejo.

—No creas. Es cosa nuestra. ¡Habríamos follado esta mañana, pero me habéis llamado y no os podía decir que no! Estoy aquí para veros a vosotras.

—Ay, querida, llevábamos más de dos horas esperándote. ¡No habría pasado nada por veinte minutos más! ¡Eso se avisa!

—¿¡Cómo que veinte minutos!? —exclamé haciéndome la indignada en broma, y las tres reímos escandalosamente—. Bueno, hemos quedado esta noche otra vez. Imagino que de esta no pasa.

—¡Por el sexo duro y el amor romántico! —exclamó Kate alzando la copa.

Todo el restaurante se giró hacia nosotras, y a ninguna de las tres nos importó. Alzamos los mojitos y brindamos por ello. Me alegré de que no solo no estuvieran enfadadas conmigo por haberlas abandonado en mitad de la noche, sino que parecía que estaban enganchadas a mi historia con Jero casi tanto como yo. Ainhoa habría reaccionado exactamente igual, porque las amigas son como los puentes, nos ayudan a cruzar para seguir avanzando. ¡Qué suerte haber encontrado a Amelia y Kate en el camino!

Me habían traído el bañador y tomaron prestada para mí una de las toallas que ofrecía el hostal, así que pasamos lo que quedaba de mañana estiradas en la playa de la Barceloneta, que, a pesar de distar mucho de la idea de paraíso, resultó ser más que suficiente para unas chicas de Madrid y

Oregón. La playa estaba abarrotada de gente de lo más diverso. Cada uno parecía tener un motivo diferente por el que estar allí. Se podía encontrar a los que vendían mojitos o pareos a pleno sol, a los que se hartaban de pinchos de tortilla o carne rebozada, a los que tomaban el sol sin protección hasta quemarse, a los que no paraban de tomar mate y a los que se emborrachaban a base de copas de plástico llenas de cava hasta los bordes. Lo único que los unía era que ninguno era de Barcelona.

—Y vosotras, ¿cómo acabasteis la noche? ¿Qué tal con Marc y Pol?

—Tú no te acuerdas ni de su cara, ¿no? —se burló Kate.

—¡Cómo se va a acordar, si solo tenía ojitos para Jero! —siguió Amelia.

Kate puso los dedos de las manos juntos y simuló que las manos se besaban. Ponía morritos y hacía «muamuamua» con la boca de una manera tan graciosa que me hizo sonreír mientras le apartaba las manos de un manotazo.

—No, pero ahora fuera bromas, ¿hablaste en algún momento con ellos? —me preguntó Amelia.

—No... —confesé.

—¡Pobres! ¡Con lo simpáticos que eran! —exclamó Kate—. Sobre todo Pol, ¿eh, Amelia?

—¡Anda! —exclamé—. ¿Pasó algo?

—Elena, si te despistas, Amelia te gana.

—Pero ¡qué dices! ¡Solo fueron un par de besos! —se excusó—. ¿Qué vas a ponerte esta noche? —me preguntó cambiando de tema.

—Pues no tengo ni idea, pensaba en unos shorts y una camiseta. Vamos a su casa, no hace falta mucho más, ¿no?

—¿Cómo qué no? Tía, es vuestra primera cita oficial. Tenemos que comprarte algo elegante —dijo Kate.

—Uy, sí, ¡vayamos de compras! —la siguió Amelia entusiasmada.

No sé cuál era su idea de elegancia ni en qué querían convertirme, pero me pareció divertido ir con ellas de compras. Era un buen día para estrenar algo, quizá también una historia.

Dejamos la Barceloneta y nos metimos por las callejuelas del Barrio Gótico. Entramos en tiendas alternativas que mostraban los últimos *hits* de la moda urbana. Nos probamos sombreros, pelucas, chaquetas de piel de los años noventa, vestidos de lentejuelas y casacas de chándal de colores, tacones de *drag queen*, botas de *cowboy* y espardeñas. Entramos y salimos de todas ellas entre risas, pero con las manos vacías. Era demasiado, y ellas también estaban de acuerdo. Al final, encontramos una tienda asequible en la que Amelia descubrió un vestido de tirantes de color azul marino. Era sencillo, de raso, llegaba hasta unos dedos por debajo de las rodillas y tenía una caída bonita y elegante. Lo lanzó hacia mí y lo agarré al vuelo. Me empujó hacia el probador.

—Venga, venga, que creo que lo hemos encontrado.

Al correr la cortina, ambas me esperaban con mirada atenta. Me sentí como en aquellos programas de la tele en el que las amigas acompañan a la novia a escoger el vestido para su boda. Se les iluminó la cara y yo también estuve de acuerdo. Era delicado y sexy. Decidimos que completaríamos el look con un buen pintalabios rojo y la melena al viento. De camino al hostal, paramos en una tienda de bisutería en la que cada una de nosotras se compró un collar. Amelia escogió una caracola, Kate un ancla y yo una luna creciente. Entendí que la amistad sí es capaz de reencarnarse y viajar entre personas y décadas para arroparte en el camino.

Aproveché la vuelta al hostal para ducharme, quitarme la arena y preparar la mochila para ir directa a la estación al día siguiente desde casa de Jero. Mi tren barato salía a primera hora de la mañana, así que también me tenía que despedir de ellas.

—¡Gracias por regalarme una *king size*! —oí desde la ducha exclamar a Kate mientras se estiraba sobre dos camas individuales que formaban una cama de matrimonio enorme—. La próxima vez que volvamos a Barcelona ya sabemos que tenemos que ahorrarnos la cama de Elena —me recriminó con sorna.

Ambas me ayudaron a maquillarme y arreglarme. Hacía tiempo que no me veía tan guapa. Ellas también me lo dijeron cuando se quedaron mirándome a través del espejo; estaban orgullosas de su trabajo como estilistas. Recibí un mensaje de Jero con la dirección y me despedí de ellas con una sensación agridulce; esa vez iba en serio, o bien tardaría mucho tiempo en verlas de nuevo o quizá no las vería nunca más. Nos abrazamos muy fuerte y lloramos un poco, aunque Amelia me advirtió de que dejara de llorar o se me correría el rímel.

—Os echaré de menos.

—Y nosotras a ti. La próxima vez nos vemos en Portland.

—Escoged la misma buena vida como adultas que habéis tenido en vuestra despedida de la juventud.

—Y vosotros invitadnos a la boda, ¡por favor!

Durante el trayecto en el metro me sentí disfrazada con ese vestido elegante con el que podría haber ido a una fiesta tipo cóctel, a una graduación o a un enlace, y una mochila de montaña que había recorrido medio mundo y todavía olía a un mejunje de gallinas, polvo y mar. Es lo que tiene vivir improvisando constantemente. Si hubiera sabido que el plan era pasarme todo el fin de semana con Jero, la cosa habría sido más fácil, pero parecía que habíamos entrado en una de esas tendencias adolescentes de complicarlo todo un poco más de lo necesario.

Llegué al piso de Jero diez minutos más tarde de las nueve de la noche. El edificio todavía estaba alumbrado por el último suspiro de luz. Ático 2.ª. Su voz me recibió, metálica, desde el telefonillo.

—¿Quién es?

Y le contesté «Soy yo», como si esa fuera la afirmación absoluta de que no esperaba a nadie más. El «yo» me devolvió a aquella Elena de antes, la que tenía unas ganas inmensas de coleccionar historias. Me retoqué el maquillaje en los buzones de acero reluciente, respiré hondo y empecé a subir las escaleras del cielo.

20

Jero

Sonaba «But Not For Me», de John Coltrane, cuando el timbre anunció que la felicidad había decidido venir a cenar a mi piso. Me sentí estúpido por haber preguntado quién era como si no llevara tiempo esperándola. Para no volver a romper la atmósfera con el sonido del timbre, dejé la puerta del piso entreabierta; quería que solo tuviese que empujar. La idea era que me encontrara tras la puerta armado con un par de copas de vino blanco bien frío, como ocurre en las recepciones de las mejores fiestas.

—Bienvenida —le dije mostrándole mi sonrisa más brillante.

Elena llegó a mi piso sudada y con el pelo alborotado. Me pareció sacada de unos dibujos animados, absolutamente adorable. Además, se presentó con un vestido azul cobalto de satén que me mostraba una versión de ella sutil y tremendamente atractiva a la que no estaba acostumbrado, y unos labios rojos que me subyugaron, pero lo combinaba con su vieja mochila de montaña, que ya había visto en Sri

Lanka y que todavía llevaba la etiqueta de la compañía aérea. A mí me encantaba esa despreocupación por las cosas eminentemente femeninas, porque nunca había estado con una chica así. Venía de compartir mi vida con una persona capaz de no salir de casa si tenía el pelo sin arreglar o había olvidado el bolso que iba a conjunto con su *outfit*. En cambio, me parecía que esa manera sosegada que tenía Elena de lidiar con las trivialidades la conducía a vivir en plenitud, sin aderezos. Y era cierto, a mí me daban igual los adornos, solo la quería a ella. Dejó la mochila en el suelo antes de coger la copa que le ofrecía, se apartó el pelo con la mano y lanzó un soplido.

—Me gusta tu bolso —le sonreí, pero noté que empezaba a sonrojarse y no quise incomodarla, así que, de inmediato, añadí—: Ven, la cena está servida.

Atravesamos el comedor. Sentí su presencia siguiéndome, como había ocurrido la noche anterior cuando ella seguía mis pasos por Barcelona, y eso me hizo feliz. Aparté las cortinas de lino de la sala de estar, le mostré la terraza y me puse a un lado para que pudiera adelantarme y salir al exterior. Se la veía impresionada.

—No sabía que además tenías terraza.

—Siempre intento sorprenderte. La he mandado construir en cuanto te has ido, quería una cena romántica en condiciones. —Ella se giró y me sonrió enseñándome los dientes; me pareció que le había hecho gracia.

La terraza era, sin duda, lo mejor de mi piso. Estaba en una finca de principios del siglo xx y todavía conservaba sus elementos característicos: las vigas de madera en el techo, los suelos hidráulicos de colores y las paredes de ladrillo. El piso tenía carácter y eso era lo que buscaba en los proyectos, en los objetos y, por supuesto, en las personas. Una distribución singular, un material trabajado, una mirada diferente.

Mi padre y mi tío tuvieron la suerte de nacer en una buena época para la arquitectura. Tenían la costumbre de quedarse con alguno de los pisos de los edificios que proyectaban y no podía negar que disfrutar de esa herencia me hacía enormemente afortunado. Pero la riqueza, a veces, también genera justo lo contrario, y mi padre había tenido que malvender muchos de ellos para mantener un tren de vida totalmente desproporcionado. Así que era afortunado, sí, pero no rico. Desde que habían proyectado el edificio de Sant Antoni, le había rogado que me dejara el pequeño apartamento del ático. Cuando acabé la carrera y firmé el contrato en su estudio, me dio las llaves del piso. No me lo esperaba, pues por lo general nunca me hacía caso. Luego también vino la Vespa, aunque recibí la ayuda indiscutible de mi madre para conseguirla. No sé por qué lo hizo, imagino que quiso dejarme algo de herencia antes de pulírselo todo, y sobre la moto, al fin y al cabo, estoy convencido de que no sabía muy bien qué hacer con ella.

Si el piso apenas contaba con unos cincuenta metros cuadrados, la terraza eran unos veinte. Era un espacio increíble que me había encargado de llenar de vida con una cocina exterior con barbacoa, una pérgola de madera de la que colgué unas bombillas blancas para alumbrar las noches de verano como esa, una hamaca de hierro y lona, un par de palmeras y algunos saguaros, un cactus típico del sur de California, con los que pretendía darle un toque oaxaqueño, uno de mis estilos preferidos de decoración exterior. Me pasé toda la tarde cocinando muchos platos diferentes porque me di cuenta de que ni siquiera sabía qué le gustaba. Preparé un menú vegetariano y refrescante compuesto por una tabla de quesos con verduras caramelizadas al horno, unas tartaletas de queso y frutas, cherris especiados con yogur de cabra y una ensalada de coles de Bruselas con cítricos. Saqué unos platos sueltos de estilo japonés y minimalista que me encantaban, una cubitera para el vino y un mantel de algodón completamente blanco. Tuve la tentación de fotografiarlo y colgarlo en Instagram, pero luego pensé que la felicidad de verdad es tan íntima e inalcanzable que nunca deberíamos tener tiempo de compartirla. Y yo quería que esa noche fuera así, tan nuestra e increíble que ni siquiera fuéramos a ser capaces de contársela a nuestros nietos.

Elena lo miraba todo como si estuviera en una tienda *gourmet* y ella sí que sacó el móvil para hacer fotos de todos los detalles que había incluido en las tablas, en los cuencos y en los platos. Revoloteaba por la terraza como si estuviera en un jardín prohibido, fijándose en las plantas, tocando la madera y la luz. Yo me quedé admirando la desnudez de su espalda y el detalle de los tirantes finísimos que sujetaban toda la pieza de ropa sobre su hombro. Se giró hacia mí de repente y me di cuenta de que por primera vez era yo el que empezaba a sonrojarse.

Tomé su silla y la invité a que se sentara. Ella accedió enseguida, me miró a los ojos y me sonrió con capricho. Me puse enfrente de ella; había llenado la mesa de velas y había apagado las bombillas para conseguir ese efecto de madriguera en la que únicamente necesitábamos estar nosotros dos. Las llamas alumbraban su rostro como una puesta de sol intermitente y ella solo sonreía y acariciaba suavemente los cubiertos denotando cierta impaciencia.

—Esto es increíble, Jero. ¿Lo has cocinado tú?

—Me gusta cocinar cuando estoy de buen humor.

—Está todo buenísimo, me vuelve loca el queso. —«Y a mí me vuelves loco tú», pensé.

Elena disfrutaba tomando la comida como si estuviera en una tienda de chucherías. Su plato rápidamente se llenó de los colores del tomate, la zanahoria, la remolacha y el yogur, y yo sentí que no hay mayor amor que el de alimentar a alguien.

—¿Cómo ha ido el día? —Me oí pronunciando esas palabras, como en un matrimonio bien avenido, y, en vez de sentir pánico, me llené de curiosidad. Sentí que quería saber cómo eran cada uno de sus días y que me contase cosas nimias, como lo que había comido y cuánto había tardado en llegar al trabajo. Quería formar parte de su rutina porque era allí donde deseaba quedarme, en la cotidianidad de sus cosas, en los buenos días y en sus buenas noches.

Me contó con ilusión cómo había sido su último día con las chicas, la experiencia en la Barceloneta, la tarde de compras y su despedida. Adoraba su forma de hablar y de moverse, entre la seguridad y el desamparo.

—¿Te das cuenta de que podríamos no volver a verlas nunca más?

—Y también podríamos ir a visitarlas juntos a EE. UU.

Solo quería que entendiera de todas las maneras posibles que, aun muerto de miedo, iba totalmente en serio con ella.

—Podríamos... —Y se mordió el labio inferior y conti-

nuó—. Pero dime, ¿qué crees que es, real, probable o imposible?

Estaba bien jodido, me encantaba en todas sus formas.
En shorts, en bañador, en chándal, de mochilera o metida
en un vestido de raso. Dándome una clase magistral sobre
floración, enfadada, llorona o filosófica. Ella llenaba de luz
todas mis dudas hasta disipar por completo mis preguntas.
Ella era la respuesta, fuera lo que fuese lo que me estuviera
planteando.

—Me encanta la primera persona del plural —le confesé.

—Eso no responde a mi pregunta.

—Es que todavía no lo sé. Pero me encantaría ir a cualquier lugar contigo.

Ella me sonrió como si mis palabras hubieran abierto ca-
jones de felicidad. Quería besarla de nuevo.

—Quizá ahora mismo sea imposible, pero depende de
nosotros, ¿no? —siguió.

Lo dijo tan convencida que sentí la fuerza de la inercia.
Los miedos cada vez eran más pequeños y las ganas enormes. ¿Por qué no intentarlo? Ya había recibido una hostia y
eso hacía disminuir las probabilidades de que se repitiera.
No podía tener tan mala suerte de llevarme dos seguidas.
Además, Elena era radicalmente diferente de Pía, de eso no
había duda.

—Cierto; entonces, seguro que lo conseguimos. —Y así,
entre líneas, incluso antes del sexo, de las presentaciones ofi-
ciales y de los acuerdos, me pareció que ya habíamos empezado a construir un «nosotros», incipiente y frágil, pero tan
ilusionante que creí que podría con todas las decepciones
que fueran a venir después.

Se tocó el pelo, divertida, y se recogió con los dedos detrás de la oreja los mechones que le caían de la frente. No pudo parecerme más sexy, aquella noche estaba especialmente guapa. No pude evitar bajar la mirada por sus labios, su cuello, su clavícula y sus pechos. Me había quedado tan absorto que confieso que dejé de escucharla, si bien dudo que dijera nada. Ella notó mi mirada clavada en su escote como la de un marinero muerto de hambre que por fin ve tierra firme a lo lejos.

—¿Qué miras? —me lanzó juguetona.

Me abalancé hacia ella como un caníbal, la agarré de la cintura y mis manos se fundieron entre la suavidad de los pliegues de su vestido. Empecé a besarla como si todavía no lo hubiera hecho nunca.

—Levántate, por favor —le supliqué.

Ella lo hizo y su silla cayó al suelo con un gran estruendo. Ambos la miramos y sonreímos, cómplices del desastre. Aproveché esa pausa para empujarla suavemente por los hombros hacia la tumbona. Quise que se sentara, pero negó con la cabeza. Dejé que decidiera sin hablar. Entonces fue ella quien me empujó y caí sobre la tumbona agotado por la excitación. Ella se sentó sobre mí, con las piernas bien abiertas, rodeándome la cintura. Su vestido apenas daba más de sí y le apretaba los muslos. Creí que iba a romperse y deseé que ocurriera. Subí las manos por debajo del vestido hasta llegar a su cintura. La agarré y ella arqueó la espalda hacia atrás, moviendo el cuello y soltándose el pelo. Noté que se deslizaba por su espalda y llegaba a las puntas de mis dedos como gotas de lluvia en el desierto. Jugué con él brevemente, hasta que me cansé de ser bueno y deslicé de nuevo las manos por su espalda hasta encontrar la salida. Le subí el vestido y le bajé las bragas mientras ella me lamía el cuello. Ella me quitó rápidamente el polo y me desabrochó el botón del tejano para acariciarme por encima de la ropa interior. Me levanté lo suficiente como para quitarme los pantalones y quedarme desnudo. Me agarró la polla con las manos y empezó a acariciarla. Me estaba deshaciendo. Respiré hondo e intenté rebajar la tensión sexual confesándole que tenía que ir a por un preservativo. Ella dejó de abrazarme con las piernas y se quedó hecha un ovillo, con cara de resignación. Me lamenté por no haber pensado en eso y haberlos dejado a mano en la terraza.

Cuando volví, me estaba esperando sentada, con la espalda apoyada en la tumbona y las rodillas en el pecho ligeramente abiertas. Caminé despacio hacia ella y, en cuanto la tuve delante, le separé las rodillas, me incliné sobre su cuerpo y me introduje en ella con suavidad. Elena se agarró de mi cuello y empezó a balancearse al ritmo del jazz que todavía sonaba desde algún lugar del comedor. Sentía el placer entrar por mi piel y derretirse en mi interior. Deslicé con sutileza los breves tirantes que todavía aguantaban, colosales, nuestro delirio. Descubrí que no llevaba sujetador y que estaba completamente desnuda frente a mí, con una única circunferencia de satén cubriéndole el ombligo. Me pareció una diosa, única y rebelde, que por fin me había dejado que la adorara.

Un cielo plomizo atravesado por nueve rayos de luz que nacían desde la montaña de Montjuic hasta perderse en el infinito fue el único testigo de nuestra fantasía. Nos quedamos exhaustos mirando el cielo sin estrellas.

—No hay una cosa más triste que un cielo vacío. Sabemos que el infinito existe, que está justo al otro lado, pero no podemos verlo —dije todavía agotado.

—Quizá el amor se trate de eso, de saber todo lo que podemos hacer juntos, aunque tengamos que inventarlo.

—Tienes una belleza natural que me vuelve loco.

—¡No exageres!

—En serio, me da la sensación de que nadie es capaz de mirar como lo haces tú. Y, si me quedo a tu lado, tengo la esperanza de hacerlo de la misma manera.

Elena se quedó callada unos segundos mirando al infinito. Temí que el recuerdo amargo del pasado la pusiera triste y apagara la luz que brillaba en sus ojos.

—Prométeme que esto es real, que no va a acabar mañana cuando llegue a Madrid. No te puedes rajar —dijo girándose hacia mí.

No necesitaba amenazas. Me juré que no iba a perderla y me convencí de que la distancia solo podía embellecer los momentos compartidos. Nosotros íbamos a ser la excepción y a convertir nuestros encuentros en prodigios. Íbamos a ganar nuestra guerra costase lo que costase.

—Te lo prometo.

21

Elena

Mi apartamento me recibió con una bocanada de aire caliente. Llegué al mediodía, cuando el sol se entretenía cociendo los objetos en su interior. Lo primero que hice fue salir al balcón a ver si mis dalias seguían florecidas. Me preguntaba cuándo volvería a ver a Jero, ¿llegaría a contemplarlas así de bonitas? Hacía tres horas que había estado con él y ya quería una nueva fecha marcada en el calendario. Todos nos pasamos la vida buscando una gran historia, de esas tras las que solo quieres tener hijos y nietos para contársela. Pero no siempre es fácil. Desde pequeña soñaba con encontrar a esa persona especial con la que imaginarme compartiendo la vida. Creía que el amor aparecería, como las ideas brillantes, un día cualquiera. En vez de ello salían al paso personas, más o menos interesantes, que paseaban por mi vida y la abandonaban sin pena ni gloria. Solía ser yo la primera en ver claro que eso no iba a funcionar, aunque estoy segura de que, tarde o temprano, ellos habrían pensado lo mismo. Ese amor que tanto ansiaba nunca llegaba y la verdad es que, poco a poco, me acostumbré a ese tipo de relaciones líquidas, en las que no había mucho compromiso, y me iban bien para ir tirando. Sin embargo, como nada es eterno, Jero apareció de repente, con su romanticismo peliculero y su sonrisita de niño bueno, para hacerme volver a tener fe en los cuentos de mi infancia. Y aunque una parte de mí temblaba al suponer que quizá nos hartáramos demasiado pronto el uno del otro, la otra quería volver a apostar fuerte, con la esperanza de que, esa vez, sí fuera definitivo.

Había aprovechado el trayecto en tren para dormir un poco y casi no había hablado con él desde que me había llevado en la Vespa a la estación de Sants esa misma mañana, así que le escribí un mensaje porque, entre otras muchas cosas, se lo había prometido. Y las promesas son lo único que no se puede romper. Una vez hechas, permanecen eternamente vivas en alguna parte.

Elena 12.20
Ya estoy en casa, ya he llegado a Madrid ☺

Me tiré en la cama con las piernas y los brazos abiertos, intentando refrescarme el cuerpo con la serenidad de las sábanas de mi habitación, que estaban perfectamente dobladas y sin usar, al contrario de las que había dejado en casa de Jero. La vida era como un acordeón, siempre estaba preparada para expandirse y estrecharse y tocar las notas que a ella le diera la gana. Si bien es cierto que había perdido el poder de controlar la melodía, comprendí que tocaba aprovechar ese momento tan lleno de aire, escuchar el virtuosismo y recibir los aplausos. Los recuerdos del fin de semana se mezclaban entre ellos y yo iba saltando de uno a otro como el *dripping* de Pollock. Cerré los ojos para intentar vivirlos de nuevo. Y volví a la muchedumbre que se congregaba en las calles de Gracia, al manto de luces diminutas en el que habíamos convertido Barcelona, al asiento de piel de la Vespa, al viento agitando mi cabello durante el paseo en moto, a la terraza de Jero sin flores y a su cara de placer que, al mirarme, se convertía en admiración. Si hubiera podido pedir un deseo, le habría pedido a la vida que, aunque el acordeón nunca había sido mi instrumento favorito, jamás dejara de tocar esa maldita canción.

Jero tardó en contestar más de lo que me habría gustado, pero me había prometido gestionar bien las expectativas y no inquietarme por ese tipo de cosas, porque, hasta entonces, me había ido bastante bien.

Jero 13.37
Me alegro. Has podido descansar?
Yo me acabo de despertar…

Elena 13.40
He dormido un poco en el tren, menos mal,
porque si fuera por ti no dormiría nunca

Jero 13.41
No mientas, sabes que también te dejo dormir

Elena 13.41
Tienes razón. A veces eres bueno

Elena 13.42

Oye, me ha encantado Bcn! Además, está
llena de flores!!!

Jero 13.42

Qué flores?

Elena 13.43

No te has fijado nunca? Las aceras

Jero 13.44

Hostia, cierto, jajaja. Eres única…

Elena 13.44

Gracias por este fin de semana…
Ha sido increíble

Jero 13.45

Gracias a ti por haber venido y haberme
obligado a dejar de hacer el idiota

Elena 13.46

) .) :)

Jero 13.46

Qué quiere decir eso? 😲

Elena 13.46

Es una sonrisa creciente, como las que he
vuelto a aprender a hacer contigo

Jero 13.47

Puede ser que ya te esté echando de menos?

Elena 13.47

Seguramente 😌

Jero 13.48

Voy a escribirte cada mañana y cada noche

para convertirme en la primera

y la última cosa en la que pienses antes

de irte a dormir

Jero cumplió su promesa y, al día siguiente, amanecí con un «buenos días» que llenó mi lunes de esa energía inexplicable que tienen las vísperas de festivo. Le contesté en el autobús, de camino al trabajo, cuando por fin estuve tranquila y, aunque yo tenía más de cuarenta minutos por delante, él estaba ya currando y lamentó no poder seguir el ritmo de la conversación. Nos despedimos y juramos hacer una videollamada esa misma noche. Tenía ya ganas de que acabara el día para hablar largo y tendido.

Llegué a casa hacia las siete de la tarde tras un largo viaje en autobús y metro que se me hizo especialmente pesado. El día había transcurrido sin mucho trajín en la cafetería y eso me había precipitado a no parar de pensar en Jero. Mi jefe tenía razón, el trabajo en agosto era bastante monótono y no tenía nada que ver con el movimiento del resto del año. Yo no podía parar de mirar el móvil por si él me escribía.

Quizá seguía trabajando, así que, de nuevo, no quería parecer una impaciente. Al cabo de un rato, se me ocurrió escribirle de una manera informal, para llamarle la atención, pero sin parecer desesperada por hablar con él.

Elena 19.19

He pensado que me voy a comprar una moto
en Madrid. Me ayudarías?

Jero contestó de inmediato, como si él también estuviera esperando delante del móvil a que yo diera el primer paso.

Qué tontos.

Jero 19.20

Para eso tengo que ir a Madrid ☺

Elena 19.21

Nos llamamos?

Jero respondió directamente con la videollamada. Noté que el corazón me latía más fuerte que unos minutos atrás. Me arreglé un poco el pelo con las manos y deslicé el dedo para aceptar su llamada. Al otro lado de la pantalla, me recibió sin camiseta, con el pelo enmarañado y una sonrisa preciosa. Comprobé sus ganas de volver a verme y de sorprenderse al encontrarme de nuevo en un lugar lejano y desconocido para él.

—¡Qué guapa eres, joder!

Me hizo reír.

—Perdona que te reciba así —y se tocó un poco el pectoral—, es que hace mucho calor.

—¡Ya, claro! Aquí también hace calor, pero guardo las formas.

—Oh, no, por favor, por mí no lo hagas, no seas considerada. A mí no me importa —bromeó—. Así que tú también quieres una Vespa...

—Ojalá, pero creo que me conformo con una moto normalita. No sé, es que llevo mucho tiempo yendo y viniendo del curro en transporte público. Era una idea que me rondaba desde hacía tiempo y el paseo del viernes hizo que volviera a pensar en ello. Me da la impresión de que pierdo muchísimo tiempo y de que quemo horas de mi vida cada día. Debe de ser que vuelvo a tener ganas de vivir. —Sonreí mirándolo a los ojos. Él hizo lo mismo—. He pensado que les pediré dinero prestado a mis padres y se lo iré devolviendo poco a poco. Buscaré de segunda mano. ¿Me ayudarás a encontrarla?

—Claro, ¡aprendí mucho de motos arreglando la mía! Te puedo acompañar a comprarla para probarla y que te la quedes tranquila. Ya puedes darte prisa en encontrar una, que así me aseguro de volver a verte pronto.

—¡Hecho! ¿Qué tal tu día?

—No hay mucho que contar, agosto es bastante aburrido; mi padre me quiere allí porque le jode que me haya ido dos meses, pero hasta septiembre no empieza el curro de verdad.

—No me puedo creer que hayamos encontrado un punto en común entre mi trabajo como camarera y el tuyo en un despacho de arquitectos.

—Mira, yo tengo un par más: a ambos nos da pereza levantarnos cada día para ir a currar; a ti no te gusta tu jefe y a mí tampoco el mío.

—¡A mí sí que me gusta mi jefe! —exclamé.

—Me voy a poner celoso —bromeó—. Vale, a ti te gusta tu jefe y a mí el mío no. ¿Ves qué afortunada?

—Bueno, al final el trabajo es siempre trabajo. La gente se empeña en convertir el trabajo en algo relacionado con sus sueños y acaba odiando lo que les gusta. ¡Maldito seas, Confucio! —dije exagerando para quitar hierro al asunto.

—Pero ¿no querrías trabajar en algo que te apasionase? ¿Por ejemplo, algo relacionado con las flores?

—Quizá sí, pero a veces pienso que, si convierto la pasión en curro, tal vez la acabaré odiando. Así que, si no llego a hacerlo nunca, no pasará nada.

—¡Qué tonta!

—Exacto.

—Pues yo quiero ayudarte a que trabajes de algo que te guste.

—No digas ahora tú tonterías.

—¡En serio! Podemos hacer una lluvia de ideas, analizar las diferentes posibilidades, hacer un DAFO...

—¿Qué es un DAFO?

—Es una herramienta de marketing. Se analizan las debilidades, amenazas, fortalezas y oportunidades de un proyecto.

—Eso no se estudia en Arquitectura... —dije poniendo una cara divertida de incredulidad.

—¡Te equivocas! —soltó pletórico—. Hice una optativa de marketing para arquitectos. Anda, deja que me sirva para algo —sonrió.

—Madre mía, yo es que soy muy poco marketiniana. Joder, que he estudiado Historia del Arte, ¿qué hay menos comercial que eso?

—Bueno, no te doy más la brasa. Ya lo discutiremos en otra ocasión —dijo riendo—. ¿Me enseñas tu cuarto?

Moví el teléfono lentamente por la habitación. No era muy grande, pero en ella cabía una cama de matrimonio. Mientras la repasaba junto a Jero, me di cuenta de que la estancia se había convertido en un repositorio íntimo de mis últimos años y en una mezcla de enseres que mezclaban sin pudor objetos eclécticos. La composición la formaban dos láminas de flores: una con una edelweiss y la otra con una campanilla de invierno que había comprado en el Rastro; libros de arte; novelas subrayadas y llenas de marcadores de colores; pósits con tareas prescritas que hacía tiempo que no había revisado; una hucha vacía en forma de gato; un cojín con la silueta de una llama, y un par de guirnaldas en la pared: una con fotografías Polaroid de hacía tiempo y otra de luces led, colocada casi tocando el techo, que solo encendía cuando tenía alguna cita. Los muebles eran también escuetos: un escritorio pequeño, que siempre estaba repleto de cosas; un par de estanterías y un armario. Era la típica habitación de universitaria y pensé que se me había quedado pequeña, como las habitaciones infantiles llenas de peluches y colchas de Disney que los padres mantienen intocables para ver si así sus hijos vuelven a ser niños de repente. Me di cuenta de que, a diferencia de la de Jero, aquella estancia correspondía a una época que ya iba siendo hora de abandonar. Y es que las habitaciones son la manera más abrupta de entrar en la mente de alguien. La mía mostraba mi afán por mantenerme siempre joven e intentar agarrar las cosas inalcanzables, y me dio una vergüenza terrible descubrirlo a la vez que Jero.

—¡Espera! Enséñame esas fotos.

—Era una adolescente.

—¡Por eso! ¡Qué pintas!

—Mira, esta es… era Ainhoa —le dije deteniéndome en una fotografía en la que salíamos abrazadas y sonriendo a la cámara.

Jero se quedó callado, forzaba los ojos para ver las fotografías a través de su pantalla. Estaba metiéndose poco a poco en mi mundo y me pareció un instante precioso.

—Acabo de hacerte una foto —le dije mientras hacía un pantallazo.

—¡Pero si ni siquiera estaba sonriendo! —dijo divertido—. Debo de haber salido fatal.

—¿Y eso qué más da? Parece que evitemos fotografiar lo corriente, cuando es lo que antes se olvida y lo que más echamos de menos. Además, ¿qué hay más importante para la posteridad que el instante en el que descubrías un poquito de mi pasado?

—Se lo estamos poniendo difícil al destino.

—¿Por?

—Porque las probabilidades de vivir esto eran totalmente remotas. ¿Qué posibilidad había de que nos encontráramos?

—Quizá solo una: esta.

—Y aquí estamos.

—Y aquí estamos —repetí.

22

Jero

Agosto todavía nos estaba agraciando con su calma. Elena seguía disfrutando en solitario de su piso y las cosas permanecían tranquilas en mi despacho, pendientes de que acabara el mes y de que septiembre nos abrumara con cientos de proyectos encima de la mesa. Sabía que el verano acabaría en seco y que, probablemente, me costaría encontrar tiempo para escaparme cada fin de semana. Además, en esos momentos Elena no se podía permitir coger un AVE cada quince días y no podía pedirle que alternáramos los viajes. Tenía miedo a que lo nuestro no funcionara por culpa de la rutina, los trabajos y, en definitiva, la distancia, pero me había propuesto vivir al día y descubrir qué pasaba. Como consecuencia, no lo pensé demasiado y compré los billetes para ese mismo fin de semana, aunque hiciera apenas cuatro días que nos habíamos visto. Ella se entusiasmó en cuanto se lo dije y empezó a planificarlo todo, a buscar como loca motos de segunda mano y a hacer planes gastronómicos, porque, según ella, no podía superar mi cena en Barcelona. Acordamos que me iría a buscar a Atocha y, a pesar de que no habíamos parado de hablar durante toda la semana, tenía tantas ganas de verla y nuestro reencuentro fue tan emotivo que parecía que hubieran pasado años. Además, me daba la impresión de que, cada vez que la veía en directo, obtenía la recompensa de comprobar que nada había cambiado entre nosotros y ella seguía siendo la misma persona que yo reproducía una y otra vez en mi cabeza. Elena corrió hacia mí en cuanto me divisó y se me colgó del cuello obligándome a dejar la maleta abandonada a mi lado. Yo la tomé de la cintura y empezamos un beso tan largo que parecía que volviera de guerras infames, malos presagios y una tosca comunicación por correspondencia. Al separarnos, nos sonreímos mirándonos a los ojos y seguimos agarrados un rato más, meciéndonos, como si inventáramos nuestra propia melodía invisible y bailáramos una canción lenta. Me acerqué a su cuello y le susurré al oído, hablándole bajito para que solo ella pudiera saber su secreto.

—Vuelves a ser la misma...

Se separó un poco de mí, sonriendo, y puso su nariz contra la mía. Cerró los ojos y sentí que esbozaba un breve suspiro de paz. Ojalá me convirtiese yo también en todo lo que ella necesitaba.

—Gracias por haber venido, de verdad. Tenía muchas ganas de volver a verte. Además, creo que tú tampoco has cambiado mucho desde el otro día —dijo con algo de sorna.

Le sonreí. Supuse que aún no era consciente de lo que significaba para mí que lo que construíamos en la distancia permaneciese intacto, que aquel brillo interior que tanto me había atraído en Sri Lanka la iluminase cada vez más.

—¿Qué haces con eso? —me preguntó señalando hacia un casco de moto viejo que había traído de Barcelona.

—Cuidado, es mi cepillo de dientes —le guiñé el ojo—. Si vamos a comprar una moto, tendremos que llevar un casco, ¿no?

Tomamos el metro y nos dirigimos a Chamberí; era la primera vez que lo visitaba. Era un barrio de clase media que mezclaba edificios de principios de siglo de fachadas de colores que me recordaban a las de Barcelona, las fincas de ladrillo visto de estilo neomudéjar tan típicas de Madrid y construcciones más recientes de los años setenta u ochenta. Las terrazas estaban llenas de clientes que tomaban dobles acompañadas por platos de macarrones y pinchos de tortilla, y las tiendas del barrio, de corte y confección, fábricas de patatas o venta de aceitunas en vinagre me resultaron de lo más tradicional. Como imaginaba, Elena se convirtió en una guía turística de lo no convencional. Empezó a describirme los sitios que frecuentaba y que formaban parte de su cotidianidad: dónde entregaba los pedidos de Vinted, su frutería de confianza o la floristería en la que encargaba sus ramos. Era una experta en hacer apología de lo corriente y en convertir en iconos lo que para los demás podían ser lugares de lo más común.

—Me mudé a Chamberí obligada por Ainhoa, porque, si hubiera sido por mí, no me habría movido de Pacífico, mi barrio de toda la vida.

—Te juro que nunca había oído hablar de ese barrio. Qué ganas tenéis en Madrid de tener mar, joder —comenté divertido.

—Es un barrio corriente, pero es el mío. Allí siguen viviendo mis padres y ser hija única te dota de un cierto sentido de la responsabilidad. Me gusta tenerlos cerca. —Esbozó una sonrisa que denotaba cierta nostalgia—. Además, está al lado del griterío de mi colegio, de los bancos llenos de recuerdos y del Prado, el Reina Sofía, el Retiro y el Jardín Botánico. No me digas, ¡tiene todo lo que necesito! —Y no lo decía por conformismo o aburrimiento, sino todo lo contrario. Apreciaba «lo de siempre» como si fuera un auténtico reino.

—Pues a mí me parece entrañable tu forma de abrazar tu pasado. —Ella se quedó pensativa mirando al infinito y, como yo no quería que sus recuerdos la acercaran demasiado a la ausencia de Ainhoa, añadí—: Pero bueno, este barrio no está nada mal, es muy castizo, ¿no? ¿Qué es lo que más te gusta de vivir aquí?

—Pues... el Mercado de Vallehermoso me ha salvado muchas cenas, pero, si tengo que destacar algo, te diría que el Museo Sorolla, sin ninguna duda. Está aquí cerca, y desde que vivo en Chamberí suelo ir a su jardín a leer; es como un pequeño oasis en medio de Madrid. Aparte de que es un edificio precioso, el museo está lleno de detalles. Era la casa del pintor y siempre descubres algo nuevo. Una de mis obras preferidas es la escultura de una niña patinando; está justo debajo de la escalera principal. Sorolla solo pintó y, aunque su hija hizo muchísimas esculturas que se conservan en la casa, la que te digo es de Abastenia St. Léger Eberle, una escultora de principios de siglo XX, que consiguió hacer activismo con los temas que tocaba en sus obras. El más sonado fue una escultura sobre la prostitución infantil, ya te puedes imaginar cómo sentó eso en 1910. Pero bueno, además de las esculturas, los muebles y otros objetos que puedes encontrar allí, están los cuadros del pintor y, sobre todo, la luz que irradian. A veces solo entro para reencontrarme con esa luz tan mediterránea que, te juro, logra trasladarte a la niñez, al contacto del agua salada con la piel, a la sujeción al pulso de tu madre o a la inocencia. Como ves, me encanta.

—¿Es tu pintor favorito?

—Uno de ellos.

—Cuéntame un poco más...

—Ojalá la vida fuera como la que pinta Sorolla, llena de luminosidad, paz y costumbre. Es imposible no quedarse embriagada por esa luz. Un día iremos y te haré de guía, ¿vale?

—Vale.

Me entraron ganas de verlo junto a ella y llenarme de esa luminosidad y nostalgia que tanto la asombraba. Quería descubrir si yo sentía lo mismo y conseguía volver a aquellos rincones del tiempo en los que solo conocía la paz. Me fascinaba cómo Elena me había acercado a su mundo. Lo había hecho de la mejor forma que sabía, construyendo imperios desde el detalle, porque era la forma que tenía de transformar lo común y hacerlo inmenso y especial. Describía las cosas como si quisiera entablar años de relación entre nosotros. Pretendía invitarme a formar parte de su vida para que lograra entenderla de golpe. Comprendí que su objetivo era que no nos entretuviéramos en las presentaciones para que pudiéramos disfrutar cuanto antes del siguiente paso que ya nos esperaba: el futuro.

—Bueno, mi piso no es tan bonito como el tuyo; al final, es solo un piso de estudiantes —se excusó mientras giraba la llave de su apartamento.

La seguí. Tenía la decoración típica de un piso compartido que ha ido recolectando posesiones de diferentes personas a lo largo de los años: los muebles de Ikea se apoyaban en otros más robustos y pertenecientes a otros tiempos, quizá eran los muebles originarios del piso, aunque también podría ser que alguien los hubiera recuperado de la basura. Los colores se distribuían por todos lados dotando el espacio de un punto juvenil. Reconocí que, tras mi formación y después de haber decorado minuciosamente mi piso, me costaría vivir en un lugar así, pero sentía envidia de no haber podido disfrutar de ese ambiente cuando tenía edad de hacerlo.

—¿Sabes una cosa? Nunca he compartido piso.

—¿En serio? ¡Qué suertudo!

—Bueno, depende... Pasé de casa de mis padres a vivir solo. Que suena muy bien, pero muchas veces siento que me he saltado un capítulo. —Y era cierto; cuando estaba saliendo con Pía, solía quedarse a dormir. También mis amigos utilizaban mi apartamento como «piso franco» antes de salir de fiesta, pero no era lo mismo, nunca había tenido propiamente «compañeros de piso» y me habría gustado experimentar la convivencia más allá de la familia y los amigos.

—Pues yo ya tengo ganas de tener el mío propio, aunque es difícil con mi curro. ¿Quieres una Mahou?

Me trajo una cerveza y vi que ella se servía un Bitter. Fuera el cielo se comenzaba a teñir de púrpura y por la actitud de Elena supe que no tenía ninguna intención de salir de allí. No me importó, pensé que ese era el único Madrid que quería conocer. Nos sentamos en el sofá. Hacía mucho calor, pero aun así éramos incapaces de dejar de abrazarnos. Nos enzarzamos en una de nuestras charlas, que viajaban desde las cosas más intrascendentes hasta las reflexiones más profundas, mientras nos desgastábamos con caricias.

—He estado dándole vueltas a aquello que hablamos.

—¿En qué de todo lo que dijimos? Nos hemos pasado la semana hablando sin parar. —Sonreí porque en absoluto eso era una recriminación, sino todo lo contrario.

—En lo de trabajar de algo que te gusta.

—Me parece bien retomar esa conversación.

—Es decir, creo que me pasa con todo. Finjo que no me interesa por si no lo consigo, ¿sabes?

—Sí, creo que te voy conociendo.

—Ya sabes que me gustaría trabajar en algo relacionado con las flores. Arte y flores es algo que siempre ha ido muy unido, pero ¿en una floristería?

—¿Y por qué no?

—Porque es tan típico… ¿Qué chica no sueña con tener una floristería y hacer ramos de colores?

—Una ingeniera espacial, ¿quizá?

—Seguramente.

Rio.

—No sé, no te pongas presión, pero ve reflexionando. Podrías ir a un *coach* de orientación laboral. Un amigo mío fue y le ha ido muy bien.

—Ya. Tengo como la sensación de que habrá un momento en que lo sabré. Sinceramente, todo ha cambiado desde Sri Lanka. Desde lo de Ainhoa no era capaz de pensar más allá del día siguiente, pero siento que me estoy acercando al momento de tomar una decisión.

—Oye… y, aunque sea un poquito, ¿crees que te estoy ayudando?

—Estoy segura. Nadie había sido capaz de devolverme la sonrisa, y mira que todos mis amigos habían puesto mucho empeño. Pero espérate, porque todavía no me has visto sonreír de verdad.

—Ah, ¿que todo esto es una impostura? —dije burlón.

—No —rio—. Y es que todavía hay más. Ya te lo dije, no solo me haces sonreír, me dibujas sonrisas crecientes.

—¿Como la luna?

Elena me contestó asintiendo con la cabeza y mirándome risueña.

—Te juro que no puedo esperar para ver tu versión en luna llena. Creo que a partir de entonces jamás podré volver a alejarme de ti.

23

Elena

Habíamos quedado con un tipo de Wallapop en el sur de Lavapiés que vendía una Liberty 125 de color canela y que podía conducir con mi carnet de coche. Mis padres, que no sabían todavía nada de la existencia de Jero, por primera vez en muchos meses me notaban más animada, así que, tras un discurso a favor del tiempo y la autonomía, estuvieron convencidos de apoyarme económicamente en esa nueva ilusión. Fuimos hasta allí en metro y, de repente, Jero me cogió de la mano con una naturalidad innata que, sin querer, me echó un poco para atrás.

Nos habíamos pasado toda la noche haciendo el amor, porque además de regalarnos la piel también nos habíamos alojado en las palabras y en las miradas del otro para encontrarnos en la ternura. Nos detuvimos en cada uno de nuestros pliegues, jugamos a contarnos las pecas y nos explicamos las aventuras que había tras cada una de nuestras pequeñas cicatrices. Parecíamos novios, o al menos la idea que yo tenía de tener una pareja seria; no necesitábamos una corrección permanente de modales, poses o maquillaje. Hiciera lo que hiciera, me hacía sentir única y, a pesar de que él no paraba de repetírmelo, una parte de mí seguía sin entender qué hacía conmigo un tipo tan perfecto. Todos tenemos una historia, la mía se basaba en buscar amores imposibles; la suya en encontrarlos. Se comportaba conmigo como si lleváramos siglos juntos y, a pesar de que nada me gustaba más que eso, mi nuevo papel de novia me resultaba tan extraño y confuso que, si pensaba en ello, me daba un poco de vértigo. Por eso, en cuanto me tomó de la mano en un lugar público, yo no pude evitar pensar en Pía. ¿Y si yo solo era un reemplazo? ¿Y si era el típico chico que no podía estar solo?

Jero tenía algo que me había resultado inexplicable desde que lo conocí y que lo diferenciaba de los demás. Era como si siempre lo acompañara un halo de luz. No solo era guapo y divertido, como tantos otros chicos con los que había coincidido, sino que tenía el poder de cobijarme con su presencia. Era una especie de amuleto; si él andaba cerca, sabía que nada podía salir mal. Desde el primer momento había sentido una cercanía inusual, como si llevara tiempo atrapado en mí, entretenido domando mis fieras, siendo espectador de mis locuras, mi Pepito Grillo o mi alentador de sueños. Él me hacía sentir en casa estuviese donde estuviese. Pero ahora que había regresado a Madrid y que la ciudad volvía a parecerse al lugar agradable que siempre había sido, ¿seguiría necesitando ese sentimiento de hogar? Hasta entonces no había dudado ni un segundo de que Jero se acercaba a esa conjunción casi imposible de lujuria, amor y cuidados que tanto tiempo llevaba buscando, y sabía que quería intentarlo a pesar de la distancia. Pero en el momento en que me tomó de la mano y me acordé de que acababa de salir de otra relación seria, sentí un impulso frenético de querer detener el tren. Tenía miedo de que el tiempo al final nos demostrara que ese idilio era una ficción impulsada únicamente por la soledad que ambos llevábamos encima en el momento de conocernos. Tenía miedo de agobiarme, porque ya me había pasado antes y no quería que me pasase otra vez, no con Jero, por favor. Quizá lidiar con el largo plazo fuera un problema mucho mayor para mí que la distancia. Imaginé que todos tenemos nuestras piedras de toque y que, por muy bonita e intensa que fuera nuestra historia, tarde o temprano dejaría de funcionar si no nos sacábamos la piedrecita molesta del zapato.

—¿En qué piensas? —me interrumpió.

—En que tengo muchas ganas de que me enseñes a ir en moto —mentí.

El vendedor nos esperaba a la hora convenida. Parecía un poco mayor que nosotros, pero no mucho más. Se le veía honrado y con ganas de quitarse la moto de encima.

—Como veréis, está nueva. La vendo porque me voy a vivir a Ámsterdam, mi novia es de allí.

Al decir eso, Jero se giró levemente hacia mí y nos miramos con una sonrisita que disimulaba la cara de circunstancias. Si esa locura seguía adelante, ¿quién de los dos vendería su moto para cambiar de ciudad? ¿Madrid o Barcelona? ¿Era eso una señal?

Jero hizo las comprobaciones necesarias y yo no podía quitarle los ojos de encima. Me excitaba ese control absoluto, esa mirada clínica y su dedicación.

—¿Me dejas dar una vuelta?

—Claro, pruébala.

Arrancó y yo me quedé con el chico hablando de los inviernos europeos. No tardó en volver.

—Todo está en orden. ¿Nos regalas el casco?

El chico aceptó. Tras pagarle y que él verificara la cantidad que le había dado, le pedí a Jero que condujera, porque yo quería practicar antes de cogerla. Agradecí que hubiera traído su propio casco para dejarlo en Madrid y así volver juntos de la compra. ¡No podía creer que, por fin, me hubiera decidido a tener mi propia moto! Decidimos ir directos a comprar un casco para mí, pues el del chico me iba un poco grande y Jero me advirtió de que no era seguro. A medida que avanzaba el día, el calor iba ganando protagonismo y solo deslizándonos por las calles de Madrid en motocicleta la temperatura se hacía soportable.

Entramos en una tienda de complementos de motociclismo de mi barrio en la que me habría quedado a vivir por el aire acondicionado. La mayoría de los cascos eran de colores agresivos, tipo enduro, o completamente negros. Viendo mis dudas, el comerciante se fue a buscar un modelo al almacén. Era del mismo color que la moto, con una franja blanca alrededor de la frente y una tira de un marrón más oscuro. Me pareció monísimo; además, era un casco de verano, ideal dadas las temperaturas.

—¿Estás segura? En unos meses hará frío y apenas lo utilizarás —me cuestionó Jero.

Tenía razón, pero iba a ser difícil convencerme de comprar uno más feo.

—Bueno, por eso está de oferta —insistió el comerciante—. Tiene un treinta por ciento de rebaja. En Madrid hace mucho calor. En invierno ya te comprarás otro.

—Eso, en invierno ya compraré otro —repetí como un loro—. Además, a malas, tengo el de Wallapop.

Nos pasamos toda la tarde practicando en un polígono industrial de las afueras. Me sentí acompañada y querida, como cuando mi padre me enseñaba a ir en bici en el parque. ¿Por qué había algo en mí que se resistía a dejarse llevar? ¿Quién querría huir de alguien tan atento? ¿A qué le tenía miedo? El equilibrio que me ofrecía Jero, entre la protección y la aventura, me tenía enganchada, pero a la vez sentía pánico. No sabía si estaba preparada para confiar ciegamente en el amor y creer que nada podía salir mal.

—Mira, tienes que acompañar la moto con el movimiento. —Jero me mostraba cómo hacerlo en parado. Movía el cuerpo de un lado al otro, a la vez que la motocicleta. Era tan guapo que costaba dejar de mirarle—. Al principio, no lleves a nadie de paquete, a menos que sepa ir en moto; puede desestabilizarte. Mira, vamos a hacer una prueba. —Jero se apartó brevemente para dejarme subir y dimos una vuelta juntos por el polígono. Él me ayudaba a tomar las curvas con sus movimientos—. ¿Ves? Me agarro a las asas traseras para que te sea más fácil y te acompaño con el cuerpo —dijo gritando mientras yo conducía.

Ir en moto me pareció más fácil que ir en bici y, sobre todo, mucho más asequible que subirse a una tabla de surf. Pronto me sentí segura en la conducción y noté que Jero estaba orgullosísimo de mí.

—¡Creo que ya lo tienes! ¿Te atreves a conducir? Yo soy un buen paquete, de esos con los que puedes hacer una excepción.

—Venga, ¡vamos a ello! ¡Me muero de ganas!

Si el día anterior había planeado una sesión de piel y mimos en el sofá, esa noche quería llevar a Jero a cenar a uno de mis sitios favoritos de Madrid. No sé cómo me atreví a meterme en la M-30, pero lo hice. Bordeamos el Campo del Moro y la plaza de España sin ninguna intención turística, y nos adentramos en la Gran Vía. Aluciné por aparcar prácticamente en la puerta y me reafirmé en mi compra.

Entramos en un jardín secreto en una azotea abierta al cielo que, para mí, era un auténtico paraíso. Jero me miró con curiosidad. Nos sentamos a una mesa de jardín de estilo victoriano, uno enfrente del otro. La vegetación nos rodeaba y allí, una vez sentados en ese lugar tan bucólico, intenté relativizar. No estaba bien esa manía que tenía siempre de adelantar los acontecimientos en mi cabeza; ya tenía suficiente con disfrutar de todo lo que nos estaba ocurriendo.

—¿En qué estás pensando? Hoy te noto un poco rara.

—No estoy rara —contesté nerviosa.

—Sí que lo estás. Venga, ¿qué te pasa?

—Es que... ¿no te parece todo demasiado perfecto? No estoy acostumbrada a ir tan rápido y me da miedo. No quiero agobiarme.

Jero cambió de pronto la cara.

—¿Te estás agobiando de mí?

—No he dicho eso. Pero tú compartiste conmigo tus miedos, lo de la distancia y todo eso.

—Ya...

—Se te ve muy cómodo en una relación. Apenas nos conocemos y míranos, parece que lleváramos años saliendo; cualquiera que nos viera desde fuera fliparía.

—Seguramente dirían «mira estos dos, la hostia que se van a meter...» —dijo con aire sombrío.

—Bueno, no tiene por qué. A mí esta sensación me parece maravillosa, de verdad. Estoy muy a gusto viviendo esta locura contigo y no quiero que se acabe. Pero para mí todo es nuevo. Tú estás acostumbrado a las relaciones largas y yo apenas he conseguido estar más de seis meses con alguien. —Se iba desinflando a medida que yo iba hablando—. No me pongas esa cara, no te estoy dejando. —Me apresuré a cogerle la mano y esbozar una tímida caricia con los dedos—. Solo pretendo compartir mis miedos contigo. No quiero que lo nuestro parezca un *sprint* y que todo vaya demasiado deprisa. Quiero que dure. Me parece justo decírtelo.

—Sí, por supuesto. Pero, si en algún momento te estás agobiando, por favor explícamelo antes de que ocurra.

—Y tú prométeme que, si en algún momento vuelvo a perderme, vendrás a buscarme, como en Sri Lanka.

—Te lo prometo.

Jero sonrió y avisó amablemente al camarero. Deberíamos siempre ser tan libres como para decir en voz alta nuestros sentimientos. El hecho de haber podido expresarle mis miedos me calmó y me permitió volver a disfrutar plenamente del instante, sin reservas. Parecía que él no había encajado mi confesión como un peligro inminente, pero no aparcó el tema y quiso saber un poco más.

—¿Puedo preguntarte por qué no has tenido relaciones más largas?

—La verdad es que no lo sé. No voy a cargarles a ellos con el muerto. Normalmente soy yo el problema.

—No me digas eso... —dijo Jero poniendo cara de susto.

Quizá pensó que su ojo clínico para las tías últimamente no estaba muy centrado. Eso me hizo reír y creo que mi risa le relajó.

—Nunca te he hablado de mis padres, ¿no?

—Muy poco.

—De ellos he aprendido el amor del bueno. ¿Te cuento un secreto? —dije bajando la voz y haciéndome la interesante.

—Por favor —pidió sonriendo.

—El secreto es...

Antes de que pudiera continuar, el camarero vino a tomarnos nota. Pedimos un cóctel cada uno y unas tapas. Cuando se fue intenté seguir, pero ya no tenía tanta gracia.

—A ver, ¿cuál es el secreto? —insistió.

—¡Ya no me acuerdo!

—¡Pero qué mentirosa! ¿Me dejarás así?

—Bueno va, te lo diré: convertirse en alguien sofá. —No era eso lo que iba a decir antes, pero me pareció que tenía más chispa.

—¿Qué dices? —rio y negó con la cabeza.

—¿Qué hay mejor que un sofá?

—¿Un lametón a un helado de chocolate?

—El sofá es infinitamente mejor.

—¿Por qué?

—Alguien sofá te relaja, te acompaña, dura años, incluso vidas, y, sobre todo, te apetece siempre por encima de todas las cosas. —Y añadí guiñando el ojo—: A veces incluso más que la cama.

Él estalló en risas y yo me quedé mirándolo, sonriendo victoriosa.

—Yo estoy dispuesto a ser tu sofá.

—Lo sé, ya lo eres.

El camarero volvió con los platos y los cócteles como un hada madrina llena de colores, placer y fiesta, y durante una décima de segundo, mientras él lo colocaba todo sobre la mesa, nos quedamos mirando de nuevo. Había algo diferente en nosotros, quizá una mirada más madura y transparente. Ambos éramos conscientes de que ya estábamos de amor hasta el cuello, aunque solo nos lo hubiéramos dicho entre bromas e indirectas, y sabíamos que, cuando construyes algo, también puede derrumbarse. Sin embargo, esa mirada reconocible entre nosotros me indicó que todo estaba bajo control, porque lucharíamos incansablemente por aferrarnos al paraíso, porque no había nada más hermoso que observar cada uno de nuestros trazos. Éramos Adán y Eva, y nosotros también sabíamos qué manzanas no debíamos probar.

Mi piso estaba a poco más de diez minutos en moto del restaurante. Teníamos ganas de volvernos locos de nuevo con nuestros cuerpos y, tras la cena, volvimos a mi cama para disfrutar otra noche de sexo de esas en las que la lujuria hace que apenas recuerdes los detalles, pero con las que al día siguiente sientes todavía las huellas en el cuerpo, como un souvenir mágico que nadie más percibe. Antes de quedarnos dormidos, él me miró adormilado y me sonrió levemente. Yo cerré los ojos para tratar de volver a escuchar la melodía a lo lejos, en algún lugar en el que solo yo podía oírlo. Y sí, el acordeón seguía hinchado y majestuoso tocando la misma canción.

24

Jero

El domingo amaneció perezoso, anunciando el final de nuestro paréntesis. Elena era increíble. A su lado las horas se esfumaban entre conversaciones y su cuerpo invitaba a quedarse. Me sentía incapaz de detener lo nuestro, por mucho que a ella le diera miedo la velocidad. Había vuelto a vivir un fin de semana fabuloso junto a ella y por eso intenté volver a Barcelona dejando atrás sus miedos y, en consecuencia, los míos. Era normal que le diese vértigo. Yo también lo sentía, aunque por motivos completamente opuestos. Era lógico, habíamos pasado de ser unos completos desconocidos a enfrascarnos en una locura de piel, amor y ganas que parecía capaz de vencer a la distancia y los impedimentos. El tiempo confirmaría si era solo un sueño o también su despertar. La confesión de Elena durante la cena del sábado fue un golpe de realismo. Era verdad, ¡estábamos locos! Pero ¿no tiene el amor, siempre, un punto de locura? Yo estaba seguro, más que nunca. Quizá sin saberlo, me había acabado de persuadir de que valía la pena jugarse los principios y los miedos por ella. Esperaba convencerla de que teníamos futuro y de que la velocidad solo servía para empezar a disfrutarnos al máximo cuanto antes. Estaba claro que nuestra relación no iba a ser perfecta, pero aun así los dos parecíamos firmes en la idea de seguir adelante.

La mañana de mi vuelta a Barcelona volví a levantarme antes que ella y le preparé el desayuno. Intenté cocinar un festín con todo lo que pude arrebatar de su nevera. Era tarde y sabía que no nos quedaba mucho tiempo. Le preparé unos huevos poché, tostadas con aguacate, un *chai latte* y una pequeña cata de quesos. Mi intención era que el desayuno durase más y que la comida empezara antes para engañar, así, al tiempo. Volví a la cama y me tumbé detrás de su espalda desnuda. No quería correr ni tampoco presionarla, pero ya había ocurrido, Elena ya había calado dentro, en ese órgano desconocido donde se alojan los sentimientos más auténticos. Por mucho que intentara resistirme, ya sentía una necesidad imperiosa de cuidarla. La observé dormida, con el pelo enredado. Lanzaba un leve ronroneo al respirar. Quise despertarla para pasar más tiempo con ella, pero me resistí. Esperé un poco más. Era un placer oírla exhalar, la confirmación del amor hacia un cuerpo ajeno.

Como si naciera de nuevo, abrió los ojos y se giró. Me sonrió como si viera en mí alguien del que, por fin, enamorarse. Recuerdo que dudé si me quería por lo que yo le despertaba o por el momento de debilidad y tristeza en el que me había encontrado. No quería pensar en eso demasiado, ojalá no hubiera nada circunstancial entre nosotros, solo un destello de suerte en el que nuestras vidas se cruzaron.

—Me encanta darte los buenos días así y no por mensaje.

—Y a mí —sonrió—. ¿Me rascas un poquito la espalda?

Quién sabe, quizá había nacido para rascarle la espalda y prepararle desayunos.

Me llevó a la estación de Atocha en su moto nueva después de comer. En la despedida, le prometí que, en cuanto llegase, miraría el calendario para cuadrar los proyectos que empezaban en septiembre con mis visitas a Madrid.

—Hasta pronto. Y no corras con la moto, recuerda que todavía eres una espumilla.

Mi comentario consiguió borrar un poco la tristeza y Elena se abrazó muy fuerte contra mi pecho. Los instantes son perennes, pero nosotros no. Quise que nos quedáramos ahí, como las plantas del invernadero de la estación, vivos y quietos. Elena estaba triste y yo también; tuve la sensación de que el lunes iba a ser más duro que nunca.

25

Nosotros

Jero 07.45
Bon dia ☺

Elena 07.47
Buenos días!

Jero 07.58
Preparada para estrenar la moto
yendo al curro?

Elena 08.10
Salgo ahora de casa, que tengo que
aprenderme el recorrido.
Te escribo en cuanto llegue

Jero 08.11
Ok!

Elena 08.35

Buah, qué heavy, ya he llegado!

Jero 08.36

En serio? Qué has tardado, 20 minutos?

Elena 08.36

Muy loco, no? Tendré que calcular
mejor el tiempo.
Me queda una hora hasta entrar a currar, jajaja

Jero 08.37

Bueno, aprovecha y desayuna tranquila

Elena 08.42

Justo estoy haciendo eso. Mira…

Elena 08.42
🖮 Foto

Jero 08.44

Tiene muy buena pinta ese croissant ☺
Pero habría preferido una foto tuya

Elena 08.45
🖮 Foto

Jero 08.45
🖮 Foto

Elena 08.46

Qué guapo eres…

Jero 08.46

Y tú también 🖤

Elena 08.53

Me aburro… cuéntame algo!

Jero 09.01

No puedo 😣 Entro ahora en el despacho, pero

puedes contarme tú algo.

Por ejemplo… Qué has soñado hoy?

Te leo y te escribo en un rato

Elena 09.02

Siento decepcionarte… No he soñado contigo

💔 He soñado con mi cole, ha sido muy raro.

Volvía allí como profe de arte y entraba en la

clase de párvulos. De repente aparecía sor

Ángeles y me gritaba enfrente de esos bebitos:

NO ES AQUÍ, SEÑORITA! Y yo le

contestaba, también a gritos, que ya no era

una niña y que esa no era forma de tratar a la

gente, jajajaja. Ojalá hubiera tenido ovarios y

se lo hubiera dicho entonces!

Elena 09.06

… es muy aburrido hablar sola

Elena 09.07

Te echo de menos) .) :)

Jero 09.09

Fuiste a un colegio de monjas???

Elena 09.09

Tengo que darte exclusivas de este tipo para

que te saltes tus obligaciones laborales?

Me pensaré la de mañana

Jero 09.09

Jajajaja. Bueno, es que no me lo esperaba.

No te pega, no?

Elena 09.10

No sé… Mis padres no son religiosos,

pero es que estaba

literalmente enfrente de casa

Jero 09.10

No te quedó otra

Elena 09.11

Correcto… No crees que es fantástico

que queden tantas cosas

entre nosotros por saber? A qué cole fuiste tú?

Jero 09.12

Bueno, también da un poco de cague…

Y si descubrimos algo que no nos gusta?

Elena 09.13

Lo de las monjas ha sido tan terrible? Jajajaja

Jero 09.14

Jajajaja. Tengo miedo a ver lo que me espera

mañana 😌

Elena 09.14

Te cedo la exclusiva. A ver con qué me

sorprendes

Jero 09.15

Jajaja. Hecho

Jero 09.15

Tengo que dejarte, que está aquí mi padre y

tenemos que cerrar

un presupuesto. Hablamos luego, bella

Elena 09.17

Perfect! Yo entro en breve… hasta luego!!

Elena 11.30

Cómo llevas la mañana?

Jero 11.45

Un poco liado, pero soportable. Temo tanto

que llegue septiembre…

Elena 11.47

Tendrás mucho curro?

Jero 11.48

Sí… Han entrado un par de proyectos de
reformas y estamos pendientes
de un concurso para construir una residencia
de ancianos
Me encargo yo de todo el papeleo… y pfff…

Elena 12.00

Perdona, que había entrado una mesa…

Jero 12.01

No queda muy mal que estés con el móvil?

Elena 12.02

Sí, pero me gusta el riesgo

Jero 12.03

No seas mentirosa

Elena 12.04

Jajaja, touché! Aunque quizá ya vaya siendo
hora de que me vaya de aquí…

Jero 12.06

Has pensado ya qué quieres hacer?

Elena 12.07

Todavía no…

Elena 12.08

Y tú, has pensado ya cuándo nos vamos a
volver a ver?

Jero 12.30

La cosa pinta un poco mal…

Elena 12.45

No me digas eso…

Jero 12.46

Tengo los tres próximos fines de semana
ocupados… Este tengo que quedarme en
Barcelona porque tenemos una cita con unos
clientes para visitar su casa en el Empordà.
Vamos a reformarla entera y, como es un sitio
de veraneo, solo podemos ir los fines de
semana. El próximo tengo la boda de mi primo
y el siguiente mi padre ya me ha advertido de
que no haga planes

Jero 12.47

Tenemos que presentar la documentación
para la licitación de la residencia…

Elena 12.47

Pfff 😫

Jero 12.48

Una mierda

Jero 12.49

Pero también hay buenas noticias,
el siguiente finde es la Mercè,
la patrona de Barcelona y el lunes es fiesta!

Jero 12.50

Podría estar tres días en Madrid!

Elena 13.00

Una de cal y otra de arena! Sobreviviremos
hasta entonces, no?

Jero 13.02

Estoy seguro

Elena 13.03

Elena 13.03

Te dejo, que tengo un par de mesas
para comer

Jero 13.10

Ánimo! Yo voy a comer con mi padre
y su socio
Te escribo cuando tenga otro rato

Jero 13.11

Besos!!

Jero 14.31

Tengo una proposición indecente.
Qué me dirías si te dijera que hay una
posibilidad de vernos antes?

Elena 14.40

Ufff Al final ha habido más curro
de lo que esperaba

Elena 14.41

Te diría que ALL IN!!

Jero 14.42

No corras tanto… porque creo que
no la vas a aceptar…
Es justo lo contrario a lo que me pediste
el otro día, pero es lo único
que se me ocurre para no estar casi
un mes sin vernos…

Elena 14.42

Ups!!! Miedo me das… Suéltalo!

Jero 14.50

Quieres ser mi acompañante en la boda
de mi primo?

Elena 14.51

QUÉ!?? ESTÁS FLIPANDO!??

Jero 15.01

Ya, lo sé, es una locura, pero voy en serio.

Pensaba ir solo, pero, joder,

puede ser un planazo!

Por qué deberíamos perdérnoslo?

Jero 15.02

Le he llamado este mediodía y me ha dicho

que sí enseguida!

Bueno, ha añadido que siempre y cuando sea

algo serio, jeje

Elena 15.03

Jajaja. Lo nuestro es serio?

Jero 15.04

Vas a acompañarme?

Elena está escribiendo

Jero 15.07

No tienes que escribir tanto! Solo necesito un

sí o un no 😊

Jero 15.07

Bueno, la verdad es que solo un sí jeje

Elena 15.08

Es que estoy flipando! Me muero de vergüenza
de que toda tu familia me conozca así,
a lo loco!
Madre mía, no sé si soy capaz…
Te parece si lo hablamos esta noche?

Jero 15.09

Claro 😊 Pero que sepas que voy a
convencerte

Elena 15.10

Qué locura

Jero 15.11

Hablamos cuando acabes. Voy a intentar
trabajar un rato…

Jero 18.20

Ya estoy en casa

Elena 18.40

Acabo de llegar yo también 😊
No sé por qué la gente huye de la ciudad en
agosto si es cuando mejor se está!

Jero 18.45

Te has pensado lo de la boda?

Elena 18.48

Jero 18.50

Venga… Si este año estás en racha en eso de
superar tus límites

Para serte sincero, no creo que una familia
vestida de forma elegante pueda contigo 😁

Jero 18.51

Además, el vestido ya lo tienes!

Elena 18.52

Cuál?

Jero 18.53

El de la cena en Barcelona 🤍

Elena 18.54

Tú crees?

Jero 18.59

Nos llamamos?

Elena Videollamada entrante

Jero 20.35

Me encanta hablar contigo

Elena 20.35

Elena 20.36

Voy a preparar la cena, al estilo Elena

Jero 20.37

Qué mal… El próximo finde que vaya a tu casa
te prepararé *tuppers* para toda la semana!

Elena 20.40

Jajaja. Porfi

Elena 22.30

Creo que me voy a dormir ya, estoy agotada…

Jero 22.30

Yo me quedaré un rato más viendo la serie…
Buenas noches, cosa

Elena 22.34

Buenas noches, liante

Jero 22.37

Me alegra que hayas aceptado

Elena 22.38

No me quedaba otra!

Elena 22.39

No quiero pasar tanto tiempo sin verte

Jero 22.40

Nos lo pasaremos genial

Elena 22.40

Dios, no me lo creo

Jero 22.41

Confía en mí…

Elena 22.42

Aix… Buenas noches!

Jero 22.43

Hasta mañana 🖤

26

Elena

Desde que le confirmé a Jero que le acompañaría a la boda, me pasé los días pensando en todo lo que podía salir mal y las noches teniendo pesadillas. Solo se me ocurrían ideas de desastre, como por ejemplo aplacar la inquietud con alcohol y acabar vomitando encima del vestido de la novia, que mi *outfit* no encajara, que alguien me llamara Pía por equivocación, que la *wedding planner* me dijera que no estaba en la lista de invitados o, la peor de todas, que toda la familia de Jero me rechazara y le convenciera de que se olvidase de mí. Y sí, aunque sabía que todo podía salir mal, no negaré que también tenía una curiosidad suicida.

Jero insistió en pagarme el billete de tren y sufragar cualquier gasto que pudiera suponer mi nueva visita a Barcelona. De hecho, estaríamos poco tiempo en la ciudad, pues la boda iba a ser en la Costa Brava y sería allí donde pasaríamos todo el fin de semana. Tenía unas ganas enormes de despedirme del verano rodeada de calas recónditas, cuerpos tendidos al sol, acantilados rocosos y brisa mediterránea, y, aunque no sabía de cuánto tiempo dispondríamos para eso, estaba segura de que podría convencer a Jero para que nos escapáramos en algún momento. La verdad es que, si no contábamos con la presentación a toda su familia en una sola noche, el plan era realmente encantador. Pasó en coche a recogerme de la estación. Llevaba unas gafas Wayfarer clásicas, un polo azul marino ligeramente ajustado y unos tejanos claros. Me pareció salido de la Costa Azul o de una peli italiana romántica de esas en las que el protagonista es tan guapo y accesible que te puedes permitir soñar con una historia a su lado.

—¿Preparada?

—No.

Él soltó una carcajada y, mientras arrancaba, me acarició cariñosamente la rodilla.

—Todo va a salir bien, ya verás.

Sentía que estaba cometiendo una auténtica locura. Mi mente no paraba de rogarme que frenase o que, al menos, redujera alguna marcha, pero la sangre, la misma que entraba y salía una y otra vez de mi corazón, cada vez daba más vueltas, se movía más rápido y se moría de ganas de vivir esa adrenalina emocional. Si me surgía alguna duda, pensaba en Ainhoa. Seguro que ella estaría de acuerdo en seguir adelante.

Nos alojamos en un hotelito monísimo cerca del lugar de celebración que Jero había reservado meses antes. Por suerte, sus padres y toda esa parte de la familia que a mí me cortaba la circulación se alojaban en otro sitio y solo compartíamos hotel con un par de primos más de nuestra edad.

El hotel estaba en el centro de Calella de Palafrugell, un

pequeño pueblo costero lleno de casas blancas, portones azules y barcas de pescadores varadas en la arena, que me recordaron la estampa inconfundible de la playa de Arugam Bay. La parte baja del hotel olía a pueblo y a esa humedad refrescante que siempre tienen las casas antiguas de fachadas gruesas. La habitación era pequeña pero acogedora. Todas sus puertas eran de color azul profundo y las paredes y las sábanas de un blanco impoluto que desprendía calma absoluta. La decoración era muy sencilla; por no haber no había ni mesitas de noche, solo dos agujeros cuadrados en la pared que ejercían su función. Solo mencionaré un par de detalles que ilustraban la sencillez y delicadeza del lugar: en el baño había un jabón artesano de rosas cuyo perfume te acompañaba durante horas y, sobre la cama, una colección de cinco bombones elaborados en el obrador de la pastelería del pueblo. Aquello me pareció idílico, y eso que ni siquiera teníamos vistas al mar.

—¿Nos podemos quedar a vivir aquí?

—Me alegro de que te guste... No sabía si estaría a la altura de nuestro hotel de Sri Lanka... —bromeó.

—Yo creo que no hace falta que vayamos a la boda...

—Demasiado tarde —me dijo sonriendo y agarrándome de la cintura para caer abrazados sobre la cama.

El cuerpo de Jero desprendía una fragancia que todavía no conocía. Se había puesto un perfume de aroma intenso y sofisticado que recordaba al de la madera, el ámbar o la canela. Se quitó con rapidez el polo y se quedó en pantalones mostrando el torso desnudo. Me agarró de las manos y las fue empujando suavemente hasta la cabeza. Me quedé con los brazos estirados, agarrada a él y dejándome besar entera.

Aprovechó que tenía los brazos en alto para subirme la camiseta y desabrocharme el sujetador en un chasquido de pulgar e índice. Su pecho se rozaba contra el mío, sentía la piel erizarse en cada pequeña corriente de aire que generaba su cuerpo. El corto verano que todavía quedaba en el calendario se colaba en la habitación con una temperatura agradable y una luz tan pura y resplandeciente que blanqueaba la escena, como si estuviéramos en el cielo. Cerré los ojos para oler su piel y excitarme todavía más. Al abrirlos tenía el rostro de Jero mirándome y dibujando una tímida sonrisa que denotaba placer y urgencia. Miré hacia el pantalón para indicarle que me lo arrancase y me entendió de inmediato. Me desabrochó y mi cuerpo se deslizó para deshacerse de la ropa cuanto antes. Jero se puso de pie para quitarse él también los pantalones y coger un preservativo. Aproveché para arquear la espalda y mostrarle todo mi cuerpo. Entero, irrompible, suyo. Empezó a masturbarme, primero el clítoris, luego introdujo los dedos. Me sentía líquida e irrefrenable. Estuve a punto de correrme, pero me contuve empujándole y cambiando de posición. Me puse encima para poder controlar los tempos. Sentía la luz del mediodía sobre la espalda, las manos de Jero agarrándome de la cintura y su polla bien dentro, perdida en el infinito de mi cuerpo. Primero se fue él, a los pocos minutos llegué yo al orgasmo. Nos quedamos abrazados y sudados, yo encima, embriagada por ese perfume caro, nublada por la luz de la Costa Brava, bebiéndonos a tragos todo lo que teníamos que ofrecernos, que todavía era todo.

Al día siguiente aprovechamos la mañana para dar un paseo por el pueblo, recorrer parte del Camino de Ronda, un sendero tradicional a través de los acantilados que une los pueblos de la costa catalana, y tomar un baño rápido en aquella playa, ya que la agenda no nos permitía desplazarnos a otro lugar. Comimos pronto y enseguida empezamos a prepararnos, pues le pedí que llegáramos más que puntuales a la ceremonia. Quería ser yo quien controlara el espacio y no generar más expectación ante su familia que la propia novia. Me hizo caso y llegamos al lugar de la celebración casi los primeros. Había ido a pocas bodas, nuestra generación todavía estaba en esa fase test del amor eterno. Ninguna de mis amigas se había casado todavía y solíamos hacer apuestas sobre quién sería la primera en hacerlo. Todas teníamos muchas ganas de ir de boda, como cuando éramos pequeñas y no nos dejaban entrar en las discotecas. Las bodas eran una fiesta aún reservada para adultos de verdad, por eso teníamos tantas ganas de ir a una y confirmar que ya éramos capaces de comprometernos con alguien y querernos para siempre. Hasta que la fase de bodas llegó, mi experiencia en casamientos había sido familiar y la verdad es que aquello no se parecía a nada a lo que estaba acostumbrada.

La celebración tenía lugar en una finca privada, en un antiguo club de tenis que parecía haber estado abandonado durante años. El edificio se había quedado detenido en los setenta u ochenta. Los carteles, ya algo amarillentos, mostraban fotografías de campeonatos del momento, en las que los tenistas aparecían vestidos como si fueran a la playa, con calcetines hasta los gemelos, gorros tipo pescador y camisetas de propaganda. Las paredes conservaban un verde pastel descascarillado y la atmósfera del lugar era objetivamente lúgubre, aunque Jero estaba tan entusiasmado que confirmó que aquello tenía mucho rollo y lo catalogó como *vintage*. Me sorprendió ver cómo alucinaba con cada uno de los muebles con los que nos cruzábamos.

—Mira, la silla Barcelona de Van der Rohe; anda, la lámpara de Miguel Milà...

Al parecer, el club era mucho más exquisito de lo que aparentaba y el interés de Jero me despertó la curiosidad y me llevó a explorar todas sus sorpresas. En el exterior había una pista de tierra batida hundida y rodeada de gradas de piedra, como un foso. Allí era donde estaban preparando el banquete, y un poco más allá, tras una piscina con azulejos brillantes de color aguamarina, un pequeño bosque de pinos chatos alojaba la ceremonia, desde la que se veía el mar.

—Me encanta esto, es tan auténtico... —dijo Jero echando un vistazo general al paraje.

Y aunque jamás habría pensado que una boda se pudiera celebrar en un espacio así, le tuve que dar la razón. El sitio poseía el misterio de los parajes abandonados, la elegancia de la clase y lo salvaje de lo natural.

Siguiendo la tónica de huir de las bodas al uso a las que yo estaba acostumbrada, me sorprendió que la ceremonia careciera de flores. Velas, candelabros y pampas rodeaban dos estructuras de metacrilato de color burdeos, en las que estaban grabadas en letras doradas «Y ya no pude parar de mirarte». Las flores eran mi parte preferida de cualquier celebración, me encantaba ver las combinaciones de diferentes paletas de colores, formas y texturas, y me imaginaba mejorándolas o proponiendo otras versiones con el mismo fin.

Por eso me sentí algo confusa al ver que en aquella boda se habían olvidado de ellas. ¿Qué tipo de chica no querría un altar lleno de color?

Los invitados fueron llegando poco a poco, algunos saludaron a Jero y este me presentó amablemente. Debo admitir que ninguno hizo los comentarios soeces que yo había soñado; al contrario, todos me recibieron con la mejor de sus sonrisas, como si no solo supieran de mi existencia, sino que vieran tan normal que Jero estuviese acompañado. Se me pasó por la cabeza varias veces que quizá me estaban confundiendo con Pía, pero yo no dije nada y ellos tampoco.

Los padres de Jero también llegaron con tiempo, estoy segura de que o bien querían ponérmelo fácil o bien esperaban tener tiempo suficiente para hablar conmigo antes del enlace y sacar así sus conclusiones. La madre llevaba un vestido largo de color berenjena y un tocado a juego. Era rubia, tenía la piel ligeramente bronceada y esbozaba una sonrisa llena de paz y elegancia que me recordó a la de Jero. Su padre, ese ogro que siempre me había descrito, lucía un moreno brillante, como si hubiese absorbido todo el mes de agosto en la piel. Tenía el pelo intencionadamente enmarañado y llevaba unas gafas de color mostaza con las que imaginé que pretendía darse un toque moderno. Esas intenciones juveniles contrastaban con un chaqué con un prendido de tonos neutros muy sutil. Empecé a escudriñar las flores del prendido; estaba formado por paniculata, espigas y eucalipto. Creo que Jero intentó detener mi exploración floral con su voz y devolverme a la presentación formal de sus padres.

—Mamá, papá, esta es Elena.

Madre mía, ¿qué carajo hacía yo allí conociendo a los padres de un chico en la cuarta cita e intentando aparentar normalidad?

—Encantada. —Había estado ensayando esa sonrisa y esa palabra durante toda la semana.

La madre de Jero fue la primera en darme dos besos y le siguió su padre.

—Jero nos ha hablado muchísimo de ti, no sabes lo que le insistió a su primo Luis para que vinieras. —¿Pero no me había dicho que había sido fácil?—. Me alegro de conocerte, espero que lo pases muy bien.

—Encantado, Elena. Vamos a coger sitio al lado del novio —dijo su padre excusándose.

La presentación fue breve y demasiado fácil. Sin preguntas comprometedoras, pero tampoco cuestiones que denotaran interés.

—Parece que no hemos empezado con muy buen pie... —le dije a Jero en cuanto se fueron.

—¡Yo creo que sí! En serio, nunca son el alma de la fiesta. Dales tiempo. A mi madre le dolió incluso más que a mí lo de Pía y ahora está en alerta, pero es buena persona. Encajaréis bien. Lo de mi padre es otro cantar y ya no es cosa nuestra.

Sonó «Now We Are Free», de la banda sonora de *Gladiator*, y todo el mundo se puso en pie. Luis, el famoso primo de Jero al que yo no conocía a pesar de estar presente el día de su boda, atravesaba, acompañado por su madre, el pasillo que formaban los invitados hasta el altar. Sonreía enseñando los dientes y saludaba a todo aquel que gritaba su nombre. Denotaba una seguridad en sí mismo que no reconocía en nadie de mi entorno. Cuando llegó al lugar de la ceremonia, abrazó a su madre y esta se despidió de él hecha un mar de lágrimas. Era muy raro vivir un momento tan especial e íntimo de unos desconocidos. Su emoción me resultaba extraña, como si de repente no entendiese qué estaban haciendo. Me sentía como en medio de una peli en la que me habían encomendado representar un papel breve pero difícil: disimular mi impostura, fingir emoción y, sobre todo, pasar lo más desapercibida posible. ¡En qué momento pensé que sería buena idea meterme en un fregado así!

Cumpliendo con la tradición, la novia entró poco después junto a su padre, al ritmo de «Can't Help Falling in Love», de Elvis Presley. Llevaba un vestido de tirantes con poco vuelo, pero con una caída muy bonita y pequeños detalles de encaje que le daban un claro estilo *boho*. La chica llevaba el pelo suelto, con unas ondas suaves que caían hasta el pecho y en su cabeza una corona de flores espectacular que destacaba sobre todo lo demás. Esta estaba formada por una mezcla diversa e inusual de flores. La base era de tomillo y romero, unas hierbas aromáticas que proporcionaban sencillez y le daban un toque campestre y rústico. Y en la decoración había rosas inglesas de color salmón, que aportaban un toque más delicado, y proteas y cardos, que llenaban de fuerza el conjunto. Los colores nacían de su pelo como un arcoíris rompiendo la tormenta. La belleza de las flores no solo la encendía a ella, sino que iluminaba toda la escena, que, de repente, brillaba. Me quedé absorta siguiendo el recorrido de aquella maravilla y entendí que había decidido no llenar la ceremonia de flores para que estas brotaran de su cabeza.

—Ya sé qué quiero ser de mayor —le susurré a Jero.

—¿Qué?

—Nada, nada, ¡que empieza!

Una chica joven que hacía de maestra de ceremonias empezó a hablar con una voz aterciopelada. El público enmudeció y tuve la sensación de que nadie se quería perder ningún detalle de todo lo que contaba.

—Carlota, Luis, bienvenidos. En primer lugar, quiero daros a todos la bienvenida, en especial, a los invitados que han venido desde más lejos. Gracias por estar aquí en este día tan mágico para los novios.

Siguió explicando su historia y la forma que tenía de hacerlo me pareció la de un cuento hecho realidad. En él, sus personajes, Carlota y Luis, después de todas las batallas que implican querer quedarse con alguien para siempre, habían decidido llegar hasta allí para celebrarlo porque, como contó ella, las historias de verdad tienen altibajos, mucha lucha, altas dosis de comprensión, mimos y una pizca de suerte. Al acabar su discurso, incluso yo, que al principio había tratado de disimular lo ajeno que me resultaba todo, lloré al escuchar esa historia llena de verosimilitud y cotidianidad convertida en poesía. Tras la historia principal, tres amigos de ambos leyeron distintos parlamentos en los que anécdotas de la infancia y la adolescencia se entremezclaban con los mejores deseos para el futuro matrimonio y, al final, los novios se dedicaron unas palabras en forma de votos en las que volvió a aflorar esa historia íntima que compartían y que querían celebrar con sus allegados. Tras el sí quiero, la pareja se fundió en un beso de película y yo me quedé mirándolos como si eso fuera la confirmación de que el amor no solo existía, sino que era tan real que podía estar en cualquier parte. Miré a Jero, que estaba visiblemente emocionado.

—Ha sido preciosa. —Y continué—: Jero...

—¿Sí?

—Si algún día me caso, quiero una boda así.

—Oh... —Hizo un gesto cómico de decepción.

—¿A qué se debe esa cara?

—No has hablado en plural, creo que puedes mejorarlo —dijo divertido.

Reí, pero no dije nada más en voz alta, no fuera a ser que algo se rompiera al pronunciarlo.

Cuando la ceremonia acabó y los invitados empezaron a buscar a los novios con fervor para felicitarlos de forma más distendida, yo me quedé al margen para dejar que Jero aprovechara ese momento familiar sin tener que estar pendiente de mí.

Me quedé mirando a la maestra de ceremonias, que ya recogía sus cosas. Se dio cuenta de cómo la miraba y creo que notó mis ganas de mantenerme fuera del marco. Me sonrió con complicidad y sentí como si quisiera acogerme en mi desamparo. Parecía como si me quisiera decir «tranquila, no pasa nada, esto es muy normal».

—Lo has hecho muy bien, me ha encantado, la verdad —le dije con amabilidad, tratando de romper el hielo.

—Oh, ¡gracias! Me alegro de que te haya gustado. Estoy empezando. La vida te lleva por caminos raros, pero la verdad es que este es uno de los más bonitos por los que me ha conducido.

—Ah, ¿pero no eres amiga de los novios?

—¡No! Yo me dedico a esto. —Y añadió—: Bueno, por el momento es solo un *hobby*, quizá algún día pueda llegar a vivir de escribir historias de amor.

—Ostras, ¡pues me parece alucinante! ¡Ojalá lo consigas!

—Y tú, ¿de qué parte eres, de Carlota o de Luis? —El hecho de referirse a los novios por los nombres me hizo ver que incluso la maestra de ceremonias compartía mucho más con ellos que yo.

—Pues soy una infiltrada. No los conozco —le confesé con cierto desahogo.

—¿Cómo que no? ¿Y qué haces aquí entonces? —me preguntó entre sorprendida y curiosa.

—Estoy empezando «algo» con el primo de Luis... Pero ni siquiera hemos tenido tiempo de hablar sobre lo que somos. Nos hemos visto cuatro veces. ¡Y aquí estoy! Es una locura, me siento un poco fuera de lugar —le dije justificándome. No sé por qué seguí contándole mi vida, aunque luego pensé que quizá no hacía falta compartir tantos detalles y que a ella todo eso le daría igual—. A mí me encanta y estoy muy emocionada con lo nuestro, pero creo que me he pasado viniendo aquí. ¡Y eso que le dije que no quería correr! Madre mía...

—No te agobies —me dijo tratando de serenarme—. He escuchado muchas historias y la gran mayoría tienen inicios locos.

—Si tú lo dices... Mis inicios anteriores habían sido de lo más convencional.

—Bueno, quizá por eso hoy no estás con esas personas...

—Puede ser... —dije poco convencida.

—¿Sabes? Me encantaría poder contar algún día vuestra historia.

—¡Y a mí que la contaras! Esa sería una buena señal —sonreí—. Por cierto, ¿cómo te llamas?

—Soy Marina Greco y mi proyecto se llama Lagrimones —dijo dándome una tarjeta, que guardé como oro en paño—. Ojalá volvamos a vernos.

27

Elena

El resto de la celebración tuvo lugar en la cancha de tenis. Las mesas, rectangulares de distintas longitudes, estaban colocadas en paralelo hasta formar un rombo. Unas grandes estructuras de hierro servían de soporte a unas hiedras entrelazadas que creaban la sensación de estar en medio de un bosque de ninfas. Los camareros empezaron a aparecer desde todos los rincones y a servirnos más platos de los que podíamos engullir.

Nos sentaron junto con los primos de Jero que también se alojaban en nuestro hotel y la verdad es que la cena fue muy divertida. Él estaba en todo momento atento y pendiente de mí. Se tomó al pie de la letra mi condición para ir a la boda: no podía abandonarme en ninguna circunstancia. Los novios iban paseándose por las mesas, entablando conversación con todos los invitados, y me pareció un gesto bonito.

—¿Elena? —dijo Luis abriendo los brazos—. Créeme que eres una de las personas que más ganas tenía de conocer el día de mi boda.

Me sonrojé y Jero salió al rescate.

—Bueno, bueno, no exageres. Además, nosotros solo hemos venido a la fiesta, lo de tu boda es secundario —bromeó.

—No, en serio, Elena. Quien está en el corazón de mi primo está en el mío también. —Y le abrazó con cariño—. Pásatelo muy bien hoy, como si estuvieras en casa. Mira, que te presento a Carlota... ¡Carlota!

La novia se acercó divertida a nosotros.

—Carlota, te presento a Elena, la novia de Jero.

—¡Anda! ¡Pero qué ilusión! —Y me abrazó con fuerza y un ligero zarandeo—. ¡Encantada!

—Me ha encantado tu corona, es preciosa. Estás preciosa.

—Uy, Jero, ya puedes cuidarla. ¡Esta chica me cae bien! —Respiré aliviada—. Además, no quiero que en las fotos de mi boda aparezca gente que, en unos años, no sepa ni quién es. —Y yo no supe cómo encajar ese segundo comentario, pero ellos ya estaban a unos metros de nosotros, hablando y haciéndose fotos con otra pareja.

—¿Ves? Hablo mucho de ti —me dijo Jero cuando se largaron.

—No sé... Lo de la foto...

—Es el humor de Carlota, ya lo irás pillando. Además, ya va un poco pedo. De verdad, olvídate de todos, menos de mí, claro. Fluye y enamóralos como tú sabes hacer.

Después de la cena, nos congregaron alrededor de la piscina del club, donde un grupo de natación sincronizada hizo un espectáculo nocturno con luces en el agua. Tras ellas, una exhibición de fuegos artificiales llenó el cielo de chasquidos de luz. No paraba de alucinar con todas las ideas que llenaban cada segundo del evento y que confirmaban que aquella boda no se parecía a ninguna de las otras a las que había asistido. A pesar de las inseguridades con las que había llegado y mis esfuerzos por tratar de evitar a los padres de Jero, estaba deseando que la fiesta no acabara. Después de los fuegos, la música empezó a sonar en el jardín, donde una banda de rumba catalana tocó las canciones más bailables del mundo. La gente se descalzó y los camareros en la barra empezaron a servir copas y cócteles. El ambiente se tornó relajado e incluso las novias de los primos de Jero con las que habíamos cenado me sacaron a bailar. Celebrábamos el amor, pero también el fin del verano y la suerte de poder gritar y movernos bajo la todavía agradable temperatura de septiembre.

Jero se acercó con una mimosa para mí y un gin-tonic para él, y me cogió de la mano que tenía libre para darme vueltas bajo el cielo. El buen rollo que desprendían todas esas canciones y verle tan implicado en hacerme sentir a gusto hicieron que me relajara y volviera a bailar como si nadie estuviera mirando. Los novios se acercaron hasta nosotros y tararearon las canciones agarrados a nuestra cintura.

—Elena, eres muy guay —me gritó Carlota al oído—. Perdona por lo de antes, lo de la foto. Luis me ha echado la bronca porque me ha dicho que ha sonado un poco borde. ¿Te ha parecido borde?

—No... —dije algo insegura.

—Jo, lo siento. A veces hago bromas que suenan mucho mejor en mi cabeza.

—A mí también me pasa, no te preocupes.

—De verdad, ojalá lo vuestro funcione. Además, ¿no dicen que de una boda siempre sale otra boda?

Sonreí y ella me abrazó de nuevo, y siguió cantando la canción que sonaba entonces.

En los dos extremos del jardín opuestos a la música, un par de jaimas albergaban más sorpresas. En la de la derecha, un tatuador ofrecía un catálogo de minitatuajes y en la de la izquierda una pitonisa aseguraba acertar con el amor de tu vida. No sé qué me dio más miedo, si hacerme un tatuaje sin Ainhoa o que alguien me dijera que Jero no iba a durar para siempre.

Él parecía convencido a hacerse un tatuaje, así que, en cuanto vio que el tatuador empezaba a trabajar, me arrastró hasta él. Ya se había formado una pequeña cola y Jero aprovechó la espera para hacerse con el catálogo de dibujos disponibles.

—¡Hay una ola! Me la quise tatuar cuando llegué de Sri Lanka, pero mi primo me convenció para que me esperase a su boda. Me adelantó que habría un tatuador. Y mira, también hay un elefante...

El catálogo ofrecía el trazo de una ola, un avión de papel, una huella de perro, un diamante, un corazón, un copo de nieve, una flor de loto, un ancla, una flecha india, un triángulo, un trozo de pizza, un cubo, una media luna y un elefante sentado con la trompa para arriba.

—¿Le dijiste a tu primo que incluyera el elefante?

—Bueno... Me pidió ideas y se lo propuse, por si te apetecía...

—No sé si hacerlo... Era un pacto que tenía con Ainhoa. No sé si tiene sentido tatuármelo yo sola.

—Ya. Como tú veas. —Intentó restar importancia a mi decisión con sus palabras, pero tanto él como yo sabíamos la importancia de ese tatuaje. Y a mí me pareció todo un detalle que él le hubiera propuesto a su primo que lo añadiera, aunque fuese para brindarme la posibilidad de tomar la decisión.

—Aunque quizá es una oportunidad para cerrar del todo esa herida y llevar a Ainhoa siempre conmigo, ¿no? —añadí.

—Yo también lo veo así.

Al final, Jero se tatuó la ola en el tobillo y después yo accedí a tatuarme el elefante en el antebrazo izquierdo, el lugar que Ainhoa siempre proponía y que yo rehusaba alegando que se vería mucho. Pero eso ya me daba igual; de hecho, pensé que mejor allí, en un sitio donde pudiera verlo. Así no tendría que buscar su recuerdo constantemente porque siempre estaría cerca, acompañándome. Y me pareció bonito. El dolor de la aguja penetrando en la piel y llenándola de tinta fue algo curativo, una especie de exorcismo liberador del que salí llena de energía y dispuesta a bailar hasta los límites de mi cuerpo. Pero Jero me frenó cuando me dirigía de nuevo al baile; tenía más ganas de aventura.

—¿Y no vamos a preguntarle a la tarotista por nosotros?

—¡Yo paso!

—¿En serio? ¡No me seas cagueta! ¡Si es en coña! —Y me miró fijamente, como sabía que me convencería para hacerlo.

—La verdad es que tengo que dejar de mirarte cuando quieres conseguir algo —le dije mientras tiraba de él hacia la pitonisa.

Allí no había cola, solo una chica en el interior que justo

salió cuando nosotros quisimos entrar. Íbamos a hacerlo los dos juntos, pero la señora que ejercía de vidente nos lo impidió.

—De uno en uno, por favor —dijo sin mirarnos.

—Es que queremos hacer una pregunta conjunta.

—Las preguntas nunca son conjuntas. Dos personas jamás pueden mirar desde el mismo punto.

—Entra tú, que yo me he acojonado —me dijo Jero de cachondeo.

Pero a mí ese punto críptico y misterioso me llamó la atención y me sentí empujada a entrar a hablar con la señora. La decoración en el interior se componía de una mesa cubierta por un mantón de seda con estrellas dibujadas, unas guirnaldas de luz que colgaban del techo y la señora de pelo blanco, los labios pintados de un color morado mate y vestida de negro riguroso. Me pareció que, para ser una actriz, estaba muy metida en el papel.

—¿Qué quieres saber, muchacha? Solo una pregunta.

—¿Soy el amor de su vida?

—¿Del chico de allí fuera?

Asentí.

—¿Cómo se llama?

—Jero.

La mujer tiró las cartas con vehemencia.

—Aquí dice que lo realmente importante será si él es el amor de tu vida.

—¿Eso es un sí o es un no?

—Solo una pregunta.

28

Jero

Tras la agitación que supuso la boda y el hecho de habernos visto tres veces en el último mes, tocaba afrontar una vuelta a la realidad que sabíamos que no podría romperse hasta doce días después.

—Esta es la mierda de currar en un negocio familiar, que no hay horarios. Y más cuando me he pegado dos meses de vacaciones —me quejaba.

Aunque Elena siempre se mostraba comprensiva conmigo y trataba de calmarme, sabía que compartía mi frustración. Yo notaba que acababa nuestras videollamadas nocturnas malhumorado y que culpaba a mi padre y a mi trabajo de no poder verla antes. Se me empezaba a hacer cuesta arriba no depender de mí mismo para verla y tenía miedo de que a ella le estuviera pasando lo mismo.

Aunque lentos, por suerte, los días pasaron y el fin de semana del 21 de septiembre estaba cada vez más cerca. Las ganas de vernos parecían intactas en todas nuestras conversaciones, pero esas semanas de ausencia me devolvieron mi miedo histórico a que, al vernos de nuevo, alguno de los dos no sintiera lo mismo. Y es que las hogueras, cuando no se atizan o se alimentan, se apagan.

Empecé la semana con ganas, pues quería comprar los billetes de tren cuanto antes, cuadrar los planes con Elena y empezar a imaginar un nuevo fin de semana a su lado. Como cada mañana, le escribí mientras desayunaba.

Jero 08.02
Buenos días!

Jero 08.02
Hoy es el lunes menos lunes de la historia:
cuatro días y nos vemos

Vio mi mensaje, pero no me contestó enseguida y yo no le di mayor importancia. A veces ocurría: se despertaba con prisas, apenas desayunaba porque llegaba tarde al curro, se subía en la moto y ya no me contestaba hasta el mediodía, cuando tenía algún hueco en la cafetería.

Jero 12.53
Mucho lío hoy? Cuando puedas, dime a qué
hora saldrás el viernes,
así lo cuadro con mi llegada

Jero 12.54
Que hoy compraré los billetes de tren

Elena no contestó. Su última conexión había sido a las nueve y veintisiete, así que estaba seguro de que había llegado al curro. Debía de estar liada. Ya hablaríamos por la noche, que tampoco había tanta prisa. Intenté relativizarlo, pero, a medida que avanzaban las horas, el hecho de no saber nada de ella comenzó a inquietarme. Empezaba a no ser normal esa ausencia que cada vez pesaba un poco más.

Nada más llegar a casa, la telefoneé, porque no aguantaba más y porque estaba realmente preocupado. Primero, por si le había pasado algo y, segundo, por si había dicho o hecho algo que la hubiera agobiado. Repasé una y otra vez la conversación de la noche anterior y la verdad es que, en frío, tenía que admitir que había sido un poco pesado. Estuve más de diez minutos hablándole de mi padre y de su estúpida manía de pasarme los proyectos a última hora. Durante la comida familiar del domingo me había pedido que trabajase el fin de semana largo que tenía planeado ir a Madrid y eso me había enfadado. Me negué en redondo y acabamos discutiendo otra vez. Él se empeñó en decirme que no sabía qué había visto en Elena con la de chicas que había en Barcelona. Y aunque sabía que mi padre no tenía nada en contra de ella y que solo le jodía nuestra historia por un tema meramente logístico, ni se me pasó por la cabeza comentárselo a ella, pues todavía recordaba la inseguridad que le había causado el desinterés que había mostrado en la boda de Luis. Y quizá sí que, al final, quien pagó el pato fue Elena, que aguantó mi chapa estoicamente. Insistió en que mi padre no quería que la fuera a ver y, a pesar de que tenía parte de razón, traté de convencerla de que no tenía nada que ver con ella. Mi padre era un *workaholic* y ella solo una víctima colateral. En fin, no creía que nuestra conversación hubiese sido tan trascendental como para enfadarla, y más cuando nos íbamos a ver en apenas unos días; aun así me empezaron a surgir las dudas. Me negaba a pensar que podía haberle pasado algo, pero me quedé acongojado cuando al marcar una y otra vez su número siempre obtenía la misma respuesta: «El móvil al que llama está apagado o fuera de cobertura».

Empecé a pensar en lo peor, quise llamar a todos los hospitales de Madrid, quise coger el primer tren de la mañana, quise gritar muy fuerte, y, en vez de todo eso, me quedé quieto, mirando mi reflejo en la pantalla apagada del televisor, sintiendo que no tenía más opción que quedarme allí y esperar, como los niños cuando se pierden y tienen que quedarse plantados en el último lugar en que coincidieron con sus padres esperando a que, tarde o temprano, vuelvan a por ellos.

No pegué ojo en toda la noche, dejé el móvil encendido a mi lado por si llamaba; sin embargo, no sonó. Comprobé su wasap una y otra vez, pero nada, no se conectaba desde primera hora de la mañana. Intenté relajarme pensando que quizá se le había roto el móvil o que, incluso, se lo habían robado. No tenía por qué haber memorizado mi teléfono; de hecho, yo tampoco me sabía el suyo. Si me hubieran robado, ¡quién sabe de qué forma habría contactado con ella! Me di cuenta de que había sido demasiado valiente hasta entonces, yendo por allí sin esa información, y lo apunté en un papel de inmediato. Todo aquel argumentario conmigo mismo funcionó durante un rato. «No te comas la olla». «No te preocupes por lo que no tienes ni idea» o «La mejor noticia es no tener noticia». Repetía todo eso en mi cabeza como una plegaria. Intentaba controlar aquella incontinencia de pensamientos que iban y venían y me acechaban como leones hambrientos. Pero la única verdad era que Elena no se conectaba desde las nueve y media de la mañana, que yo no tenía ninguna noticia suya y que, si le pasaba algo, nadie iba a avisarme, porque en la vida de Elena nadie sabía, todavía, que yo existía.

El día amaneció al fin. Me había pasado la noche haciendo *scroll* en su Instagram y releyendo nuestra conversación de wasap sin mucho éxito. Soy de los que creen que siempre hay que tener unos márgenes propios que te ayuden a caminar sin pensar y que te obliguen a tomar acciones cuando los superas. Mi límite era esa misma noche: si no sabía nada de ella por entonces, escribiría a alguna de las amigas que aparecían etiquetadas en sus fotografías. La angustia había ganado la partida, pero, aun así, decidí volver a darle los buenos días. Quería que, en el momento en que volviera a conectarse, viera que yo seguía allí, al pie del cañón.

Las horas avanzaron entre la inquietud y las ideas terribles. Estuve todo el día pensando en ella y en qué podría haber pasado. Sin embargo, conforme avanzaba la jornada, empecé a ver precipitado lo de escribir a sus amigas; no quería parecer un loco ni un impaciente. ¿Y si necesitaba un poco de espacio? Ella misma me había insinuado que íbamos demasiado rápido y que algo así podía suceder. No iba a escribir a nadie, aunque eso significara una noche más sin dormir.

Jero 23.56

Buenas noches, Elena

Jero 01.30

Espero que no estés enfadada conmigo

Jero 01.35

Solo deseo que estés bien

Apagué la luz y esa vez, tras casi toda la noche anterior sin haber podido conciliar el sueño, la oscuridad y el cansancio me regalaron un par de horas llenas de pesadillas.

Desperté sobresaltado, no sabía dónde estaba ni qué hora era, pero ese desconcierto también me llevó a un olvido momentáneo que me produjo cierto sosiego. En ese breve instante desde la ensoñación hasta el despertar, Elena todavía estaba presente en mi vida y yo iba a ir a verla ese mismo fin de semana. Sin embargo, la realidad me atisbaba desde cerca. Era miércoles, yo no tenía todavía los billetes y Madrid quedaba cada vez más lejos.

El cansancio y la ansiedad me hacían tropezar con las tareas. No daba pie con bola y, tras casi tres días así, cada vez me era más difícil disimular mi desazón.

—Pero ¿qué te pasa? —me incriminó mi padre.

—Nada. He dormido mal.

—Pues parece que lleves unas cuantas noches sin dormir.

—Déjame en paz. ¿Te has mirado los planos que te pasé?

El día parecía caminar de puntillas, como si las pausas de los segundos fueran cada vez un poquito más largas hasta conseguir que los minutos se dilataran como horas holgazanas. No había mucho más que contar. El teléfono seguía callado y mi mente me lanzaba ideas invasivas que empezaban y acababan en el terror. Tenía claro que esa misma tarde contactaría con alguna de las amigas de Elena. No podía esperar más.

En las ocho horas de jornada laboral, apenas pude cerrar el presupuesto de la residencia de mayores que ya tenía medio hecho desde hacía una semana. Y de repente, cuando parecía que ya había asumido el silencio y estaba a punto de cerrar el ordenador de aquella jornada improductiva, sonó el móvil, como un milagro.

Elena 17.57
Hola, Jero, siento muchísimo no haberte dicho
nada antes…
He tenido el móvil totalmente inutilizable…

Estuve a punto de llamarla, pero me contuve; no quería agobiarla.

Jero 17.57
Elena!! Estás bien, amor?
Por qué no me has llamado?
Pensaba que te había pasado algo!

Elena 17.58
Sí… Todo bien. Pero tengo malas noticias,
ha surgido un imprevisto
y tengo que pasar el fin de semana
con mis padres

Jero 17.58

Pero qué ha pasado?

Elena empezó a redactar su respuesta. La pantalla mostraba un «escribiendo» que me resultó eterno y torturador. Las manos me empezaron a sudar y el corazón me iba a cien. Estaba poniéndome cada vez más y más nervioso. Necesitaba saber qué le había pasado y si tenía o no algo que ver conmigo. ¿Estaba lo nuestro intacto o algo se había roto?

Elena 18.05

Mi padre se ha puesto enfermo
y mi madre me ha pedido
que pase con ellos el fin de semana

Un egoísmo irracional me hizo respirar aliviado. Primero me alegré de que su padre estuviera enfermo y segundos después me odié por eso.

Jero 18.05

Pero es grave? Necesitas algo?
Quieres que te llame y me explicas?

Elena 18.06

No, Jero, lo siento muchísimo...
te juro que no es nada contigo.
Han sido unos días muy largos,
hablamos mañana

No escribió nada más. Quise contestarle, hacerle más preguntas. ¡Joder, llevaba dos días sin saber de ella! Pero solo pensé en que estaba bien, en que me acababa de escribir, en que su silencio no tenía nada que ver conmigo y en que se había despedido de mí con un «hasta mañana». Y esas dos palabras sonaban enormes y grandilocuentes, lo bastante inmensas e increíbles como para quedarme tranquilo, hacer desaparecer el cansancio y tener la esperanza de que la siguiente sería una jornada nueva, llena de luz y de explicaciones, y que todo cobraría sentido otra vez. Nos agarramos fuerte al fuego cuando es lo único que nos rodea.

Abandoné mi plan de contactar con sus amigas, preparé una cena elaborada y me volví a quedar callado. «Mañana será otro día», pensé.

TERCERA PARTE

El silencio

29

Jero

Jero 07.45
Buenos días

Jero 07.46
Espero que tu padre se encuentre mejor

Jero 07.46
Si necesitas algo, ya sabes dónde estoy

Pero de nuevo obtuve como respuesta un silencio viscoso que se mordía la lengua. La pantalla de wasap se volvió a llenar de una nada vacía de argumentos. Elena no se conectaba desde poco después de la hora a la que habíamos hablado el día anterior y no me contestó hasta el mediodía.

Elena 12.47
Jero… Necesito un poco de tiempo… vale?

Sentí que el corazón, más que romperse, se me iba encogiendo hasta perder la capacidad de bombear la energía que necesitaba. Un sudor frío me recorrió la espalda, sentí que mi alma daba un viraje brusco y que se detenía hostigada por el golpe y por el susto. Por un segundo dejé de respirar. ¿Tiempo para qué? ¿Qué quería decir con eso? ¿Pero no me había jurado la tarde anterior que su silencio no tenía nada que ver conmigo? Sentía que me volvía minúsculo como el punto final de una sentencia. Las palabras de Elena me recordaron demasiado a las de Pía y sentí que una y otra vez tropezaba con las mismas frases, líneas de términos inertes que, de tantas veces usados, ya no tenían ningún valor. Aun así, me arrastré como un prófugo hacia la puerta entreabierta que significaba la oportunidad de tenerla «en línea» e intenté apurar cada uno de los segundos en los que estaba conectada porque no sabía cuándo volvería a estar tan cerca de mí, justo al otro lado de la pantalla.

Jero 12.47
Te has agobiado? No quieres
que vaya a Madrid?
Puedo esperar, no pasa nada.
Quieres que hagamos una videollamada hoy
y así lo hablamos?

Pero mi pregunta quedó pendiente, como todas las canciones que jamás tuvieron melodía. Elena ni siquiera logró leerla. Los dos *ticks* se quedaron en gris durante horas, como estigmas de mi esclavitud.

Cayó la tarde y me odié por haber instaurado la obligación de tener que darle siempre las buenas noches, porque eso me hizo volver a pensar en ella, en nosotros y en nuestra colección de recuerdos vívidos e intensos en Arugam Bay, Barcelona, Madrid o el Empordà. Sin embargo, esa noche no me atreví a escribirle de nuevo ni tampoco a llamarla. Si bien era técnicamente imposible que lo nuestro se hubiese acabado, la única realidad era que me había dejado en visto, como algunos de mis amigos hacían con sus citas de Tinder. Yo nunca había entendido ese comportamiento, ¿qué cuesta dar una explicación, algo a lo que uno pueda sujetarse? Ella sabía igual que yo que las pantallas, las redes sociales y la tecnología eran lo único que conseguía acercarnos. Lo habíamos logrado durante semanas, estábamos empezando una historia preciosa y nos encontrábamos en nuestro mejor momento. Si habíamos sido capaces de hablar de todo, ¿por qué esa vez no quería compartir conmigo lo que le pasaba? Pensándolo fríamente, no parecía que hubiera una razón para desaparecer así de mi vida, aunque la belleza de los principios quizá reside también en su fragilidad. Por eso quise darle el tiempo que me había pedido y cerrar la pestaña de Renfe en la que los billetes de tren llevaban días esperando confirmación. Madrid se convirtió entonces en la capital de un mundo que ya no me pertenecía. Un lugar incomprensible y oscuro que me había sido vetado; por mucho que lo intentara, era incapaz de comprenderlo.

No volví a saber nada más de ella. Elena jamás contestó a mi última pregunta y me dejó abandonado como un perro a la puerta de un supermercado. Se esfumó sin dejar rastro y yo me sumí en un huracán de despropósitos y desánimo en el que ni dormía ni comía por mucho que lo intentase. La semana acabó, todos los trenes de Barcelona a Madrid arrancaron y yo seguí quieto en un piso que, a pesar de ser mío, me recordaba a ella. Detenido y solo como un zombi que ni siquiera sabe morder.

La alegría y la festividad que transmitía Barcelona, engalanada de fiesta mayor y llena de actos de todo tipo, contrastaba con mi estado de ánimo. La desproporción entre el ambiente y mi disposición me hacía sentir que, incluso, alguien estaba tomándome el pelo. Mis amigos, que llevaban días preocupados por mí, vinieron a verme el viernes por la tarde para tomar unas copas en mi casa y cenar algo en mi terraza.

—Venga, ¡que hoy se sale! —gritó Marc alzando su copa para brindar conmigo.

—Yo creo que paso —dije sombrío.

—Ni de coña, tú serás el primero en salir por esa puerta. —Y señaló hacia la salida—. Así que venga, ya puedes servirte otro cubata... ¡Otro para Jero! —gritó hacia la cocina, donde Pol estaba sirviéndose una copa.

Este le hizo caso y volvió a la terraza con dos copas de balón con un par de gin-tonics.

—Venga, tío, olvídate de ella por una noche —me pidió Pol—. Tarde o temprano tendrás tus respuestas. No se puede quedar así para siempre.

—O sí... A ver, Pol, que yo sé que tú has hecho ghosting alguna vez... ¿Por qué? —le recriminé.

—Pfff... ¡Yo qué sé!

—No, joder, eso, si quieres, se lo dices a las tías. Yo necesito una explicación, porque te juro que no lo entiendo. Tú eres un tío majo, Elena también. ¿Por qué este comportamiento de mierda?

—A ver, no te pases... Lo hace todo el mundo... —se excusó mientras daba un trago.

—Sigue siendo una excusa de mierda.

—Bueno, son inseguridades, al final. Te raya algo de ella, te enfadas por cualquier tontería, no ves que la cosa vaya a ir a más... A veces, simplemente es porque todo va demasiado rápido y tú no te ves capaz de seguir el ritmo o... por aburrimiento. —Se quedó callado unos segundos, como si tuviera miedo de hacerme daño—. Las preguntas se vuelven cada vez más complicadas y no sabes qué contestar. No siempre se tienen respuestas, Jero. Tú siempre lo tienes todo claro, pero no todo el mundo es como tú. Y no tiene por qué pasar nada, ¿no?

—Supongo... Pero nosotros ya nos habíamos hecho y contestado todas las cuestiones complicadas... —repliqué mientras bebía yo también.

—No te líes, el silencio es la respuesta más contundente —sentenció Marc.

—Sigo sin entender nada.

—Venga, que de esto ya has salido otras veces. ¿Te acuerdas de Claudia?

Siempre somos el verdugo de alguien. Normalmente no se hace queriendo. A veces es por narcisismo, otras por dejadez, otras como huida. A Claudia fui yo quien le rompió el corazón y la verdad es que jamás me importó. Empecé a inventarme excusas baratas para no tener que quedar con ella.

Nunca supe muy bien qué me pasó, pero de un día para otro pasé de hacer planes a sentirme estancado. La dejé sin darle muchas explicaciones, usé lo de «no eres tú, soy yo» y, aunque era verdad, porque no hizo nada que pudiera cambiar mi impresión sobre ella, no pude evitar que se lo tomara como una ofensa. Cuando Pol pronunció su nombre, me dolió oírlo y verme reflejado en ese comportamiento infantil y déspota que yo tanto estaba criticando.

—¿Cómo se va a acordar, si la olvidó en dos días? —dijo Marc, y ambos se rieron.

—No es lo mismo —me quejé.

—Claro que no, esa vez la dejaste tú —replicó Pol.

—Cuando algo no me importa, soy capaz de racionalizarlo, entenderlo...

—Vamos, que te la suda.

—Pero, joder, cuando quiero de verdad me quedo como encallado. Ya lo sabéis. Me es imposible pasar página.

—No se puede querer tanto, pero ¿preferirías no sentir? —me dijo Marc poniéndose críptico.

—En absoluto.

Seguimos bebiendo y hablando de otros temas alejados de Elena. Me sentó bien tener a esos dos cerca y poder pensar en otras cosas. Salimos de casa pronto, alrededor de las diez y media, para intentar llegar a los conciertos. Cuando me levanté, el mundo se torció. El cansancio acumulado de la semana hizo que el alcohol subiera rápido, como un tiro directo a la sien.

Toda la ciudad se congregaba en los actos de la Mercè, la fiesta mayor de la ciudad. Nos bajamos en Arco de Triunfo, pero yo me sentía un completo fracasado. Llegamos cuando

Ramón Mirabet cantaba «Those Little Things». El público gritaba a una y saltaba con los brazos alzados, iluminados por una luz amarilla que descubría los rostros y las bocas abiertas. El bullicio me recordó inevitablemente a las fiestas de Gracia y a todo lo que allí comenzó. Nos metimos entre la muchedumbre para encontrarnos con otros amigos con los que habíamos quedado. Marc y Pol trataban de ponerse de acuerdo con ellos y yo recuerdo que solo era capaz de dejarme llevar. Al fin, los encontramos siguiendo la única pista clara que consiguieron darnos: «a la altura de la tercera farola a la derecha del escenario». Nos abrazamos y seguimos ese rito absurdo de beber hasta desaparecer, porque el alcohol no hace olvidar absolutamente nada, al contrario, inventa lo que no sabe, acciona lo que no debe y apaga lo único que queda. La música me mecía y yo seguía su ritmo mientras miraba al cielo con los ojos cerrados. Todo me recordaba a Elena, pero ni sabía nada de ella ni tenía ya nada que me acercara a su vida. Por no tener, no tenía ni siquiera la posibilidad de escuchar su voz. Y pensé que, si seguía así, quizá la acabaría olvidando. Me sentí atrapado, el mareo iba a más y tuve la necesidad imperiosa de respirar. Los chicos seguían a lo suyo y yo no quise arruinarles más la noche con mi drama. Salí hacia uno de los extremos del paseo y encontré un banco que podía aguantarme sin rechistar.

Había bebido demasiado y estaba superado. Coloqué los codos sobre las rodillas y la cabeza entre las manos, y clavé la mirada en el suelo. Desde allí, solo veía deportivas, sandalias, restos de vasos, mierda en el suelo y sombras. De repente, unos pies de mujer se pararon frente a mí. Alcé levemente la cabeza para descubrir qué quería y vi a Pía luciendo la mejor de sus sonrisas, aunque a mí me pareció un ángel caído. Me puse de muy mala leche; de todas las personas que podía haber en ese lugar, quizá era la única con la que no quería encontrarme. Ella no se sintió rechazada con mi mirada y se sentó a mi lado.

—¡No me jodas! —musité.

Me costaba pronunciar cada letra. Veía su figura como la de un fantasma intermitente que aparecía y desaparecía de mi lado según la dirección de los focos del escenario.

—¡Ya veo lo que te alegras de verme! —Y lanzó una risita infantil que a mí ya no me hacía gracia—. Estás muy borracho, *amore*... —dijo mientras empezaba a acariciarme el pelo—. ¿Quieres que te lleve a casa?

Pero yo negué con la cabeza. Intenté hablar, pero no podía pronunciar ninguna palabra más.

—Jo, me alegro de que estés bien; bueno, borracho pero bien. —Y volvió a reír al oír su propia rectificación—. Oye, ¿nos hacemos una selfi para inmortalizar el reencuentro? —dijo sacando el móvil del bolso.

Yo no tenía fuerzas ni para negarme. Levanté un poco la mirada y me vi reflejado en su pantalla. Ella sonreía y yo simplemente alcé las cejas. Tomó unas cuantas fotografías y siguió hablando.

—¡Anda! ¡Hemos salido muy guapos! Venga, que la cuelgo en *stories*... —dijo un poco para sí misma mientras toqueteaba el móvil—. Pues yo llegué a finales de julio de Bonn, me quedé unas semanas más por allí para hacer turismo —dijo de nuevo hacia mí—. Y nada, ya estoy otra vez superinstalada en Barna.

Quería decirle que me dejara en paz y que se pirara, pero

me quedé callado, balanceando ligeramente la cabeza y haciendo grandes esfuerzos para abrir los ojos y mirar hacia el lugar de donde salía su voz.

—Mira, sé que no te he llamado... Pero es que no quería molestarte, después de como acabó lo nuestro... Al volver aquí, no sé, siento que falta algo importante en mi vida y creo que eres tú. Te echo de menos, Jero... Y no sé, me gustaría hablar de esto contigo... Si quieres, claro...

—No es un buen momento... —logré decir al fin.

—Ya... Pero, jo, me alegro tanto de verte... Era casi imposible que nos encontráramos hoy, ¿no? Con la cantidad de gente que hay... ¡Fijo que ha sido cosa del destino! —Y yo pensé que el destino me tenía hasta los cojones—. Estás muy moreno... ¡Muy guapo! Te noto diferente...

Yo seguía mirando al frente, y Pía se giró del todo hacia mí y se acercó un poco más.

—Quiero serte sincera... He conocido muchísima gente durante este último año.

—Seis meses... —puntualicé.

—Bueno, ya, estos últimos seis meses... ¡No me distraigas, que iba a decir algo muy bonito! Pues eso, que de toda la gente que he conocido en el Erasmus, nadie es como tú.

Me incorporé y me giré hacia ella para creerme lo que me estaba queriendo decir.

—Quizá estaría bien que nos diéramos otra oportunidad...

Me pareció tan bizarra esa situación que me quedé mirándola, sin poder reaccionar ante lo que me estaba contando. Quise decirle que era demasiado tarde, que ya nunca pensaba en ella y que estaba enamorado de otra persona, aunque me quedé callado, pues luego pensé en la distancia que me había impuesto Elena y sentí que no tenía muchos argumentos. Mientras tanto, Pía se había acercado un poco más, tanto que resultaba incluso violento. Empezó a besarme y yo, que no sabía ni dónde estaba ni qué estaba ocurriendo, seguí su beso durante unos segundos hasta que reaccioné y la aparté de repente.

—Pía, no, lo siento.

Se quedó sentada en el banco, mirándome sin decir palabra, y yo me levanté, le dije adiós levantando la mano y me largué. Ya había tenido suficiente.

Decidí volver a casa caminando para que se me pasara la borrachera. Crucé Barcelona, cabizbajo, pero el suelo de todas las calles tenía acuñada la firma de Elena. Las aceras estaban cubiertas por una cadena infinita de flores de cuatro pétalos. Petrificadas, silenciadas y pisadas. La ciudad entera me recordaba a ella y creí que no podía escapar. El beso con Pía todavía latía en mi boca como la cola muerta de una lagartija. Estaba roto por la culpabilidad y me di cuenta de que lo que sentía por Elena era mucho más intenso e insaciable de lo que había creído. La amaba de verdad. Abrí el móvil, guiñé un ojo para poder leer la pantalla con claridad y buscar su nombre en la lista de contactos. La llamé. El teléfono daba señal y la posible inminencia de su voz me puso tan nervioso que me quitó la borrachera de golpe. Qué extrañas se pueden volver las relaciones; lo que hacía unos días era eterno, entonces me daba miedo. Lo habíamos compartido todo y, sin embargo, aquella madrugada Elena parecía un ser superior para el que yo solo era un simple becario que aspiraba a ocupar una parte de su vida. Esa llamada fue un tan cerca y tan lejos que ni tan siquiera me pareció real. El sonido del timbre me acompañó a lo largo de toda una manzana, pero Elena no me contestó. Suspiré y rompí a llorar en silencio. Eran las cuatro de la mañana, ¿cómo me iba a contestar?

Me senté en un banco a mirar como un idiota la pantalla del móvil, como si esperara la devolución de su llamada o que, de repente, se hiciera de día. Aproveché mi delirio y lo que quedaba de mi ebriedad para envalentonarme y escribirle un mensaje que pudiera trascender a todos los siglos de la humanidad.

Jero 04.05

Perdona que insista, pero no me puedo permitir olvidarte. Desde que no me hablas me siento un vagabundo que espera que alguien se acuerde de él. No quiero riquezas, no quiero ni siquiera prometerte que vayamos a ser felices. Solo quiero una explicación que ordene todo este caos en el que vivo desde que no estás. Quiero seguir a tu lado bajo cualquier circunstancia. Quiero ser capaz de cuidar de ti y de todas las personas que formen parte de tu vida. Quiero que me ilumines con tu luz, porque desde que te conozco he descubierto colores nuevos. Quiero que te despiertes siempre a mi lado, un poco más tarde que yo, para poder seguir preparándote los desayunos. Quiero darte las buenas noches porque eres el único motivo

por el que merece la pena madrugar al día
siguiente. Quiero llenarme de viajes, trenes y
mensajes que nos permitan vencer al tiempo
y la distancia. Quiero mudarme a Madrid si
hiciera falta. Quiero que descubras tu pasión y
ayudarte a alcanzar cada uno de tus sueños.
Quiero quedarme sin respiración cada vez que
me llamas. Quiero hacerte el amor de todas las
maneras posibles, también en nuestras
conversaciones, en paseos en motocicleta y
en todas las capitales europeas. Quiero que
me devuelvas a tu lado, porque he descubierto
que es el lugar más increíble del mundo.
Espero que podamos arreglar lo sucedido, si
es que ha pasado algo, y que me dejes
arroparte en la enfermedad de tu padre,
porque quiero sentirme útil contigo y quiero
devolverte la sonrisa) .) :)

Llegué a casa, me bebí casi medio litro de agua y releí el mensaje. Jamás había escrito algo tan bonito a nadie. Había pasado menos de una hora y ella no lo había leído. Todavía podía borrarlo. A pesar de que estaba convencido de todo lo que había plasmado en él, me pareció un exabrupto que podía asustarla todavía más, así que lo copié en las notas de mi teléfono para recordar lo que le había escrito y lo borré. Decidí escribirle algo más escueto, pero igual de importante.

Jero 04.50
Esta noche lo he visto claro: te quiero

30

Estaba satisfecho con mi declaración porque sabía que, en cierto modo, nos ayudaría a avanzar en nuestra historia. A veces tenemos que arriesgar nuestro propio ego y alzar las manos en señal de auxilio. Eso era todo lo que tenía que decirle a Elena y había decidido confesárselo esa noche para que ella pudiera hacer con ello lo que quisiera. Le regalé mi «te quiero» porque no podía regalarle el universo. El cansancio y el alcohol me retuvieron en el sofá y pronto me quedé dormido, en calzoncillos y con la camiseta con la que había salido.

La luz empezó a alumbrar el comedor y, cuando por fin entreabrí los ojos, observé el espectáculo de copas con restos de cubitos, cajas de pizza, boles que habían hecho la función de cubiteras y mis pantalones tirados en el suelo como si fueran la consecuencia de un huracán. De nuevo, desperté sin tener claro qué había sucedido exactamente la última noche y empecé a repasar la conversación en la terraza, las ganas de vomitar, el beso de Pía, mis lágrimas etílicas y el mensaje a Elena. En cuanto recordé eso último, me lancé rápidamente al móvil para confirmar qué le había acabado diciendo y, sobre todo, si ella me había contestado.

Tenía una única notificación asomando en la pantalla del móvil, un mensaje solitario que auguraba el peor de los finales. Era un mensaje de Elena y, a pesar de que ya no emitía ningún pitido, sonaba como un grito de emoción en medio de un concierto en acústico. Marc se equivocaba, son las palabras las capaces de dar las respuestas más terribles. Y sí, Elena me escribió, pero lo hizo para alejarse definitivamente de mí.

Elena 8.32

Hola, Jero, creo que esto se nos ha ido

de las manos

No me veo teniendo una relación a distancia

Tú tenías razón. Esto es imposible

No quiero hacerte más daño ni darte

esperanzas donde no las hay

Por favor, sigue tu camino sin mí, estoy segura

de que serás más feliz

Cuídate mucho. Lo siento…

Jero 11.02

Pero por qué? Qué ha pasado?

Jero 11.03

Por favor, dime algo…

Elena escribía y borraba sistemáticamente, y yo no podía apartar los ojos de la pantalla esperando sus explicaciones.

Me la imaginaba, nerviosa, buscando las frases que hicieran menos daño, eligiendo sinónimos e inventando oxímoron. Sin embargo, aun dulcificadas, estaba seguro de que las explicaciones iban a ser empujones definitivos que tendría que aprender a encajar. Pero nada de eso sucedió; tras más de cinco minutos rehaciendo su mensaje, dejó de escribir y nunca más tuvo el valor de volverme a contestar.

No podía ser. Al principio me imaginé que le había surgido algún imprevisto, que insistiría en ese mensaje que se le estaba haciendo tan complicado de redactar, pero tras dos horas releyendo conversaciones pasadas llenas de proyectos, planes y carcajadas me di por vencido. Estaba claro, no iba a justificarse. No tenía ni siquiera la intención de salvarse.

La ausencia de una lógica razonable que explicara su cambio de actitud me sumió en la desesperación. Pasé de la pena a la rabia, de la rabia al odio, del odio a la preocupación y de esta, de nuevo, al amor. Su último mensaje desmontaba la teoría de su padre enfermo y, sobre todo, aniquilaba su discurso de sus supuestas diferencias con Pía. Me pareció una excusa barata, cobarde e incluso infantil. Me sentí falible y derrotado, y descubrí que, si el silencio es aniquilante, las palabras carentes de sentido todavía resultan más inquietantes. Pero ¿y si le había sucedido algo? ¿Dónde estaba Elena? ¿Qué había pasado con ella? ¿Habría conocido a alguien? Los mensajes escuetos y desconsiderados parecían haber sido escritos por otra persona. ¿Qué podría haber cambiado tanto para que, de un día para el otro, yo le resultase tan ajeno? Tenía palabras, tenía respuestas, pero seguía sin entender nada. No hay nada tan lejano como dos personas que no quieren encontrarse a pesar de estar una al lado de la otra. La luna se convirtió, de repente, en nuestro único punto en común.

Se me ocurrió ojear su Instagram para ver si algo había cambiado, algún rastro que me diera alguna pista de lo que realmente estaba sucediendo, pero lo que obtuve fue todavía peor. Ya no tenía acceso a él. Ni a sus fotos, ni a sus contactos, ni a su mundo. «Esta cuenta es privada». Volví a wasap y vi que ya no podía ver su foto ni la hora de su última conexión. Me había bloqueado. Todo se volvió oscuro, como el principio de un túnel muy largo. Me di cuenta de que me había prohibido tener alguna oportunidad, de que había decidido cortar por lo sano y alejarse del único medio en el que podíamos coincidir. Me sentí como un preso al que le quitan su único rayo de luz. Un escalofrío empezó a recorrerme la espalda, desde el cuello a las lumbares, como una víbora cayendo en picado; no podía creer su deslealtad. Tenía ganas de gritar y de romper todo el mobiliario, pero solo conseguí volver a llorar y pasarme toda la tarde cohabitando junto al silencio hueco de mi apartamento. Estaba hasta el cuello de veneno.

Aunque nosotros estábamos detenidos, el tiempo seguía embistiendo. Fuera, una colección de días espléndidos parecía burlarse de mí. Me estaba volviendo loco. Elena se convirtió en mi monotema. Repasaba conversaciones, gestos, miradas, dudas, hincapiés, soliloquios y risas, pero seguía sin vislumbrar nada grave ni tampoco era capaz de encontrar el momento exacto en el que algo se había roto para siempre. Todo me resultaba doloroso, incluso respirar. Elena había querido pasar página aun sabiendo que yo no iba a entender absolutamente nada de su decisión. Sin embargo, su comportamiento era tan inusual que detrás de la congoja, el desaliento y la rabia se escondía una preocupación creciente por ella. Sentía que había algo entre líneas que me estaba perdiendo. Y lo peor fue que era consciente de que no había forma de saber de ella. No conocía a sus amigos ni tenía ninguna clase de conexión con nadie de su entorno. Nadie excepto Amelia y Kate. ¿Habría hecho lo mismo con ellas? Escribí a Kate de inmediato, ya que era con la que había entablado mayor amistad y confianza.

Jero 19.50

Hi Kate! Cómo estás? Ya en Portland?

Kate 20.15

Joder, sí. Llevo tres semanas aquí y ya he
tenido tiempo suficiente
de volver a odiar el frío

Jero 20.16

No será tan duro!

Kate 20.16

Ya lo verás cuando vengas!

Kate 20.16

Cómo estás? Qué tal con Elena?

Jero 20.17

Pf...

Kate 20.17

Oh, no…

Jero 20.18

Me ha hecho ghosting, tía! No sé qué ha
pasado, me estoy volviendo loco

Kate 20.19

WTF!???

Jero 20.19

Tenía un viaje a Madrid planificado para el fin
de semana pasado, pero de repente me dijo
que quiere dejarlo. Te juro, Kate,
que no hay motivo para eso.
Creo que se está dejando algo…,
pero me ha bloqueado de todas
partes y no tengo a nadie a quien pueda
preguntarle que no
sea yo mismo… He pensado en ti…
Sabes algo de ella?

Kate 20.20

Joder, Jero, lo siento mucho… No sé nada de
Elena desde hace unas semanas, cuando
todavía estábamos de viaje… Lo último que
hablé con Amelia es que estaba muy
ilusionada con lo vuestro… Que habíais ido a
una boda o no sé qué…

Jero 20.20

Sí, es la última vez que nos vimos... Estoy roto

Kate 20.21

Qué extraño...

Kate 20.21

Déjame que le pregunte a Amelia,

a ver si ha hablado con ella

Te digo algo!

Le agradecí infinitamente todo el esfuerzo y ella me contestó con un corazón. Me sentía un idiota. ¿Por qué me había vuelto a enamorar perdidamente? Mira que se lo advertí la noche en Barcelona, fui muy claro entonces y ella me prometió que todo saldría bien. Joder. Qué gilipollas. ¿Por qué me metí en esa historia? ¿Por qué no hice caso a Marc? ¿Por qué no me hice caso a mí mismo? ¿Fui yo o me dejé liar? No, fui yo. Fui yo quien la besó en Sri Lanka. Fui yo quien se la llevó de las fiestas de Gracia y quien la invitó a cenar en mi casa. Fui yo quien la visitó en Madrid con un casco bajo el brazo. Fui yo quien la presentó a mi familia. Fui yo quien la perdió sin saber por qué. Es agotador cuando el mayor culpable es uno mismo.

Al día siguiente, Kate volvió con noticias. Me dio un vuelco el corazón cuando vi que era ella quien me escribía; sentí que era lo más cercano a Elena que podía estar, aunque el mensaje llegase desde el otro lado del hemisferio.

Kate 22.50

Jero! Lo prometido es deuda…

Amelia tampoco sabía nada de ella,

así que le escribí yo

Me ha dicho que está bien, pero que necesita

tiempo para reflexionar,

que sabe que te va a perder, pero que no

puede hacer nada y que lo siente

Kate 22.51

No sé si te servirá, pero, a pesar de que ella

me insistió en que no podía ser,

noté que había mucho amor en sus palabras

Kate 22.51

Lo siento mucho, Jero

Jero 22.51

Gracias, Kate, no sabes cuánto te agradezco

todo esto…

Soy tan idiota que hasta me alegran tus

palabras

Kate 22.52

Por?

Jero 22.52

Porque vuelvo a ver a Elena en ellas

Kate 22.53

Qué mono, espero que lo arregléis…

Jero 22.53

Y yo. Gracias, Kate, de verdad

Kate 22.54

De nada, cuídate mucho

Era tal el amor que sentía hacia ella que volver a escuchar el tono y las palabras de Elena me devolvió el ánimo y, en cierto modo, me calmó. Analicé una a una las palabras que había escogido Kate e imaginé que eran las que Elena había utilizado. La tregua y el sosiego fueron cortos y, sin duda, insuficientes, pues seguía sin entender por qué «no podía hacer nada». ¡Claro que podía hacer algo! Podría darme una explicación, al menos. ¿Y ese «amor» que Kate explicaba que transmitían sus palabras? ¿Es que todavía había algo de esperanza?

No hay nada peor que no entender qué está pasando, pero me di por vencido porque no tenía otra opción. Elena había sido lo bastante clara para que yo pasara página y me olvidara de los amaneceres, los elefantes, las dichosas flores y del AVE entre Barcelona y Madrid. Decidí centrarme en el trabajo y olvidarme de aquella chica que había aparecido y desaparecido para girarme el corazón y dejármelo torcido y desarreglado para siempre.

31

Pasaron casi tres meses y todavía quedaba todo un invierno por delante. Elena había desaparecido de mi vida, pero no su rastro, que seguía vibrando en los objetos y lugares que compartimos y que ya formaban parte de ese cajón caótico lleno de recuerdos incurables que se encienden al accionar las teclas de la mente. Los días fueron relativamente fáciles, pues ganamos el proyecto de la residencia de ancianos y este copaba mis horas. La entrega total al despacho de arquitectura contentó a mi padre, pero me alejó de las salidas nocturnas y del ocio con mis amigos. Me refugié en los pocos a los que invitaba a casa. Era con ellos con quienes me apetecía estar, porque podía hablar de todo hasta las tantas y sabía que incluso me permitían excederme en conversaciones sobre, para y contra Elena, aunque fuera la enésima vez. Sabía que ninguno de ellos entendía mi situación y por qué se me estaba haciendo tan duro olvidarme de una persona que, a fin de cuentas, había visto cuatro veces en mi vida, así que, siendo sincero, por muchos consejos que inventaran, nunca conseguía escucharlos.

Si las horas que pasaba despierto eran franqueables, las noches largas de finales de ese año resultaron pequeñas eternidades indestructibles. Cada tarde me preguntaba si sería capaz de llegar a la luz de la mañana sin pensar en ella, pero era imposible, pues Elena siempre se empeñaba en aparecer turbia y desdibujada en alguno de mis sueños y yo, que me había vuelto un adicto al drama, conseguía recordar cada uno de los detalles. Tanto soñé que un día me asusté al pensar que, al tener tan pocos momentos compartidos, quizá estaba empezando a confundir lo vivido con lo que yo mismo había inventado. La carne se desgasta, pero lo onírico, lo que magnificamos en el plano del subconsciente, sigue intacto por muchos años que le pongas encima. Quizá por eso sobrevive el primer amor, porque siempre será el primero. Elena existía como los fantasmas habitan durante años en las latitudes incomprensibles de las casas antiguas, pero cada vez me volvía más agnóstico y me costaba más creérmelo.

En una de esas noches de despertares nocturnos seguidos de insomnio se me ocurrió escribir a Pía. Estaba seguro de que ya no sentía nada por ella y no tenía intención de volver a meterme en su vida para reabrir nuestra historia, pero quería pedirle perdón por haber reaccionado de esa manera durante los conciertos de septiembre. Además, sentí que las conversaciones con mis amigos habían dejado de ser de ayuda y que necesitaba hablar con una chica, alguien que me ofreciera otro punto de vista. Pía me conocía de sobra, así que esperaba limar asperezas con ella, explicarle la situación e intentar que me ofreciera un poco de luz para seguir con mi camino.

Quedamos una tarde de mediados de diciembre en un café del centro. Llegué antes, la puntualidad es una de mis mayores virtudes; ella lo hizo unos cinco minutos después de la hora convenida. Apareció esplendorosa, ligeramente más rubia que como la recordaba y con un abrigo de color beis que le daba un aire sofisticado. Estaba guapa, pero no me impresionó.

—Me alegro de verte —dijo mientras se acercaba a darme dos besos.

Nos sentamos a una mesa al fondo del local, cuya pared parpadeaba con una guirnalda de luces de colores que acompañaba la decoración navideña. Ella se quitó el abrigo y se acomodó. Yo me quedé mirándola; me resultaba alguien conocido pero lejano, como si nunca hubiera cruzado su ropa, como si nunca nos hubiéramos besado. Antes de que pudiéramos hablar, se acercó el camarero a preguntar qué queríamos tomar. Yo pedí un café y ella un té negro con leche vegetal sin azúcar. Recordé que era su bebida favorita y me di cuenta de que ya lo había olvidado.

—¡Te veo bien! —Me quedé unos segundos en silencio y me di cuenta de que no sabía cómo empezar. Pero, antes de que pudiera hacerlo, ella se me adelantó.

—Antes de que digas nada..., ¿me dejas que te pida perdón? —Me quedé contrariado; eso no me lo esperaba, pero la dejé hablar—. Siento lo que ocurrió en los conciertos de la Mercè... —Hizo una breve pausa, se tocó la frente y miró hacia el suelo. Estaba nerviosa. Siempre le había costado pedir perdón y reconocí el esfuerzo que le estaba suponiendo aquello, pero a la vez saboreé el momento porque sabía que dudosamente se volvería a repetir—. No tenía derecho a besarte. No tenía ni idea de en qué punto de tu vida estabas. ¡Qué espectáculo! En serio, te pido perdón... ¡Qué horror!

Le sonreí al verla tan sofocada y sentí que ya la había perdonado.

—No te escribí después porque me dio vergüenza —continuó— y la verdad es que me puse muy contenta cuando recibí tu mensaje. Tenía ganas de hablar contigo. Cuando lo dejamos...

¿En serio íbamos a hablar de eso?

—Me dejaste —contradije.

—Bueno, sí, te dejé... Pues eso, que entonces pensaba que iba a comerme el mundo. Entiéndelo, era todo nuevo. En ese momento me molestabas. Creía que estar contigo era como caminar hacia atrás, ¿sabes?

—¡Pues vaya!

—Espera, que sigo... Pero cuando volví a Barcelona empecé a echarte de menos. Imagino que es normal, todo me recordaba a ti.

—Pía... —Quise interrumpirla antes de que dijera nada sobre nosotros.

—Déjame acabar, por favor. —Y continuó—: Entonces es cuando te vi en la Mercè y me emocioné pensando que estábamos destinados. Qué tonta, ¿no? Y, claro, se me fue la olla, te besé, me rechazaste... Bueno, esta parte ya te la sabes. —Hizo una breve pausa para sonreír con timidez. Yo la escuchaba tratando permanecer inexpresivo, estaba a la expectativa y no sabía muy bien por dónde me iba a salir—. Y lo fuerte es que no me dolió, ¡no me dolió que me rechazaras! Sentí todo lo contrario, me di cuenta de que no te necesitaba.

No supe si eso era bueno o malo. La verdad es que, si hubiese seguido enamorado de ella, me habría destrozado. Pero, en cambio, su discurso fue como escuchar las peripecias amorosas de una amiga lejana.

—Uf. Pues me dejas mucho más tranquilo, no sabía cómo rechazarte de nuevo —bromeé.

—¿Amigos? —soltó dibujando una sonrisa amable.

—Imagino que sí. —Le devolví la sonrisa y noté que ella respiraba aliviada—. Bueno, y aparte de esto, ¿qué tal estás? —le pregunté.

—Pues he empezado unas prácticas en un departamento de comunicación y la verdad es que me está gustando. Son remuneradas y hay bastantes posibilidades de quedarme luego. ¡Así que, sí, contenta! Además, bueno…, hace un par de meses que estoy conociendo a alguien. Se llama Álex.

—Cuántas buenas noticias, ¿no? No si, al final, ¡tendrás razón y te habré hecho un favor! —bromeé de nuevo—. Me alegro, la verdad. Yo también pensaba que había empezado algo con alguien… En realidad, por eso quería quedar hoy contigo. Al final, eres una persona importante para mí y creo que necesito tu ayuda.

—Claro, dime.

Le conté mi historia con Elena, desde nuestro inicio en Sri Lanka hasta su último mensaje. Ella me escuchó con atención, asintiendo y haciendo las preguntas pertinentes. Me recordó a la Pía que conocía, esa chica atenta, simpática y comprensiva a la que tanto había querido. Me alegré de reencontrarme con su versión más madura y elocuente.

—Me gustaría saber qué piensas —le dije al terminar con mi historia—. Necesito un punto de vista femenino. Además, confío mucho más en tu opinión que en la de mis amigos. Ellos dicen que me ha hecho ghosting y punto, pero a mí me da que hay algo más. No sé qué hacer —concluí.

—A ver... La verdad es que es muy raro. Si todo iba tan bien, tiene que haber pasado algo. Yo tampoco creo que te haya dejado «porque sí». Mira, lo único que sé —dijo removiendo la cucharilla de su taza de té ya vacía— es que nunca te había visto así, ni siquiera cuando yo te dejé tras más de dos años saliendo juntos, ¿o no? —añadió increpándome.

Yo asentí y ella continuó.

—Si su amiga te dijo que conservaba amor en sus palabras, no te puedes dar por vencido todavía, tienes que luchar un poco más. Encuéntrala y pregúntaselo. Que te dé esas mismas explicaciones ella misma.

—Pero ¿cómo? Me tiene bloqueado.

Pía se quedó pensativa, haciendo muecas con los labios y mirando hacia la mesa, hasta que alzó la mirada y exclamó:

—¡Llámala al trabajo! Allí no podrá rechazarte. —Soltó una risa nerviosa, como de quien ha tenido una idea brillante—. Al menos la escucharás y sabrás de qué palo va. ¿Dónde trabaja?

—En una cafetería; quizá sí que sería fácil tirar por ahí. Pero ¿no crees que es un poco invasivo?

—¡Qué va! ¡Cero! Deben de estar acostumbradísimos a coger llamadas de vendedores y clientes. Solo serás uno más.

—El problema es que no sé el nombre de la cafetería.

—¿Y has dicho que es de Madrid? Pues vas apañado si tienes que llamar una a una...

—Bueno la cafetería está en Tres Cantos.

—Aun así, tienes faena…

—¡Pero solo abre de lunes a viernes! —exclamé en forma de victoria.

—¡Entonces no habrá muchas! ¡Empieza por ahí! —Y añadió—: Creo que no puedes quedarte así, te mereces una explicación, eres buen tío.

32

Me volví investigador aficionado, detective sin sueldo y trazador de imposibles. Al día siguiente de haber quedado con Pía, invertí toda la jornada laboral en idear un plan para dar con Elena y poder hablar con ella aunque fuera por teléfono. Empecé por lo fácil, escribí su nombre y apellido en Google, pero me aparecieron muchas Elenas Torralbo, demasiadas. Busqué por imágenes y, tras navegar por un par de páginas de resultados, llegué a una imagen de ella muy seria que me condujo hasta LinkedIn. El perfil era escueto, sin referencias a sus años como camarera. Solo se limitaba a enunciar su carrera en la Complutense y unas prácticas en una galería de arte durante sus estudios, que jamás me había mencionado. Busqué también en Twitter, pero no encontré ninguna coincidencia, y en Facebook, donde me aparecieron unos veinte resultados. En una de las imágenes circulares, Elena aparecía sonriente, con unos cuantos años menos, agarrando a Ainhoa por el hombro. Hice clic sobre la imagen, pero no había ni más información ni muchas más fotografías aparte de la de un cuadro impresionista en la portada. Sentí una añoranza extrema cuando la vi sonreír de nuevo ante mí; detenida, sí, pero real.

Como había vaticinado mi ex, me tocaría continuar la búsqueda sobre el mapa hasta recorrer, una a una, todas las cafeterías de Tres Cantos con horario de oficina. Sabía que trabajaba cerca de un polígono industrial, así que cerqué el área de búsqueda con Google Maps. La zona estaba al norte de la población. Elena tenía razón: la distancia entre su trabajo y su piso era enorme. La verdad es que trabajaba en un lugar recóndito y me compadecí de ella. Filtré por horarios y el abanico de opciones quedó reducido a dos. Anoté ambos teléfonos en un papel y tomé aire. Sabía que, si preguntaba por ella como Jero, me volvería a dar largas y eso sería el final de la aventura. Si llegaba a ese punto, significaría que ya habría consumido las últimas balas que me quedaban e insistir más ya podría considerarse acoso. Así que parte de mi plan pasó por inventarme la identidad de un proveedor de café que tenía que hablar con ella sí o sí. Me iba a llamar Jesús, pero, aparte del nombre, no tenía muy claro qué más le podía decir para resultarle creíble a quienquiera que cogiera el teléfono. Estaba tan ansioso que marqué el primero de los números que tenía anotados sin pensar mucho más. El sonido de la llamada me produjo un nudo en la garganta. Tragué saliva.

—Cafetería La Tacita, ¿dígame? —Era una voz de mujer joven, pero no la de Elena.

—Hola, mira, soy Jesús, ¿podría hablar con Elena?

—¿Qué Elena? —me contestó la voz de mala gana, como si le estuviera gastando una broma.

—Elena, una chica de veintiséis años, de pelo castaño claro y melena larga. Trabaja allí —corregí—, trabajaba... este verano.

—¿Quién eres? —Un punto de esperanza me invadió.

—Soy Jesús, un proveedor de café que...

—Mira, Jesús, te has equivocado, aquí nunca ha trabajado ninguna Elena, al menos en los tres años que llevo yo en esta mierda de sitio.

Y me colgó. No pude evitar sonreír ante la actitud de la chica. ¡Qué carácter! Debería contratarla para atender las llamadas de vendedores de telefonía o de empresas energéticas. En fin, me quedaba otra opción. Si esta segunda tampoco funcionaba, no tendría más remedio que buscar por restaurantes y filtrar de nuevo por horarios. Pero Elena siempre se refería a su trabajo como una cafetería, así que tocaba ser estrictos. Marqué la nueva combinación de números. Y otra vez la sensación tediosa de que la tráquea se me encogía.

—Hola, buenos días, Cafetería La Crujiente.

—Hola, ¿podría hablar con Elena?

—¿Elena? Aquí no trabaja ninguna Elena... —No podía ser. ¿No había acertado? Me negué a quedarme con esa respuesta e insistí.

—Sí, una chica de veintiséis años, de pelo castaño claro y melena larga...

—Espera que pregunte, es que soy nueva. —Y empezó a chillar hacia el interior del local—. Jose, ¿¡alguna camarera que se llame Elena!? —Y oí una voz de hombre contestarle desde un lugar que a mí me pareció lejano.

—Sí, ¡la Torralbo! —Había acertado, se refería a ella—. Dile que ya no trabaja aquí.

—Perdona, es que ya no trabaja aquí... —Aproveché la buena voluntad de la chica para averiguar un poco más.

—¿Sabes cuándo lo dejó? Soy un proveedor, quedé con ella en que la llamaría en unos meses... —Y la chica repitió su cantinela.

—¡Jose, me preguntan que cuándo dejó de trabajar aquí!

—¿Quién es? —preguntó en seco la voz.

—Un proveedor.

—Dile que desde principios de otoño.

Colgué al escuchar eso último. Había encontrado la cafetería, pero para nada esperaba no encontrarla a ella. Elena no había vuelto a ese trabajo que tanto le costaba dejar desde las mismas fechas en las que había cortado la comunicación conmigo. Esa coincidencia abría una nueva dimensión que me convenció para seguir tirando del hilo. Si se había decidido a cumplir sus sueños, ¿por qué no me lo había dicho? ¿Era yo un impedimento?

Tras volver a repasar lo poco que había hallado de ella en internet, me di por vencido; no había nada más que pudiera hacer con un nombre y un apellido. Nada de lo que había encontrado me servía para hablar con ella. Y no quería volver a enviarle mensajes por otras redes sociales porque estaba claro que no me respondería. Pensé entonces en Paul, mi colega australiano con el que compartí casi los dos meses en Sri Lanka. Pensé en la historia de su hermana y en cómo hablar y verla en directo fue clave para entenderla y poder zanjar el tema. Quizá yo también necesitaba eso. Quizá tenía que ir a Madrid.

Tras las fiestas de Navidad, quedé para tomar algo con Marc. Él es mi mejor amigo y la persona que más me conoce en el mundo, y la verdad es que necesitaba su aprobación antes de comprar los billetes. Nos conocimos en el jardín de infancia y, desde entonces, siempre había estado a mi lado. Además de compartir colegio, habíamos jugado en el mismo equipo de fútbol durante décadas, habíamos pasado tardes entre partidas infinitas a la Play y nos habíamos pegado las mejores fiestas. Si bien eso lo podía decir de muchos de mis amigos, con Marc la relación era distinta, pues con él también había compartido conversaciones íntimas, esas que solo se producen entre personas especiales que además de escucharte también están siempre atentas por si algún cambio en tu actitud o gesto pudiese traslucir la necesidad de un buen abrazo. Siempre tenía las palabras precisas preparadas. Y eso, aquel día, recuerdo que me ponía nervioso. Sabía que todo lo que él dijera iba a ser lo correcto. Y, la verdad, temía que me quitara la idea de la cabeza y se pusiera serio para obligarme a que me olvidara ya del tema. Me daba miedo que me viera como un pesado o, peor aún, que me tratara como un lunático.

—Quiero hacer algo, pero, como no quiero parecer un loco, antes de tomar la decisión necesito que me des tu visto bueno.

—¿Qué pasa? ¡Me estás asustando! —dijo bromeando.

—Quiero ir a Madrid.

—¿Cómo? ¿A qué? ¿Has quedado con Elena?

—No, todo sigue igual. —Me miró poniendo cara de desesperación—. Pero he entendido que me merezco una explicación. Ya son muchos meses con esto.

—Cuatro, para ser exactos —dijo echando un trago a su cerveza.

—¿Qué te parece la idea? No quiero hacer algo de pirado y me fío de tu criterio.

—Para opinar, primero necesito contexto. ¿Por qué?

Le conté mi intención de hablar con ella y el resultado de mis pesquisas, cómo había dado con la cafetería donde trabajaba, y las pocas respuestas que había encontrado de ella en internet.

—Pero, a ver, ¿cómo te dio por ponerte en plan Sherlock Holmes, Jero?

—Me lo dijo Pía.

—¿Qué? ¿Cuándo has quedado con Pía? ¿Le has explicado lo de Elena? Joder, tío, me estás dejando cada vez más impactado. ¡Me da miedo hasta dónde va a llegar esta conversación!

—Anda, exagerado. ¡No es para tanto! Solo quería tener una visión femenina del tema. Además, ella está con alguien, ahora somos amigos.

—Amigos...

—Sí, amigos, te lo juro. Me dijo que nunca me había visto así y que tenía que luchar por Elena.

—Menudo consejo te ha dado la princesa. —Marc siempre había creído que Pía era una caprichosa que hacía y deshacía a su antojo buscando el interés personal—. Solo te faltaba esto para que te volvieras a comer la cabeza. Creía que estabas mejor, pero ya veo que no... En serio, flipo con que primero te deje, luego te coma la boca, acto seguido empiece a salir con alguien y ahora te diga que intentes recuperar a una tía que ni conoce y que, para ser sinceros, tú tampoco. —Me dolieron sus palabras, pero tenía razón—. O bien está muy enamorada del nuevo o te ha visto muy mal, tío.

—Bueno quizá sí que suena un poco raro. Pero ¿qué hay más raro que desaparecer de repente? Me dirás ahora que el comportamiento de Pía es anormal cuando la tía con la que estaba viviendo una historia de puta madre y que tenía que ver al cabo de dos días me bloquea en todos los canales de comunicación posibles sin apenas una explicación coherente y desaparece.

—Jero, no eres la primera persona a la que le han hecho ghosting. Asúmelo y ya está.

—Elena abandonó su trabajo poco después de dejar de hablarme a mí. ¿No crees que es sospechoso?

—No sé, me has dicho que llevaba tiempo queriendo dejarlo, ¿no?

—Quería dejarlo, pero nunca se atrevía a hacerlo. Eso me dice que hay algo más, estoy seguro. Joder, ¡no soy tan capullo para que me dejen así!

—Eso lo tendrá que decir ella —dijo riendo.

—Gilipollas…

—Venga, no te enfades.

—Y hay algo más, algo a lo que últimamente no paro de darle vueltas. —Hice una pausa, para intentar rescatar las palabras exactas de Elena—. Cuando fui a Madrid y me dijo todo aquello de la velocidad, sus miedos y todo eso que me rayó, ¿te acuerdas? —Marc asintió—. Me dijo que, si en algún momento volvía a perderse como en Sri Lanka, fuera a buscarla. —Y antes de que dijera nada continué—: Y yo se lo prometí.

—¿Y no crees que eso te lo dijo por decir?

—No sé, pero yo se lo prometí. Tengo que ir a buscarla.

—Eres adicto a las promesas, tío.

—Ya...

—Mira, ¿sabes qué te digo? Que, por una vez en la vida, le voy a dar la razón a Pía. Porque es verdad, yo tampoco te he visto nunca así por nadie. No sé qué tiene esa chica, pero te está llevando al límite. Y aunque todo esto me parece un poco excesivo, la verdad es que hacía tiempo que no estabas tan motivado. No obstante, esta es tu parte de la historia, la suya no la sabes. Lo único que tenemos claro es que te ha pedido que desaparezcas de su vida. Tienes el comentario de Kate, que suavizaba un poco más su discurso, y el hecho de que haya dejado el trabajo a la vez que a ti. Eso sí que sugiere que haya una explicación que trascienda vuestra relación, pero es solo una hipótesis. Lo único real es que no te quiere ver ni en pintura. —Hizo una breve pausa para coger aire y siguió con su veredicto—. Así que, llegados a este punto, viendo que no pasarás página y que quizá sí que haya algo más allá del aburrimiento, del pánico al compromiso o de que seas un pesado... tienes mi beneplácito. Creo que tienes que ir a Madrid y preguntarle qué ha pasado. —Esbocé una sonrisa pletórica. Era como si el tipo más sabio del mundo me hubiera dado la razón—. Pero ojo. —Su advertencia borró mi gesto de satisfacción al instante—. Todo esto sigue sonando muy loco para una persona tan racional como yo. Así que solo te pido que seas consciente en todo momento del estrecho límite que hay entre el amor y el acoso. Me parece bien que vayas, pero en ningún caso excedas ese límite. Sé que eres un tío cuerdo, pero llevas mucho con esto y, si la ves, me da miedo que la ilusión te nuble. Si al verte te vuelve a decir que te alejes de ella, no le hagas perder ni un minuto más. Camina hacia la dirección opuesta, coge un taxi, vuelve a Barcelona y olvídate de esta historia de una vez, ¿entendido?

—Entendido.

33

Me gustaba pensar que alguien enamorado del verano había decidido que febrero fuese más corto para que pasase lo antes posible. Para mí era uno de los meses más inhóspitos del año, como una isla en medio del océano alejada de cualquier horizonte. Hacía frío, a nivel laboral normalmente era estresante y, por lo general, uno siempre quería que acabara cuanto antes. Sin embargo, ese año febrero fue mucho más afable, pues coincidió con un breve instante de tranquilidad en el despacho. Entregamos el proyecto de la residencia de ancianos en el que llevaba meses trabajando y mi padre aprovechó ese impás para escaparse una semana a esquiar al Pirineo. Yo quería ir a Madrid cuanto antes, así que acordé con él que me cogería unos días de vacaciones justo después; así podría cubrirle y mantener activos el resto de los proyectos. Nunca me habría imaginado llegar tan lejos por nadie. Compré un billete de tren a Madrid sin fecha de vuelta y, por el momento, reservé tres noches en un hotel en la Gran Vía al que ya había ido en alguna ocasión con los amigos y del que recordaba que tenía una gran azotea que esa vez no pensaba pisar. Era un hotel limpio, práctico y a pocas paradas de metro del piso de Elena.

Como esperaba, Madrid me recibió gris y con temperaturas muy bajas. Sin embargo, en mi interior la ilusión y la sensación de gesta vibraban como las primeras chispas que encienden una chimenea. Me invadía la incertidumbre y todo lo demás me resultaba secundario. Nunca un mes de febrero me había parecido tan interesante. Y quizá ese es el poder transformador del enamoramiento más primario, el que añade Carnavales al invierno y es capaz de limar cualquier aspereza del tiempo y del calendario. No obstante, no había fuegos artificiales en ningún lugar, la esperanza puesta en el viaje tan solo era humo de colores que yo intentaba venderme a mí mismo. El riesgo de que Elena siguiera sin querer hablar conmigo era lo más realista, así que era consciente de que esa revolución contra el frío y el aburrimiento duraría poco si decidía seguir callada. En ese caso, estaba seguro de que, a mi vuelta a Barcelona, febrero se volvería mucho más largo que de costumbre.

Dejé las cosas en el hotel y fui directamente al piso de Elena. Los recuerdos brotaban en los rincones de su portal. Recordé la primera y última vez que había estado allí con ella. La forma que tenía de enumerar sus costumbres, los besos que le di en el cuello mientras ella reía e intentaba abrir con sus llaves la puerta de entrada a la comunidad, la vez que le enseñé a aparcar la moto en el aparcamiento que había justo en la calzada de enfrente, el calor que desprendía el asfalto a principios de septiembre y lo bella que estaba cuando me invitó a entrar a ese piso de estudiantes que tanto la avergonzaba y del que a mí, en cambio, me parecía un honor poder formar parte. Llamé un par de veces al timbre del portero automático, pero no contestó nadie. En el balcón de Elena ya no quedaban flores y solo parecían sobrevivir algunos matojos mustios. Me sorprendió verlo tan abandonado. ¿Y si ya no vivía allí? Decidí seguir con mi misión de detective haciendo un trabajo de campo y dar una vuelta por el barrio para preguntar a los propietarios de las tiendas que frecuentaba, a ver si, por casualidad, alguno de ellos me podía confirmar que Elena seguía por el barrio. Empecé por la frutería.

—¡Buenos días! ¿Te suena esta chica? —le dije al dependiente de origen chino que había tras el mostrador mientras le enseñaba una foto de Elena.

Se quedó un momento pensativo, pero por fin negó con la cabeza y puso cara de circunstancias.

También lo intenté con la chica que despachaba en la floristería. Fui lo más amable que pude y mostré la mejor de mis sonrisas, pero obtuve una respuesta parecida. De hecho, ella fue menos comprensiva, e incluso vi que me miraba raro. Me imaginé a Marc desaprobando mi metodología y decidí dejarlo allí. Pasaría de nuevo por su piso más tarde, pues lo lógico era que tanto ella como sus compañeras estuvieran en clase o trabajando. «Tranquilidad, Jero —pensé—, ya estás aquí. Ahora tienes que ir poco a poco y, sobre todo, no asustar a nadie».

Tras dar una vuelta por el centro y descansar algo en el hotel, volví de nuevo al portal de Elena hacia las siete de la tarde. No quería pecar de impaciente y volver a encontrar su casa vacía, pero tampoco quería parecer intempestivo y asustar llamando a horas a las que uno ya no espera a nadie. Llamé al timbre y, sin preguntar siquiera, alguien me abrió la puerta. Me quedé extrañado, pues no esperaba que me resultara tan fácil acceder. El trayecto en el ascensor se me hizo eterno, el contraste entre el frío de fuera y la temperatura del interior del edificio me produjo un calor repentino y extenuante. Me quité el abrigo y el jersey tan rápido como pude, los coloqué bajo el brazo y me retoqué los mechones que se me habían quedado colgados sobre la frente. Lancé un soplido y las puertas del ascensor se abrieron. Para mi sorpresa, la puerta del piso de Elena estaba abierta, pero no osé entrar y preferí llamar al timbre.

—Joder, tío, ¡que la puerta está abierta! —Oí resoplar a una voz femenina que iba acercándose hacia mí.

La puerta se abrió del todo y una chica desconocida me miró con cara sorprendida.

—¿Y tú quién eres?

—Soy Jero, me has abierto…

—Perdona, es que esperaba a otra persona… ¿Quién has dicho que eres?

Mientras me preguntaba, otra chica que parecía más joven se acercó a la espalda de la primera a curiosear.

—Jero… —Y, al ver su cara de indiferencia, añadí—: Estoy buscando a Elena. ¿Está en casa?

—Eh… —Vaciló—. No. Ya no vive aquí, se fue a vivir a casa de sus padres.

Sentí una punzada en el estómago al darme cuenta de que no iba a verla ese día, pero también pensé que, al menos, no me había mentido en eso. Quizá sí que la desaparición repentina estaba ligada a un problema relacionado con su familia. La otra chica, que había permanecido callada, observándome todo el tiempo, quiso intervenir y añadir algo más a lo que me había explicado su compañera, pero, en cuanto abrió la boca, la primera se giró hacia ella y le hizo un gesto para indicarle que no siguiera.

—Lo siento, que vaya muy bien —me dijo mi única interlocutora pegando un portazo.

En cuanto cerraron, me arrepentí de no haberles dicho que, si alguna vez volvían a verla, le dijeran que Jero había estado allí, como las notas en rotulador permanente que la gente idiota escribe en las puertas de los baños de lugares emblemáticos. Pero la puerta ya no estaba abierta y, por las caras y la actitud, quedaba claro que no querían saber nada más del tema. De repente, tuve la sensación de que Elena era una total desconocida. En cuestión de meses había conseguido hacer todo eso a lo que nunca se había atrevido: dejar su trabajo y su vida de estudiante. Lo que todavía no entendía era por qué me había dejado también a mí. Me fui de allí con el corazón encogido.

No conocía de su mundo más que lo que ella había compartido conmigo, así que todos los pasos que fuera a dar a partir de entonces iban a resultar mucho más complicados y, por qué negarlo, más cercanos al límite del que tanto me había advertido Marc. No sabía muy bien hacia dónde tirar y todo lo que se me ocurría me parecía rocambolesco y arriesgado. La verdad es que estuve a punto de detener esa locura y volver a Barcelona. Por la noche, ya en el hotel y metido en la cama, en ese breve instante de lucidez entre la vigilia y el sueño en el que aparecen las grandes ideas, recordé que Elena me había comentado una vez que había ido a un colegio de monjas que estaba justo enfrente del edificio de sus padres. Encontrarlo era la última baza que me quedaba. Quizá no estaba allí, como tampoco lo había estado en su trabajo o en su piso, pero era la última oportunidad, así que tenía que intentarlo.

Me levanté de la cama y abrí el ordenador. Busqué todos los colegios que había en Pacífico, el nombre del barrio que tanta gracia me había hecho cuando me lo mencionó, y accedí a cada una de sus páginas web. Eliminé de la lista los públicos, los de curas y los de educación libre. Luego escribí el nombre y apellido de Elena junto a cada uno de los colegios que habían pasado el filtro y, *voilà!*, en uno de ellos descubrí que una tal Elena Torralbo había ganado un premio de arte de la Comunidad de Madrid en cuarto de la ESO por un trabajo académico. Leí el artículo completo, que explicaba la ceremonia de entrega de premios. El texto iba acompañado de una fotografía, pero la joven Elena no aparecía en ella. Me sentí orgulloso de aquella niña que soñaba y ganaba premios. Seguramente tampoco tenía claro entonces qué quería ser de mayor, pero, sin duda, ya tenía esa capacidad intrínseca de apreciar la belleza. Sonreí al imaginarla inquieta, agarrando su premio y creyendo estar un poco más cerca de saber quién era. Sentí algo de envidia por no haber estado en su vida antes de que todo se rompiera y me dolió el hecho de no formar parte tampoco entonces de ella. De todas maneras, ya tenía la pista definitiva; solo hacía falta ir hasta la puerta del colegio y mirar hacia los edificios que lo escoltaban.

Jero 23.35

Marc! Cómo estás?

Marc 23.40

Hostia, tío, pensaba en ti. No me has contado
nada. Cómo ha ido, algo nuevo?

Jero 23.41

Muy heavy, tío. Elena no solo dejó el curro,
también dejó su piso

Marc 23.41

Al mismo tiempo que el curro?

Jero 23.42

No lo sé, no lo he preguntado…

Jero 23.42

Pero eso todavía es más raro, no?

Marc 23.43

Ya ves…

Marc 23.43

Qué vas a hacer? Te vuelves?

Jero 23.44

Bueno…, eso te quería comentar,
a ver qué piensas…

Jero 23.44

Las compañeras del piso me han confirmado
que volvió a casa de sus padres…

Marc 23.45

No me jodas, Jero!

Jero 23.45

Creo que puedo averiguar dónde viven.
Bueno, la verdad es que estoy prácticamente
seguro de que ya sé dónde viven.
Me falta ir mañana a confirmarlo

Marc 23.46

Es un poco *too much*… Y si te pillan
deambulando por allí?

Jero 23.46

Ya, Marc. Ya sé que es un poco ida de la olla.
Pero estoy preocupado, tío

Marc 23.47

Y qué vas a hacer cuando llegues allí?

Jero 23.48

Primero comprobar que no me he equivocado

Marc 23.48

Bueno, supongamos que estás en el edificio
de los padres de Elena

Jero 23.49

Esperar a que salga?

Marc 23.50

Eso es muy *creepy*, tío

Jero 23.51

Ya… bueno, tengo que pensarlo

Marc 23.52

No improvises. Ten siempre en mente el límite
que te dije y prométeme que,
si vuelves a no encontrar nada, esto es
lo último que vas a hacer

Jero 23.52

Sí, está claro. Te lo prometo

34

Al día siguiente me desperté temprano y desayuné fuerte en el hotel. Estaba sumido en una gran contradicción; una parte de mí tenía todavía dudas sobre si la idea de ir hasta el piso de los padres de Elena estaba bien o, de lo contrario, me hundiría más en la mierda. Pero por otra sentía un hilo de ilusión que viajaba del estómago a la garganta, una emoción parecida a la de la noche de Reyes cuando eres niño y, aunque no entiendas nada o aunque te dé miedo que tres desconocidos con sus pajes y sus camellos entren en tu casa y se atiborren a polvorones a cambio de regalos, en el fondo confías en esa historia porque sabes que algo bueno está ocurriendo. A mí me pasaba un poco lo mismo. Aunque desde fuera pudiese parecer un plan alocado, y lo era, yo sabía que estaba haciendo lo correcto. No iba a intimidarla, no iba a hacerle daño. Al contrario, si me dejaba, estaba allí para ayudarla como había hecho en Sri Lanka y como quería seguir haciendo el resto de mi vida. El nerviosismo tenía un efecto corrosivo en mi interior. A pesar de mis buenas intenciones, estaba claro que todo podía salir mal; de hecho, podría ocurrir que Elena tampoco estuviera allí, pero quizá todas sus ausencias anteriores me habían preparado mejor para la derrota. Aceptaría un no definitivo porque, en cierto modo, a eso era también a lo que había venido.

Llegué a Pacífico en seis paradas de metro. El barrio era tranquilo y apacible, de calles estrechas, con una mezcla ecléctica de edificios típicos con fachadas de ladrillo y balcones de hierro con molduras con otras construcciones más modernas. Miraras hacia donde miraras, se veía un campanario neobizantino de mármol que pertenecía a un panteón. Desde el metro tomé una avenida empinada y, en apenas dos calles, me planté delante de la entrada del colegio; era un gran edificio blanco con ventanas verdes que ocupaba buena parte de la manzana. Tenía la clásica entrada, una enorme cornisa que hacía de techo y un par de escaleras de acceso. Me planté frente a los dos portales que había situados ante el colegio, tal y como había descrito Elena en su día. Deseé con todas mis fuerzas que lo de «vivir justo enfrente» fuera literal y no haberme equivocado de lugar en una ciudad de más de tres millones de habitantes. Los edificios eran de mitad del siglo XX, de apariencia humilde, sin apenas ornamentación.

Lo primero que tenía que hacer era acceder a los portales para comprobar los nombres de los vecinos, y eso pasaba por cometer las imprudencias de enamorado de las que tanto me había advertido Marc. Utilicé la técnica de hacerme pasar por el cartero y, en todos ellos, alguien al final me abrió la puerta. Repasé uno a uno todos los buzones, con la adrenalina en la boca y las manos temblando. Estaba muerto de miedo por si aparecía Elena y me veía ejerciendo de pirado, aunque también me preocupaba que algún vecino se detuviera a observar mis movimientos, que, vistos desde fuera, estoy convencido de que eran sumamente sospechosos, y llamara a la policía. No obstante, debo confesar que sentir la adrenalina a flor de piel me pareció también muy divertido, como cuando era un niño y llamábamos a los timbres para luego salir corriendo o robábamos monedas de chocolate en la tienda de ultramarinos. Todas las veces que lo hice, mi madre me pilló al llegar a casa y tuvo que bajar a pagar mi botín. Nunca he podido ser malo, ni siquiera cuando lo he intentado con todas mis fuerzas.

Repasé uno a uno los nombres, pero no hubo suerte, nadie apellidado Torralbo aparecía en ellos. No podía ser, me había equivocado de lugar o quizá la descripción de Elena no era tan literal. Posiblemente estaba muy cerca, pero ¿cómo saberlo? Rodeé el colegio. Eran alrededor de las diez de la mañana y un grupo de niños corría durante su clase de gimnasia; el griterío emergía del patio y resonaba por todos los rincones. Bajé por la calle paralela y me di cuenta de que allí había otra entrada, perpendicular a la principal. Eran dos puertas de metal de color verde. Esperanza. Justo enfrente no había ningún portal, solo un gimnasio, aunque podía ser que la entrada del edificio de los padres de Elena diese a otra calle y que desde su piso se viera el patio del colegio. Pero un poco más abajo había dos edificios más, uno precioso de principios del siglo pasado y otro completamente blanco, más moderno. Utilicé la misma técnica; empecé por el más bonito, pero tampoco hubo suerte. Continué con el siguiente. De nuevo, repasé con la mano los nombres, escritos a mano o a máquina, de cada buzón, hasta que mis dedos se detuvieron y empezaron a titubear. Pedro Torralbo y María Rodríguez vivían en el tercero primera del número veintitrés. Empecé a temblar como la primera vez que entendí la muerte. Tenía las palabras de Marc grabadas en la cabeza y, una vez que fui consciente de que lo había conseguido, de que había sido capaz de llegar hasta la casa de los padres de Elena, me pareció lo más cerca del límite que podría estar. Me repetí una y otra vez aquello de que solo quería lo mejor para ella y que, ante todo, no la molestaría, pero ¿no es eso lo que se repiten los acosadores para justificarse? Me estaba volviendo loco y volví a dudar de mí mismo y de mis intenciones. Salí del portal enseguida; estaba tan cerca de ella que sentí que el corazón se me iba a salir por la boca de un momento a otro.

No quería intimidarla, ni mucho menos asustarla, y para eso tenía que poner algo de distancia. Era impensable presentarme en su casa como lo había hecho en el piso de estudiantes. Allí nadie me había invitado nunca. Decidí que la mejor manera de hacerlo era a través de una carta porque, al final, todo está en los clásicos. El papel no podía bloquearse y, como todos los materiales nobles o la ebanistería artesana, se podía tocar. Necesitaba que Elena volviera a sentirme de alguna manera y no se me ocurría nada mejor para eso que escribirle. Encontré una papelería de barrio que me trasladó a los noventa y recordé lo mucho que me gustaban de niño los artículos de oficina. Cuando entré, el dependiente estaba mirando, distraído, la pantalla de su teléfono, pero se incorporó enseguida al oír la puerta.

—Buenos días, me gustaría comprar una hoja de papel, un sobre y un bolígrafo.

El hombre me miró extrañado, como si hubieran pasado siglos desde la última vez que alguien le pidió un kit completo para escribir una carta.

—No vendo papeles sueltos… Lo único que te puedo ofrecer es esto —dijo señalando una estantería con papeles de colores de un gramaje y calidad superior al típico A4 blanco.

—Y no hay ninguna posibilidad de que pueda venderme un papel normal, ¿no? —Probé suerte, pero el tipo me contestó con una negación que acompañó con un «lo siento».

Miré los papeles de colores, a cual más vistoso. El único blanco tenía unas florecitas ilustradas que se pasaban de cursis. Al final, escogí un papel azul celeste, que me pareció el más neutro.

—Sobres sí que tengo de color blanco —dijo mostrándome uno brillante, con un gofrado estucado, que parecía el de una invitación a un evento importante. Era blanco, pero seguía siendo demasiado. No quería que se desilusionara al descubrir que detrás de tanta pomposidad solo estaba yo.

—Mejor deme otro sobre azul, a juego con el papel.

El hombre colocó cuidadosamente todas mis compras en una bolsa translúcida y, al salir, me dirigí hacia el interior de una cafetería cercana para buscar algo de calor y atraer la inspiración. Pedí un café largo y, con la poca esperanza que me quedaba, empecé a escribirle una carta, algo que no hacía desde que tenía diez años y me carteaba con los amigos que conocía en los campamentos de verano.

Me inspiré en lo que había sentido el fin de semana de septiembre en el que Pía me había besado, porque a veces los sentimientos más auténticos afloran con la culpa. Ese fin de semana yo tenía que haber estado en Madrid, con ella, construyendo un nosotros capaz de curar desgracias, olvidar el pasado y achicar la distancia. Esa noche para mí lo cambió todo y quería volver a ese paseo nocturno, cuando volví borracho y solo a casa pisando rosas petrificadas y descubrí que Elena era el amor de mi vida. Necesitaba escribirle que, como en Sri Lanka, si ella me dejaba, me quedaría a su lado, porque ese era mi único lugar en el mundo.

Le escribí una carta larga y cargada de sentimientos. Me sorprendí una vez más viendo lo fácil que surgían las palabras y se ordenaban cuando pensaba en ella y en todo lo que quería construir a su lado. De todas las chicas que había conocido, ella brillaba de forma especial. Sonreía con facilidad, incluso en sus momentos más duros, y se emocionaba al ver un abrazo entre ancianos, un perro cojo, un trazo de pintura centenario o descubrir el nombre de una constelación en el cielo. Ella me enseñó a latir y yo sentía que nunca podría corresponderle con nada parecido, por mucho que insistiese en que la había «rescatado» de la tristeza. Estaba convencido de que cualquiera podría haberlo hecho incluso mejor que yo poniendo un poco de interés en volver a hacerla sonreír. Cuando acabé, sentí que ya no podía decirle nada más y suspiré. Doblé el papel con cuidado por la mitad, lo introduje en el sobre, repasé el triángulo de la solapa con saliva y lo cerré. Escribí con letras grandes: «Para Elena». Me quedé pensativo por si podía añadir algo más, hice un garabato y dibujé la imagen que me había perseguido durante todos esos meses, esperando que ella supiese interpretarla. Pagué y fui directo al número veintitrés. Volví a hacerme pasar por el cartero, con tan mala suerte que llamé al mismo piso que me había abierto la vez anterior.

—¡El cartero ya ha pasado! ¡Mentiroso! ¡Estafador! Vete a dejar la basura de publicidad a otra parte. ¡Embustero! —Me puse nervioso y me entraron ganas de salir corriendo.

«Cálmate», pensé. Dejé pasar unos segundos para intentarlo de nuevo. Esa vez me abrieron sin preguntar y yo bendije a quienquiera que me hubiera ayudado a acercarme un poco más a Elena. Busqué otra vez el buzón, introduje la carta sin pensármelo mucho y salí escopetado de allí. La suerte estaba echada.

No tenía nada que hacer en todo el día más que esperar a que este transcurriera, así que decidí quedarme por los alrededores de casa de Elena intentando pasar inadvertido para comprobar si ella o alguien de su familia recogía la carta. Me senté a observar el portal en un banco de la acera de enfrente, cerca de la puerta del colegio. Aunque no se veía muy bien el interior del portal, esperaba que el sobre azul sirviera de algo y me ayudara a distinguirlo. Era uno de los días más fríos del año, pero yo sentí que ya nada ni nadie podía conmigo.

Varios vecinos fueron entrando y saliendo a lo largo de la mañana, pero no había rastro de Elena ni de nadie que se parase ante el buzón de los Torralbo Rodríguez. Me fijé en las motos aparcadas en la calle, pero no encontré la de Elena. Sin embargo, una moto tipo *cafe racer*, una Ducati Monster que nunca me había atrevido a tener, aparcó frente al portal. De ella se bajó un tipo atlético y yo empecé a inquietarme sin motivo alguno. Cuando se quitó el casco, desveló que se trataba de un chico joven, de nuestra edad. Lucía el pelo ligeramente largo y ondulado, y una barba recortada de tres días. Vestía elegante, como todos los madrileños con los que me había cruzado, e hizo que me sintiera como una cucaracha con intentonas de parecer alternativa. Se me ocurrió que Elena me podría haber cambiado por un chico como él: sofisticado, guapo y centrado. Sin duda, mucho más adecuado que seguir con un perturbado como yo, que se dedicaba a espiar a los vecinos de los padres de una chica con la que había tenido cuatro encuentros y que ni siquiera estaba seguro de si vivía allí. Solo me faltó que el chico no tuviese llaves y que llamase por la zona baja del portero automático. Se me aceleró el corazón y me volví paranoico. Me convencí de que Elena estaba saliendo con él y de que se reirían juntos comentando las palabras dulces y decadentes, como poemas de un adolescente enamorado, que le había dedicado en mi carta. Por un momento pensé en escuchar a mi mente y volver al hotel, pero no lo hice. Me quedé cabizbajo, hipnotizado por los pensamientos más lúgubres y con la mirada perdida cuando, hacia la una del mediodía, un hombre calvo de unos sesenta años, que había salido unos minutos antes del portal, volvió a entrar con una barra de pan y un diario, y se detuvo frente al buzón de Pedro y María. Salí de mi ensimismamiento y me incorporé un poco más para cerciorarme de que no me equivocaba y de que, en efecto, era el padre de Elena. El hombre sacó la correspondencia y se detuvo en mi carta azul. La miró con extrañeza y yo aguanté la respiración. La volteó una y otra vez, comprobando el color, la ausencia de sello y remitente, y yo recé a todos los dioses que existen para que el señor se decidiera a subirle el sobre a su hija. Al final, se lo puso debajo de la axila, junto al periódico, y su silueta se desdibujó en el interior del portal. Suspiré de nuevo y recobré parte de la esperanza perdida. Ya no podía hacer nada más, ahora todo dependía de ella.

CUARTA PARTE

El atardecer

35

Elena

Con la llegada del otoño, toda la luz volvió a apagarse. Sentía que ya no tenía fuerzas para iluminar a nada ni a nadie y que era mucho mejor quedarse en los márgenes para no molestar. Volví al moño en el pelo, a los leggins y a las sudaderas, a los días en la cama vacíos de contenido y enredados en mi edredón, a la habitación en la que crecí, que combinaba las cajas que seguían cerradas y apiladas desde que regresé del piso de Chamberí con la decoración de adolescente. Había retrocedido y caído mucho más bajo que cuando murió Ainhoa.

Era la hora de comer y mi padre, como cada día, llamó despacio a la puerta de mi habitación con los nudillos. Mis padres estaban ya jubilados y él era el encargado de informarme de que la comida estaba lista. Ese casi era el único momento del día en que hacía el esfuerzo de salir y entablar conversación con ellos. No es que no quisiera hacerlo, estaba infinitamente agradecida de que me hubieran dejado volver y me hubieran llenado de cuidados durante los últimos meses, pero es que era incapaz.

Mi padre abrió con suavidad la puerta, pero ese día no se quedó en el dintel y entró para acercarse hasta la cama con una leve cojera que denotaba tiempo y adversidades. Lo vi viejo y sabio, como un gran filósofo de la Antigüedad clásica.

—Ya voy, papá. Me pongo una sudadera y salgo.

—Puedes quedarte un poquito más aquí si te apetece; a las lentejas todavía les falta un poco.

¿Qué hacía allí entonces?

—Tienes una sorpresa —dijo sonriendo y acercándome un sobre azul con la mano—. Creo que alguna amiga quiere darte una alegría. —Sus palabras desprendían una dulzura conmovedora, se le notaba contento de tener algo novedoso que ofrecerme. La novedad es, quizá, el mayor tesoro cuando acecha la vejez y la vida parece que ya haya perdido la capacidad de asombro.

Cogí el sobre y, sin mirar de qué se trataba, observé que mi padre se daba la vuelta y salía del cuarto cerrando la puerta con delicadeza.

Me quedé mirando la carta sin remitente ni sello que tenía entre las manos. Lo primero que pensé fue que mis amigas, viendo que les daba largas para quedar desde hacía semanas, me habían regalado alguna de esas experiencias que estaban tan de moda para forzarme a salir de casa. Pero la idea se esfumó rápido, pues giré el sobre y encontré un «Para Elena» escrito en letra desconocida, pero firmado con una rosa metida en un cuadrado: el azulejo característico de Barcelona. Mi corazón empezó a latir desbocado. ¿Sería de Jero? ¿Con una carta azul? ¿Cómo sabía mi dirección? Si no tenía sello, ¿es que él estaba allí? Arranqué sin ningún cuidado el sobre; no podía esperar ni un segundo más para saber qué había en su interior. El papel me temblaba entre las manos.

Elena:

Pensarás que estoy loco y probablemente no te falte razón. Me he pasado más de cuatro meses tratando de olvidarte, pero no solo no he podido, sino que te aseguro que no es nada fácil olvidarse de alguien que nunca me dio motivos para querer hacerlo. Así que me apropié de la historia de Paul, el australiano, ¿te acuerdas?, y decidí tomar el AVE que no pude coger en septiembre para presentarme aquí y encontrar respuestas. He intentado localizarte en el trabajo y en tu antiguo piso, el mismo en el que me enamoré perdidamente de ti, pero ya no estás en ninguno de esos lugares y eso me hace creer que hay algo en tu vida que no sé, pero que tu silencio ya no solo tiene que ver conmigo. Por eso, no sé ni cómo, he conseguido llegar a tu barrio y a las puertas de tu colegio, y, probablemente, a todos aquellos lugares que siempre me decías que nunca querías abandonar. Tengo la esperanza de acertar esta vez y de que estés leyendo estas líneas. Sé que has tratado de alejarte de mí y, si eso es lo que quieres, te prometo que nunca más volveré a molestarte. Pero antes de que me envíes a la mierda de forma definitiva, quiero abrirte del todo mi corazón, aunque sepa que, una vez que lo haya hecho, podrás manejarlo a tu antojo. Supongo que el amor es la única circunstancia en la que uno puede permitirse apostar fuerte, porque, si no, no creo que valga la pena. Bien, allá voy. Elena, me gustaría confesarte que quiero seguir a tu lado bajo cualquier contexto y ser capaz de cuidar de ti y de todas tus personas importantes. Quiero despertarme a tu lado, siempre un poco antes que tú, y poder prepararte el desayuno todas las mañanas de mi vida. Quiero volver a darte las buenas noches porque eres el único motivo por el que merece la pena madrugar al día siguiente. Y, sobre todo, quiero que recorramos la vida juntos, pero una vida intensa, que combine las noches olvidables de sofá con cambios de guion y vaivenes de montaña rusa, porque ¿qué sería la vida sin las emociones fuertes? Apenas te conozco y ya sé que somos capaces de vencer las leyes de la física con eso del tiempo y la distancia. No sé si lo notas, pero tu luz hace que la gente de tu alrededor sea capaz de descubrir colores nuevos. Por eso, si todos los viajes, trenes y mensajes no son suficientes para ti, estoy dispuesto a mudarme a Madrid si hiciera falta y a apoyarte en cada uno de tus sueños. Ojalá me devolvieras a tu lado, porque he descubierto que es el lugar más increíble del mundo. Así que, por favor, sea lo que sea lo que te haya alejado de mí, te suplico que quedes conmigo para hablar y, al menos, si todo esto no te basta o sencillamente no quieres saber más de mí, podernos despedir para siempre. Solo estoy aquí en busca de una explicación que me deje seguir adelante contigo o sin ti.

Te propongo que nos veamos mañana, 13 de febrero, a las seis de la tarde en la cafetería Sol, imagino que la conocerás, pues está cerca de tu casa.

Ojalá pueda volver a devolverte la sonrisa.

) .) :)

JERO

Sus palabras me sacudieron. Sentí el dolor que le había causado, me emocioné con sus deseos y, al final, rompí a llorar recordando nuestra historia increíble de final brusco. Me vacié de lágrimas de culpabilidad y derrota, pero también de emoción e incertidumbre. Me sentía infinitamente siniestra y horrible; el miedo había vuelto a paralizarme y, por supuesto, también se había llevado a Jero por delante. Estaba tan loco que había venido a buscarme a Madrid y había rebuscado por todos los lugares hasta llegar a casa de mis padres. ¿Cómo lo había conseguido?

Desde que le dejé, no había parado de pensar noche y día en él y quizá, secretamente, estaba deseando que llegara ese momento. No es que me hubiera imaginado que Jero fuera a venir a buscarme; al contrario, estaba segura de que bloquearlo de todas partes sería lo bastante doloroso para que se olvidara de mí. Pero sí que cada día le daba vueltas a la posibilidad de vernos de nuevo. Así que, lo que hasta entonces había sido una posibilidad remota, algo hipotético con lo que solo podía jugar a entretenerme, se acababa de convertir en algo realista y, ante todo, en una decisión. Durante todo ese tiempo había creído que ni yo estaba preparada para verle ni él dispuesto a perdonarme, pero esa carta me demostraba que estaba equivocada. Ni siquiera mi comportamiento despiadado había podido con él. Jero seguía poseyendo la capacidad de sorprenderme y de hacerme sentir merecedora absoluta de su amor, pues ahí estaba, a pesar de todo, esperándome en algún lugar de Madrid.

Me enternecía imaginármelo entre las calles de mi ciudad tras tanto tiempo sin saber de mí, escribiendo esa carta sobrecogedora y colándose en el portal de mis padres para que le mostrara, por fin, un poco de compasión. Pero la verdad era que mi actitud me avergonzaba y, en el fondo, estaba aterrada por encontrarme de nuevo con él. Por un lado, hacía casi cinco meses que quería volver a verle, pero, por otro, sabía que iba a resultar del todo decepcionante para él y temía su reacción al volver a encontrarse conmigo. El miedo que tenía cuando aterricé en Sri Lanka era minúsculo en comparación con el de entonces. Y es que los miedos son capaces de modularse y transformarse. A veces consigues ridiculizarlos y empequeñecerlos hasta volverlos anecdóticos, como ocurre con los miedos infantiles o como veía entonces el hecho de enfrentarme sola a un país desconocido. Pero otras logran convertirse en una masa musculosa de irracionalidad y precipicio de la que es muy difícil salir. ¿Y si el miedo que sentía entonces fuera del segundo grupo? ¿Cómo iba Jero, el flamante barcelonés de polo oscuro, gafas Ray Ban y sonrisa perfecta, a querer estar con la chica en la que me había convertido? La Elena aventurera, capaz de renacer como las flores cada primavera, era muy distinta a la persona desdichada y marchita que había vuelto a vivir con sus padres. Si a Jero, cada vez que me volvía a ver, le encantaba que siempre fuera la misma y que coincidiese con la chica que él imaginaba en la distancia, la única certeza entonces era que la persona que él había conocido ya no tenía nada que ver conmigo.

La voz de mi madre sonó como la campana de la escuela que anuncia el recreo.

—¡A comer, cielo!

Me sequé las lágrimas con las manos y salí de mi habitación. Todavía no sabía si iba a ser capaz de enfrentarme a mí misma y reencontrarme con Jero, pero intenté disimular durante la comida, en la que hablé casi todo el tiempo para evitar que mi padre me preguntara por la carta. Cuando acabé, me volví a la habitación a releerla y me pasé toda la tarde con ella entre las manos. No solo nunca me habían escrito nada tan bello, sino que las palabras venían de Jero, la única persona del mundo con la que conseguí imaginar un futuro en común. Sonaba fácil eso de acercarse a la cafetería Sol y tomar un café. Pero ¿cómo iba a presentarme así, como si no hubiera pasado nada?

Hacia las cinco de la tarde, cuando despertó de la siesta y se preparó su café descafeinado con leche, mi padre volvió a entrar en mi habitación cargado con una bandejita con un vaso de leche con Nesquik y galletas María. Lo hacía cada tarde desde que había vuelto a casa, pero ese día noté que su interés trascendía el cariño.

—¿Qué, de quién era la carta? ¿Tus amigas te han organizado una sorpresa? —Sabía que tarde o temprano iba a preguntar por ella, pero lo hizo con tanta ternura que me pareció incluso un premio que se preocupara tanto por mí.

Dejé mi mirada sobre sus ojos azules empequeñecidos por el tiempo y rompí a llorar de nuevo. Él dejó con cuidado la bandeja en la mesa de escritorio, se sentó a mi lado y me abrazó fuerte.

—Hija... —suspiró.

—Creo que es del amor de mi vida, papá —balbuceé—. Es de aquel chico que conocí durante mi viaje en Sri Lanka, el de Barcelona. Ha venido a buscarme, a ver qué me pasa. Hace meses que no sabe nada de mí.

—Pero, cariño, ¿no le has explicado nada? —me preguntó separándose suavemente de mí para poder mirarme.

Negué con la cabeza.

—Y, aun así, ¿está aquí?

Asentí.

—Ay, ¡pero pobre chaval! ¡Queda con él, mujer!

—Tengo miedo, papá.

—Ya no puedes tenerle miedo a nada, hija. Ya no tiene sentido, ¿no crees? Además, piénsalo así: es la única forma de entender si, como dices, es el amor de tu vida. Ojalá siempre fuese tan fácil comprobarlo. —Y sonrió.

36

Jero

Llegué al hotel muerto de frío por haber pasado todo el día a la intemperie sin el cobijo de un rayo de sol, así que decidí quedarme en la habitación el resto de la tarde. Había un millón de posibilidades flotando a mi alrededor como finales probables y, entre todas ellas, solo deseaba que sucediese una. Una probabilidad de éxito entre un millón de fracasos. La vida es un poco así, desde el instante en que un solo espermatozoide llega a fecundar el óvulo hasta toda la infinidad de decisiones que no tomamos. Y, aun así, seguimos avanzando.

Quizá apareciera enfadada, con el 112 marcado en el teléfono y gritándome que me largara enseguida o que, si no, llamaría a la policía. O bien me pediría perdón y, acto seguido, me contaría que había vuelto con un ex del que jamás había oído hablar, ¿quizá el tipo de la moto? Si eso ocurriera, estaba seguro de que me quedaría con cara de bobo viéndola marcharse y pensando en si su historia era verdad o solo una nueva excusa. En ese caso, quizá estaría bien decirle que yo también podría haber vuelto con Pía si hubiera querido, aunque luego me di cuenta de que sonaba demasiado rencoroso, además de estúpido.

Otra posibilidad era que Elena llegase altiva e irreconocible y me explicase que se había agobiado con mis te quiero y mis cursilerías, que la carta había sido el colmo de la ridiculez y que se había dado cuenta de que no estaba tan enamorada de mí como creía. Me sentiría un idiota, pero al menos sería una respuesta coherente; de cabrona, porque eso me lo podría haber dicho en septiembre, pero podía tener sentido.

Otra opción sería que me devolviese todo el rollo de la distancia que yo le había explicado cuando tenía miedo a enamorarme de ella, pero al revés. Podía decirme que tenía razón, que no se veía capaz, que sentía haber insistido cuando yo intentaba convencerla y todo eso. Aunque también podía ser que me dijera que yo no había cumplido con las expectativas. Esta no pude desarrollarla mucho más, pues tampoco sabía muy bien en qué la había decepcionado, si es que lo había hecho. Pero también podía ser incluso más simple: cabía la posibilidad de que no se presentase.

Estaba dispuesto a escuchar y a entenderlas todas, incluso la última, que, sin duda, significaría que todo se había acabado. En ese caso, estaba decidido a no insistir más, recogería mis cosas y regresaría a Barcelona. Haría caso a Marc; ya no podía perder más el tiempo. Me entristecí al darme cuenta de que en ninguna de ellas volvíamos a estar juntos.

Cuando estaba nervioso no podía dormir. Y si Elena ya me había robado muchas horas de sueño, aquella noche no iba a ser una excepción. Lo sabía de antemano, así que, cuando a las tres de la mañana todavía no había conseguido pegar ojo, me sentí agotado, pero también acostumbrado al cansancio y las ojeras. Al menos sabía que, pasara lo que pasara al día siguiente, iba a dormir por fin. El nerviosismo me provoca insomnio, pero la tristeza y la euforia me dejan en paz. Había hecho algunas flexiones antes de acostarme para llegar cansado a la noche, había pedido una tila con valeriana en la cena al servicio de habitaciones y probado a encender la tele, que muchas veces funcionaba como somnífero. Pero nada había funcionado. Me sentía más inquieto que cuando me saqué el carnet de conducir, me acosté por primera vez con una chica o, incluso, cuando me presenté por tercera vez a la única asignatura que no conseguía aprobar de la carrera y que se había convertido en mi último examen de la universidad. Me puse a hacer memoria hasta la última vez que algo, antes de Elena, me había quitado el sueño de esa manera tan tenaz. Había sido justo un año antes, cuando le planté cara por primera vez al determinismo de mi padre y le dije que lo dejaba dos meses para ir a Sri Lanka. La única diferencia entre esos momentos y el de entonces era que en todos ellos el resultado final siempre dependía de mí. Por supuesto, podía cagarla, pero la gloria y el infierno eran solo míos. En cambio, aquí mandaba Elena y a mí tan solo me estaba permitido escucharla con las manos atadas y el pico callado, aun habiendo estudiado, practicado y hecho todo lo que sabía para llegar hasta allí.

Tenía la boca seca y me levanté al lavabo. El espejo me devolvió una cara rota y angulosa. Lejos quedaba ya el moreno más largo de mi historia, que había empezado en primavera y se había alargado hasta finales de octubre. Me vi la piel amarillenta y unas ojeras terribles de no dormir bien durante meses. Tenía la cara triste y me di pena. Volvió el pensamiento oscuro de entender que, aunque se presentara, no se iría con un tipo como yo, capaz de perder así la cabeza. Una vez me había atrevido a amarla, había sido un chico fácil, de esos que enseñan las cartas desde el principio y van con la verdad por delante. El chico que todas opinan que es mono pero insuficiente por pagafantas y por clásico. Muchas veces sentía que había salido de otra época. Me seguía costando la terminología actual, la forma de olvidarnos de lo importante, la manera de saltar de un contenido a otro sin prestar atención, la manía de coleccionar citas mientras nos prometemos que estamos buscando el amor y, sin embargo, la rapidez en arrepentirnos justo en el momento en que volvemos a sentir. Yo también tenía miedos, y cómo jode cuando ves que tus miedos se cumplen. Acerté con lo de la distancia y también estaba convencido entonces de que Elena aparecería, pero tenía el presentimiento de que lo haría para salir corriendo. Volví a la cama, pero me quedé en duermevela hasta que la luz empezó a bordear la cortina opaca de la habitación, como ese cuadro negro de arte moderno del que Elena seguro sabía el nombre.

Madrugué, o quizá no me acabé de dormir del todo, a pesar de que mi «cita» no era hasta la tarde. Paseé de nuevo por ese Madrid que no conocí junto a Elena, lleno de monumentos gigantes, edificios institucionales y palacios. A pesar de la ducha y del desayuno, me sentía trasnochado, a la deriva, como si hubiera salido de fiesta la noche anterior, me hubiera perdido y no lograra llegar a casa. Decidí ir acercándome desde Gran Vía hasta Pacífico en un largo paseo; total, no tenía nada más que hacer. Pero el frío se me enganchó a los pómulos y a las puntas de los dedos. Pensé que no era buena idea llegar enfermo, además de destruido, así que cambié de rumbo, cogí el metro y me dirigí al Museo Sorolla para encontrarme con aquella luz en la que Elena siempre me decía que quería vivir.

La casa-museo de Sorolla estaba en Almagro, un barrio elegante lleno de perros de raza, mansiones y galerías de arte. La antigua casa del pintor, ahora reconvertida en casa-museo, emergía del asfalto como un oasis de luz y tranquilidad. Un jardín precioso rodeaba la casa, cuya entrada estaba presidida por un naranjo lleno de frutos. El resto del jardín permanecía todavía dormido, esperando paciente a la primavera. Sin embargo, ese remanso de paz seguía resultando agradable, sobre todo gracias al sonido del agua de sus numerosas fuentes, que te envolvía en una atmósfera de benevolencia y hacía que te olvidaras de estar en el centro de Madrid. Me adentré por el jardín hasta la entrada del museo. Una vez dentro, el primer cuadro que vi fue *El baño del caballo*. Me acerqué hasta él y, en efecto, olvidé que estábamos en febrero. Recordé los veranos de mi infancia en la Costa Brava, las caricias de mi madre cuando me recibía con los brazos desplegados y la toalla extendida para secarme, el reflejo del sol en mi piel mojada y desnuda, la merienda de pan con Nocilla y, en definitiva, la sensación de libertad. Me habría gustado darle la razón a Elena y estar comentando cada uno de esos lienzos con ella. Me entretuve con las esculturas y esos detalles que ella tanto buscaba. Una vez que crucé la sala principal, llena de estampas mediterráneas, encontré, en un rincón, a la famosa niña patinadora, con la boca bien abierta, gritando de euforia. Sonreí al imaginarme a Elena escudriñando el museo hasta encontrarla. Típico de ella. Esa sí era la chica curiosa, inquieta y fascinante de la que me había enamorado. Tuve algo de envidia de esa pequeña estatua. Primero, porque había llamado la atención de Elena y esta la consideraba una de sus obras preferidas; segundo, porque yo también quería volver a disfrutar a grito pelado, sin reservas.

Al salir, ya era mediodía y un sol tenue, de invierno, que no había querido aparecer el día anterior hizo mi paseo más agradable. Decidí atravesar Madrid por la Castellana y picar algo en un bareto que me pudiese ofrecer una caña y un pincho de tortilla. El día se me estaba haciendo pesado y las horas no acababan de agotarse. Después de comer, seguí deambulando. Los escaparates me mostraban un reflejo de mi propia sombra. Erguí la espalda, saqué pecho e intenté sonreír, pero el miedo se había transformado en un par de pesos en las mejillas y era incapaz de esbozar algo más que un rictus. Era un mar de dudas y contradicciones. Por un lado, me habría gustado forzar con el dedo índice las saetas de todos los relojes para que marcaran ya las seis de la tarde; por el otro, me daba pánico que llegara la hora señalada y que todo acabara de romperse.

Me detuve en una floristería preciosa y me di cuenta de que todo estaba preparado para San Valentín. Hasta ese momento, no había caído en que al día siguiente sería 14 de febrero. ¡Qué ironía! Nunca había celebrado San Valentín, pues en Cataluña es en Sant Jordi cuando jamás pueden faltar los gestos románticos. Sin embargo, viendo el abanico de posibilidades que ofrecía la tienda, entendí que aquí sí le daban más importancia. Toda la floristería estaba llena de rosas rojas, vivas y tiesas, no como las que pisaba en Barcelona y que tantas veces me habían devuelto a Elena a la cabeza. No sabía qué hacer, ella adoraba las flores. Me había presentado con las manos vacías en su piso de estudiantes, pero ahora estaba enfrente de una floristería y, ya que había llegado hasta allí, ¿por qué no regalarle algo tan simbólico para ella? Total, solo si de entre todas las opciones que había imaginado era la de la cursilería la que triunfaba podía echarla para atrás. Pero ¡qué coño! Hacía días que había sobrepasado el límite del ridículo. ¿Acaso me podía importar ya ganar el premio nacional al papanatas del año? Mi romanticismo estaba ya más que constatado, no pasaba nada por hacer un poco más el payaso.

La señora entrada en los sesenta que regentaba la tienda me atendió muy predispuesta y su amabilidad hizo que me sintiera una presa fácil, carne de cañón enamorada. Seguro que me tomó como un tonto más que quería aprovechar el día para firmar su propio contrato de arras y cercar un poco más el compromiso con su amada.

—¿Qué desea, joven? ¿Buscando algo bonito para San Valentín?

—Bueno, en mi caso, San Valentón.

—¿Perdona?

—Nada, nada. Busco algo sencillo. No quiero pasarme.

—Las flores nunca son demasiado, querido.

—Ya, pero en mi caso hasta un capullo lo sería.

—¿Qué te parece este ramito? —Me mostró un ramo con tres rosas rojas. Recordé que Elena odiaba los ramos de rosas como ese, pero la mujer siguió—. ¿Sabías que el número tres es el símbolo del desarrollo y de la intención de evolucionar a lo largo del tiempo? Si le regalas un ramo como este, le estarás confesando tu compromiso —concluyó guiñándome el ojo.

—Vaya, creo que ella no necesita más confesiones. ¿Tienes dalias?

—¿Dalias? ¿Quién regala dalias por San Valentín? Las dalias solo florecen en verano, guapo.

—¿Y alguna otra flor que no sea una rosa?

—Uy, ¡te ha tocado una de esas chicas que va de alternativa pero que luego quiere pedida con un buen pedrusco! Dios te pille confesado, cielo. —Me estaba empezando a poner de mala leche—. Lo siento, el resto de las flores las tenemos guardadas en la cámara. Solo tengo rosas, ¡que es lo que toca! —concluyó algo indignada.

Me fui de la tienda y busqué otras floristerías alrededor con la aplicación del móvil. Una vez que tomo decisiones ya no hay nadie que pueda arrebatármelas, y aquello de aparecer con un ramo haciendo todavía más el primo se convirtió, más que en un propósito, en una misión. Tuve que entrar en dos floristerías más hasta encontrar un ramo de flores alternativas a las rosas. Por fin, me hice con un ramo de claveles rojos. Me ofrecieron un peluche de oso agarrando un corazón, pero eso ya me pareció que excedía el nivel de pringado que podía permitirme.

Llegué dos horas antes a la cafetería Sol. Me pedí un café con leche y esperé mirando al infinito. A las cuatro y media de la tarde, el móvil sonó. Recibí un SMS, como en los 2000, y esa vez no resultó ser publicidad; era Elena. El corazón empezó a sacudir cada uno de mis órganos descontroladamente. Su nombre, el fantasma intangible con el que había convivido durante todos esos meses, aparecía iluminado en la pantalla de mi teléfono móvil, recién llegado de alguna tumba abierta o de algún lugar para mí inalcanzable. Temblé al deslizar el mensaje para abrirlo.

Hola Jero, iré, pero quedamos
en el bar La Licores, en Chueca.
Espérame dentro. Me tienes que prometer
una cosa: cerrarás los ojos
a las 18 h en punto

Si me parecía sobrenatural que me hubiera escrito, me resultaba histórico que la idea loca y rocambolesca que me había llevado a Madrid para hablar con ella fuera a dar sus frutos. Elena acudiría a mi cita y yo me sentía aterrado y triunfante, caminando entre dos mundos opuestos, como mi vida desde hacía meses. Ese hecho eliminaba una de las posibilidades entre el millón que barajaba en mi cabeza; ya solo quedaban novecientas noventa y nueve mil novecientas noventa y nueve respuestas. Seguía lleno de incógnitas. Había decidido utilizar el SMS para contactar conmigo, por lo que asumí que seguía bloqueado, y eso no eran buenas noticias, pues que no quisiera desbloquearme significaba que nuestra cita solo iba a servir para decir adiós. Además, sus palabras todavía generaban más incertidumbre. ¿Por qué había cambiado su barrio por un bar en el centro? Y, sobre todo, ¿por qué me había pedido que mantuviera los ojos cerrados?

El cambio de planes me hizo volver a pasear el ramo de claveles por la ciudad y regresar al centro. El nuevo punto de encuentro estaba muy cerca de mi hotel; si alguien hubiera visto mi deambular sin norte a través de un GPS, estoy seguro de que habría llamado a la Guardia Civil. Aun así, todavía llegué veinte minutos antes de las seis. El bar era pequeño y oscuro, iluminado por luces led de colores que lo situaban entre un bazar chino y una discoteca. Sin embargo, el ambiente era ameno, la música pop sonaba a todo volumen y la gente entablaba conversación entre copas. Una vez allí, todavía me costaba más entender por qué Elena, la amante de las flores y los lugares tranquilos y agradables, había cambiado una cafetería por un lugar oscuro y festivo como ese en el que perfectamente podía empezar una noche intensa de fiesta y desenfreno. Me senté a una mesita con dos sillas cerca de la entrada, de espaldas a la barra y a la puerta. El ramo era demasiado grande y vistoso, y ocupaba toda la mesa. Habría llamado la atención en cualquier lugar, pero todavía más en uno como ese, poco acostumbrado a celebrar San Valentín. Más que para una cita romántica, ese bar era el rincón perfecto para empezar a celebrar el desamor. Quizá Elena buscaba eso, hacer las paces con tequila y vivir una noche loca conmigo antes de decirme adiós. Me puse triste; a pesar de sus esfuerzos para invitar a la locura y al subidón, el bar me deprimía porque era el antagonismo de los clichés que se supone que llevan hasta el infinito.

—¿Qué te pongo? —me preguntó el camarero echando un vistazo de reojo al ramo de claveles.

—Te iba a pedir una doble…

—Pero…

—Nada, mejor una doble. Sería un desastre que pidiera algo más fuerte.

El camarero puso los ojos en blanco y volvió a la barra a

preparar mi original brebaje. Regresó enseguida y yo aparté un poco el ramo para que él pudiera servirme el vaso de cerveza y un pequeño bol con cacahuetes, que devoré con ansiedad. Intenté tener un comportamiento más normal con él para que a las seis en punto no me mirase como un pirado cuando cerrara los ojos, aunque la performance del ramo y las pintas de pardillo me lo habían puesto ya difícil. El hombre suspiró como si se arrepintiera de haber abierto un bar que solo conseguía atraer a lunáticos y se metió de nuevo en la barra como intentando protegerse de tipos como yo. Quedaban cinco minutos para las seis de la tarde y, si el día me pareció flemático, aquellos minutos se me hicieron infinitos. No había manera de que los números avanzasen por mucho que comprobase cada dos segundos la hora en el móvil. Me sudaban las manos y me ardían las ganas de vomitar en el estómago. Por fin, las dieciocho cincuenta y nueve. Había llegado el momento de guardar el móvil en el bolsillo, esperar a que Elena llegase pronto y desear que nadie del bar me juzgase o, lo que era peor, me robase la cartera. Intenté esconder el ramo, pero era imposible. Cerré los ojos y le imploré a la suerte que tuviera piedad de mí.

Todos los sonidos del bar repicaban en mi cabeza, desde el movimiento nervioso de la goma de una deportiva moviéndose incesante contra el suelo, la cucharilla metálica que removía algún cóctel a unos metros de mí, el sifón llenando un vaso de vermut en la barra o el bajo de la canción de Britney Spears que bombeaba como un corazón. De repente, oí el sonido de la puerta y sentí una bocanada de aire frío colarse en el bar. No sabía si era Elena, pero a mí se me encogió el estómago.

37

Elena

Hacía años que no iba a La Licores. Había ido un par de tardes a tomar una copa barata antes de salir con las chicas y lo recordaba un antro agradable en el que pasar inadvertido. Me alegré al comprobar que seguía igual que siempre, la misma decoración, las mismas luces de colores y el mismo tipo barrigudo en camiseta que despachaba malhumorado. Antes de abrir la puerta del bar, me aseguré de que Jero estuviera dentro. Reconocí su cabellera enmarañada y su espalda ancha de surfista en una de las mesas cercanas a la puerta. Empecé a temblar tan fuerte que tuve que apoyarme en la fachada del edificio para abrir los brazos, respirar hondo e intentar calmarme. Jero se había sentado de espaldas a la puerta y eso me reconfortó, porque me ponía las cosas un poco más fáciles y me dio algo de seguridad. Sobre la mesa y ante él tenía un ramo enorme de claveles rojos que me hizo sentir una persona horrible. Tras un par de minutos observándolo desde fuera, me atreví a entrar. El calor del bar se metió de manera abrupta en el abrigo. Sentí las mejillas y las orejas calientes. Respiré hondo y me acerqué a su espalda, me coloqué tras él y le tapé los ojos con mis manos frías. Él reaccionó dando un breve salto.

—No te asustes. Soy yo.

Jero se quedó quieto, incrédulo.

—¿Tienes los ojos cerrados?

Jero asintió obediente.

—¿Y me prometes que los seguirás teniendo cerrados? —le insistí.

—Sí.

Su voz me devolvió a la vida. Sentí que me había olvidado de ella y me aterró la posibilidad de no poder oírla nunca más, pero seguí adelante.

—Me siento a tu lado, ¿vale?

Jero seguía muy quieto. Avancé un par de pasos rodeando la mesa, el ramo de claveles, la cerveza empezada y el bol de *snacks* vacío. Arrastré la silla que había frente a él y la coloqué a su lado para tenerlo más cerca e impedir con las manos que me mirase si fuera necesario. Me senté sin decir nada, me permití observarlo con detenimiento, como hacemos con los juguetes en sus cajas en el instante antes de romper el precinto. Lo vi algo demacrado; es imposible que el invierno le siente bien a alguien, pero seguía conservando ese atractivo perenne que le distinguía del montón. Tuve la tentación de hacerle abrir los ojos y poner fin a todo, pero me resistí, porque, en el fondo, no deseaba que la magia se acabara para siempre. Yo seguía intacta en su memoria y no quería romper en dos a esa Elena que quizá ya solo existía en su cabeza.

—¿Estos claveles son para mí? —pregunté al fin.

—Claro. —Y tras una breve pausa añadió—: ¿Quién si no querría claveles en vez de rosas para San Valentín?

—Te has acordado.

—Te dije que pensaría en ello cuando te comprase flores. Y no ha sido fácil, créeme; en todos los sitios me querían vender rosas rojas. ¡Hay que joderse!

—¿Tú siempre cumples tus promesas?

—Eso parece. —Y sonrió y yo me quedé mirando su sonrisa como los drogodependientes cuando vuelven a cruzarse con su adicción.

—Ya… Perdona, estoy nerviosa —dije para romper el silencio que empezaba a interponerse entre los dos.

—Tranquila, yo también. De hecho, estoy esperando a que me envíes a la mierda de un momento a otro.

—No lo voy a hacer —dije suspirando.

—Entonces ¿dejas que abra los ojos?

—Todavía no.

Ladeó sutilmente el cuello y luego inclinó la cabeza hacia las piernas, rendido.

—No pensaba que fueras a venir, después de todo. Solo necesito que me contestes… ¿Por qué desapareciste? ¿Por qué fuiste tan dura conmigo?

Antes de que pudiera responder, el camarero apareció entre nosotros y me interrumpió.

—¿Qué te pongo? —dijo mirando hacia la calle.

—Un Bitter, por favor. —Me miró sutilmente, anotó mi petición en un bloc de notas y volvió a la barra.

—Joder, avísame la próxima vez que venga, que yo no veo y me siento un poco ridículo.

—No era mi intención hacerte daño.

—¿Te has enamorado de otro? ¿Tus padres están bien? En serio, llevo casi cinco meses formulando hipótesis y teoremas sin explicación. Y solo tú tienes las respuestas. ¿Me las das, por favor? No puedo seguir así.

—Vuelve el camarero —le susurré, y Jero giró la cabeza hacia la calle.

—Aquí tienes. —Los brazos del camarero cortaron la tensión creciente entre nosotros y dejó un vaso con dos hielos y una rodaja de naranja, un Bitter y otro pequeño bol con una mezcla de frutos secos.

Cuando el hombre se alejó, Jero volvió a girarse hacia mí. Yo respiré hondo porque no encontraba las palabras para empezar a contarle lo ocurrido. Le cogí fuerte de las manos y me costó tragar la poca saliva que me quedaba en la boca. Él reaccionó.

—No me asustes, déjame abrir los ojos. —Hizo un breve movimiento con la cabeza y me alarmé al pensar que quizá estaba dispuesto a abrirlos. Reaccioné exageradamente tapándole los párpados con las manos.

—Pero ¿qué haces? ¡Te he dicho que no iba a abrir los ojos! ¡Confía en mí!

—Perdona... —le dije retirando las manos.

—Hostia, Elena, no sé de qué va este juego. He dejado de entenderte y, joder, mira que me duele sentir eso. —Me puso triste, pero tenía razón—. ¿Me puedes contar qué ha pasado? Sería un gran detalle, porque llevo más de cuatro meses defendiéndote ante mis amigos. Ellos dicen que me has hecho un ghosting en toda regla, pero yo no me lo creo. ¿Tú qué opinas? —dijo mostrando su enojo.

—Que no ha sido un ghosting.

—¡Pues qué alegría me das! ¡No me van a creer cuando se lo cuente! —dijo irónico—. ¿Me das algún detalle más para defender mi argumento? Es que necesito un poquito más de información, porque si voy solo con esto se pensarán que me lo estoy inventando, y ya están empezando a tomarme por loco. —Atento, ocurrente y sagaz. Jero me estaba mostrando su versión más total y pura, la que me había encandilado y que tanto miedo me daba perder.

—Mira, yo no quería hacerte daño.

—Vamos, eso no es una respuesta.

Tenía muchas ganas de sincerarme y contarle mis últimos meses alejada de él, pero me di cuenta de que me encontraba ante un Jero inestable y temí que no fuera un buen momento para hacerlo. Era un valiente herido, porque el coraje no está absuelto de derrotas, al contrario. Cuanto más valiente se es, más cicatrices que contar. Yo siempre me había cobijado de la metralla, había preferido el control a la aventura y, si bien me arrepentía de mis cortas exploraciones, una vez que había salido de mi zona de confort no solo había descubierto la belleza de la plenitud, también las heridas que se pagan por vivir intensamente. Jero también estaba tocado, pero no hundido como yo. El mismo que me había desterrado del dolor aparecía ahora, la víspera de San Valentín, con un ramo de claveles para devolverme a la incertidumbre y al ajetreo, para seguir brindándome amor a pesar de mi obstinación por rechazarlo. Quizá él era, otra vez, mi última oportunidad de salvarme, aunque en aquel momento también entendí que tal vez a él tampoco le quedaba otra. Me supo mal tener la llave de su felicidad. Porque, la verdad, no sabía muy bien qué hacer con ella.

—¿Cómo me has encontrado?

—¿Por qué desapareciste?

—Ya te lo he dicho, porque no quería hacerte daño. Era demasiado.

—Joder, es que sigo sin entenderte.

—Son muy bonitos.

—¿El qué?

—Los claveles.

—No sigas.

Volví a sentirme acorralada al final de mi calle sin salida; no sabía cómo sacarnos a los dos de allí por mucho que quisiera hacerlo. Y como no sabía hacia dónde tirar, rompí a llorar desconsoladamente, como lo hice en Sri Lanka cuando acabó mi canción preferida. Jero en Madrid, su llegada inesperada a casa de mis padres, la carta que no podía decir más de lo que decía y tenerle frente a mí me había devuelto a la felicidad de forma momentánea y no sabía cómo gestionarlo. Esa vez algo había cambiado; por mucho que gritase, nadie podía salvarme. Tarde o temprano Jero descubriría la persona horrible en la que me había convertido.

Jero trató, a tientas, de llegar a mi rostro y alcanzarme, pero yo me aparté antes de que pudiera tocarme y él solo consiguió dar manotazos al aire.

—Deja de llorar, por favor, Elena. No soporto oírte llorar y menos no poder consolarte —dijo bajando el tono y mostrando su lado más comprensivo.

Yo era incapaz de decir nada y solo conseguía sollozar cada vez más fuerte, a lo que él respondió exaltado.

—Ya está bien —sentenció.

Y, entonces, abrió los ojos para encontrarse con mi sucedáneo.

38

Jero

No había peor castigo que oírla llorar. Sentía que socorrerla cuando necesitaba ayuda era lo único que se me había dado bien desde el principio, cuando empezamos esta historia intensa y llena de vaivenes emocionales que me tenían desesperado y cansado. Me acordé de cuando la acompañé a por la cena la primera noche que nos vimos, de sus miedos y de mis ganas de llenarla de preguntas como entonces. Recordé el hambre feroz con el que comía su *kottu*; parecía que hubiese cruzado el mundo tan solo para cenar esa noche frente a mí. Fue un detalle minúsculo, pero suficiente para que, a partir de entonces, no pudiera dejar de preocuparme por ella. Algo parecido afloró más tarde en la fiesta de la playa, al principio de la noche de nuestro primer beso. Ella nunca lo supo, pero yo me pasé un rato observando su tristeza incontestable a lo lejos mientras Nina se empeñaba en contarme sus éxitos profesionales como fotógrafa de moda internacional. Ella hablaba y yo observaba a Elena, cómo encogía la cabeza y se abrazaba acariciándose los brazos con las manos. Quería ser yo quien la sostuviera, pero tampoco pretendía infantilizarla ni ser condescendiente. Simplemente deseaba estar cerca por si en algún momento necesitaba mis brazos, aunque solo sirvieran para abanicarla. Siempre al margen, sostenido pero alerta. Quizá por eso fui el primero que la vio llorar en medio de la pista de baile. Ni Kate ni Amelia ni ninguno de los demás pareció darse cuenta de lo que estaba sucediendo. Esa noche logré calmarla y abrirle la puerta para que volviera a llenarse de luz. Pensaba que lo había conseguido, que me había dejado formar parte de su mundo, ser su perro guardián y, más que eso, su compañero de batallas. Pero había habido una guerra desconocida en la que no me había dejado ayudarla. Quizá el momento había llegado, estaba dispuesto a volver a convencerla de que siempre tendría un apoyo a mi lado, pasara lo que pasase. Así que me salté las normas y abrí los ojos. Y entonces entendí una gran parte de la historia. Pero todas las preguntas que no había contemplado hasta entonces empezaron a querer salir de mi boca, punzantes y deslenguadas, como dardos hirientes que solo buscaban tener entre mis manos todas las partes de esa historia que se me había vetado.

La mitad izquierda de la tez de Elena permanecía tan angelical como siempre, intacta e inmaculada; la otra, en cambio, estaba cubierta por una mancha rosada de piel nueva que había borrado algunos detalles de su expresión. La piel lacerada cicatrizaba lenta, como un bosque carbonizado que desea renacer.

Quería abrazarla y acariciarle la cara sin reparo, como siempre, para demostrarle que no me había impresionado, pero me quedé helado, sin saber muy bien si mis caricias podían hacerle daño. Al ver mis ojos abiertos y mi expresión atónita, ella reaccionó tapándose enseguida el rostro con las palmas de las manos y empezó a llorar más y más fuerte. Yo me giré hacia las mesas que había en el interior del bar para cerciorarme de si el resto de los clientes estaban mirándonos, pero a nadie parecía importarle nuestra historia. La oscuridad y el volumen de la música seguían manteniéndolos entretenidos con su vida. Entendí por qué Elena había escogido ese bareto para nuestra cita; no se le había ocurrido un lugar más oscuro en el que poder llorar tranquila. Su rostro había cambiado, pero no me parecía repulsivo. Al contrario, la cicatriz demostraba la fortaleza de la mujer que siempre supe que tenía delante y su capacidad de rehacerse.

Me acerqué todo lo que pude a ella y puse las manos sobre las suyas. Tiré con suavidad para volver a ver su rostro y demostrarle que no pasaba nada. Ver la nueva versión de Elena me había llenado de lágrimas atravesadas, pero no quería que se soltaran del lagrimal para tratar de no incomodarla más.

—Tranquila, ¿vale? —le dije acercándome a su rostro, tomándolo con las manos e intentando que entendiera que estaba en un lugar seguro.

La abracé fuerte y sentí su respiración acelerada, como la de un gorrión entre las manos. La apreté un poco más contra mi pecho para sostenerla, para calmarla, y pareció que funcionaba. Le susurraba al oído, «shhh…, shhh…», y, poco a poco, el ritmo se fue sosegando. Suspiré para que notara mi cuerpo todavía más cerca del suyo y seguimos entrelazados durante mucho tiempo, como si lleváramos siglos buscándonos y no quisiéramos separarnos nunca más.

Me distancié de ella tan solo unos milímetros porque no quería volver a perderla, lo suficiente como para poder besarle la frente, la ceja y los restos de piel cicatrizando. Noté cierta resistencia.

—¿Te duele?

Ella negó con la cabeza.

—Solo una pequeña molestia, como un cosquilleo.

—Escúchame —dije cogiéndole de nuevo las manos—, no sabes lo que me alegra volver a verte y comprobar que sigues siendo la misma de siempre.

Suspiró descansada y nos miramos profundamente, como antes, pero esa vez rompí a llorar. Fui incapaz de contener por más tiempo las lágrimas que me habían acompañado durante todos esos meses. Por primera vez, fui yo quien no pudo aguantarle la mirada y eso la hirió.

—Mientes, no soy la misma. Ya no puedes mirarme —dijo decepcionada.

—No es eso —le confesé abriendo de nuevo los ojos mojados y agarrándole las manos—. Aunque no te lo creas, lloro de alivio; entiendo que te pueda parecer un disparate.

—Pero ¿por qué?

La miré con ternura y admiración porque no había otra manera de hacerlo. Había sobrevivido a todo un viaje de ida y se merecía cada uno de mis aplausos. Elena ya no solo era esa amante del costumbrismo y de los detalles que me encantaba, ahora además era una superviviente. Le sonreí porque por fin estábamos juntos. Habíamos inventado constelaciones en el infierno y el miedo nos había paralizado. Sin embargo, allí me convencí de que la quería más que antes y de que el amor sanaría hasta la lava más seca y oscura de la incertidumbre. Íbamos a conseguirlo juntos, porque solo así seríamos capaces de salir del fuego sin quemarnos.

—Porque acabo de descubrir que podrías estar muerta, Elena. No quiero ni imaginar mi tristeza si te hubiera pasado algo. Entiendo tu dolor, pero, créeme, estás preciosa, como siempre.

—Lo siento… —musitó separándose levemente de mí.

—No digas eso, por favor. Al contrario, tendría que darte las gracias.

—Es que no tengo palabras… No te merecías que desapareciera así, pero no sabía qué hacer, solo quise adelantarme y evitar que tuvieras que inventarte excusas y que me dejaras. Quería ahorrarte todo el paripé y ponértelo fácil.

—Pues me has hecho pasar los peores meses de mi vida —le dije sonriéndole y acariciándole el pelo.

—Lo siento, tenía mucho miedo. Creía que eras diferente, pero no tanto como para soportarlo.

—Deja de sentirlo, en serio. Y, a partir de ahora, confía en mí, por favor. ¿Quieres contarme qué te ha pasado?

39

Elena

—Era lunes 17 de septiembre, el típico día que empiezan los cursillos. ¿Te acuerdas de la vuelta al cole? A mí me encantaba volver a empezar. Si te das cuenta, somos adictos a los principios y creo que es porque conservan la esperanza intacta. Hace tiempo se hizo viral un texto en el que se hablaba justo de eso, de que celebramos los inicios y no los finales, quizá te llegara a ti también. —Jero negó con la cabeza, y yo continué—. ¡Con lo bonito que sería celebrar que hemos llegado, que lo hemos conseguido! ¿No te parece? Deberíamos popularizar las bodas de plata y de oro. Porque qué más da cómo empezó la historia, lo importante es que el tiempo les ha dado la razón. —Jero me escuchaba atento, sin apenas pestañear. Yo sentía que me estaba yendo por las ramas, pero no sabía muy bien cómo empezar—. En fin —suspiré—, vuelvo a la historia. Lo que quería decir es que, cuando la universidad acabó, septiembre se convirtió, por primera vez, en un mes corriente. En cambio, nuestra historia lo rebautizó.

Sentía que me emocionaba, pero no quería volver a llorar, así que me detuve, tomé aire y pegué un trago al Bitter.

—El amor tiene el poder transformador de cambiarlo todo y los lunes solo significaban un día menos para verte —continué. Él me cogió de la mano y me acarició—. Te juro que me gustaría saber exactamente cuándo acaban las épocas, sobre todo las malas, porque entonces sí que celebraría sus finales a lo grande, joder. Pero es que nunca sabes cuándo todo puede complicarse todavía un poco más. Y yo me precipité —dije negando sistemáticamente con la cabeza— porque celebré el fin de la mala época antes de tiempo; mi principal error fue cantar victoria a la mitad del partido... Como cada mañana, fui a trabajar en moto...

—¿Tuviste un accidente? —me interrumpió Jero.

Asentí. Me quedé unos segundos callada, preparándome para explicárselo.

—Hostia puta, ¡la moto! —dijo cabreado—. Joder, tenía que haberte quitado la idea de la cabeza.

—No fue culpa tuya, Jero. No fue culpa de nadie. Sabíamos que la moto era un riesgo, pero también supuso una liberación. Fue un accidente y los accidentes suceden, sin más. Esa mañana no había llovido y tampoco iba rápido. Créeme que he intentado reconstruir la escena muchísimas veces, pero tengo un vacío enorme a partir de un punto del trayecto. Me contaron que me desequilibré en una rotonda por una mancha de aceite que no vi. —Jero siguió negando, enfadándose más y más consigo mismo—. La moto resbaló y yo caí sobre el asfalto. Todo mi costado derecho impactó contra el suelo. A partir de allí, mi memoria empieza a entelarse y la siguiente imagen de ese día es ya por la noche, cuando desperté en el hospital. Las primeras horas las pasé nublada por los antiinflamatorios y los calmantes. Tenía flashes de memoria y me sentía muy aturdida sin saber muy bien qué había sucedido. Cuando por fin entendí que había tenido un accidente y que estaba postrada en la cama rodeada de mis padres, mi mayor temor fue haberme roto una pierna y no poder disfrutar del fin de semana contigo en Madrid. ¡Qué tontería! Ahora pienso en eso y me siento ridícula. Pero bueno, a pesar de la caída, solo me rompí un par de costillas y tuve contusiones por todos lados. Lo peor se lo llevaron el brazo y la rodilla derechos y, como ya has visto, parte de la cara, donde sufrí quemaduras de segundo y tercer grado. Y todo por ese estúpido casco de verano. ¿Ves? No es culpa tuya, tú me lo advertiste.

Jero no sabía qué decir, no me hizo ningún reproche ni nada. Solo siguió mirándome, esperando quizá el momento que justificase mi decisión de apartarlo de mi vida.

—Estuve ingresada en el hospital una semana, el móvil quedó inutilizable con la caída y no pude contactar contigo hasta un par de días después, cuando mi madre rescató mi teléfono antiguo y pudimos cambiarle la tarjeta. Ella misma fue quien te escribió lo que yo le iba dictando. En ese momento, todavía no sabíamos las consecuencias que tendría la caída y no quería meterte en todo esto. Por eso quise ganar un poco de tiempo dándote largas hasta saber qué había pasado. Sabía que lo entenderías y no quería preocuparte.

—Deberías habérmelo contado.

—Quizá, pero en ese momento pensé que no era una buena idea.

—Ya...

—Y nada, en el hospital me hicieron un TAC para comprobar que todo estaba bien, me limpiaron, drenaron y curaron las quemaduras, y me tuvieron en observación. Al final, los doctores concluyeron que había tenido mucha suerte, o al menos eso me dijeron. Es curioso cómo en el peor de los casos también se puede ser afortunada. La piel me dolía horrores, las quemaduras dañaron casi de forma total la epidermis y la dermis, pero por suerte para mí no afectaron a las terminaciones nerviosas. Eso evidentemente es bueno, pero significa que el dolor es insoportable. Tenía que ir todo el día drogada para aguantarlo y, aun así, dolía mucho. A pesar de eso, yo estaba contenta porque estaba viva y, sobre todo, llena de ganas de vivir. Pero una vez que celebras el triunfo, de nuevo, demasiado pronto, viene la caída. Yo me sentía pletórica, en la cima, pero entonces me miré al espejo y perdí la sonrisa.

Jero puso una cara de dolor que no se me olvidará nunca y me apretó un poco más la mano, como queriendo sujetarme.

—Fue al tercer día de estar ingresada, mis padres habían evitado que lo hiciese antes para que no me diera impresión, pero tarde o temprano tenía que asumirlo. Tenía la mitad de la cara quemada y herida. En serio, no te lo puedes imaginar. Empecé a echarme de menos. Me había convertido en un monstruo irreconocible. En un segundo pasé a ser alguien lejano y desconocido que me costaba horrores asumir que era yo misma. Me vi incapaz de seguir teniendo contacto contigo. Unos días más tarde me enviaste el mensaje en el que me decías que me querías y entonces comprendí que te habías enamorado de mi antigua yo. Pero ya no podía ofrecértela, había cambiado para siempre y era imposible que quisieras esta versión. Tomé el camino recto, te bloqueé de todas las vías de comunicación que podían acercarte a mí y decidí que lo mejor para los dos sería que me olvidaras.

—Pero no me dejaste decidir...

—Ya lo sé. Y no debería haberlo hecho, pero estaba devastada. Las primeras semanas fueron muy duras, me dolía todo, no podía caminar bien y cada vez era más evidente que la recuperación estética iba a llevarme mucho tiempo. El dolor fue disminuyendo con el paso de los días, ya no tenía que ir cada día al centro de salud a hacerme las curas y fui a mejor. Si te soy sincera, estaba convencida de que la piel se acabaría recuperando y te aseguro que soñaba con ese día para volver a llamarte, explicártelo todo, rezar para que me perdonaras y, quién sabe, quizá volver a intentarlo. Me he estado aplicando rosa de mosqueta en las heridas prácticamente cada hora, hice todo lo que me dijeron, pero, aunque la piel ha ido mejorando y lo seguiré haciendo con el paso del tiempo, ahora sé que, en el foco del impacto, me quedará una cicatriz permanente. Dejé el piso y el trabajo y volví a casa de mis padres. Necesitaba que alguien me cuidase y, francamente, no podía pedírtelo a ti. Casi no he salido de casa en todo este tiempo porque la gente te mira la cicatriz, hace comentarios... He preferido ahorrármelo, la verdad. Durante semanas evité mirarme el espejo y, si te soy sincera, todavía me cuesta hacerlo. Si hoy aún soy incapaz de aceptarme, ¿cómo podía pedirte que lo hicieras tú?

—No sigas —me interrumpió—. No te voy a dejar sola nunca más.

Jero se acercó a mí y me abrazó de nuevo. Tuve la sensación de que ninguno de los dos quería romperlo. Cuando nos separamos, sentí que me miraba exactamente de la misma manera en que lo hizo la última vez que nos despedimos. Entonces sí que percibí que, para él, seguía siendo la misma, y eso me devolvió una parte de mí que me creía incapaz de recuperar. Una lágrima de felicidad resbaló por mi piel abrasada. Él se fijó, como quien descubre un diamante en el fondo de una mina oscura, y la secó con el interior de su dedo índice. Había llorado de angustia, de dolor, de miedo y de pena. Se me habían hinchado los párpados, había empapado la almohada e, incluso, había llorado lágrimas vacías. Pero esa tarde aquella lágrima minúscula, solitaria y desacomplejada era diferente a todas las demás. Escondía un brote de emoción, una pizca de esperanza y todo gracias a la mirada acostumbrada con la que me había premiado Jero.

—Gracias por haber venido, por existir y, sobre todo, por estar viva. No me puedo imaginar la vida sin ti. Y mucho menos ahora, después de saber que has estado al borde del precipicio. No quiero que llores más, ¿vale? —Me miró con sus ojos negros y al fin sonrió.

—Gracias a ti por haber venido a buscarme... Cumpliste la promesa.

Nos quedamos unos instantes mudos, sostenidos. Creo que ninguno de los dos se acababa de creer que nos hubiéramos reencontrado.

—No podemos quedarnos aquí —dijo al fin Jero—. Quiero celebrarte. Tengo una idea, ¿te vienes a descubrir Madrid?

—¿Me lo estás diciendo en serio? —le pregunté, incrédula, pero confiada en que tenía algo preparado.

—Bueno, no creo que pueda hacerte un tour al nivel del de Barcelona, pero ¡déjame intentarlo!

Yo asentí y él dejó un billete de veinte euros en la mesa, me tendió el ramo de claveles para que lo cogiera, me agarró de nuevo la mano y me sacó a la calle.

—Pero ¿qué haces? Lo que nos hemos tomado no vale veinte euros.

—He tomado la mejor cerveza de mi vida, se merecen eso y mucho más —dijo alegre—. Además, no aguanto ni un minuto más en este antro. No tenemos tiempo que perder.

—Pero ¿a qué viene tanta prisa?

Salimos del bar y me tiró de la mano hacia la Gran Vía, tal y como había hecho meses antes por Barcelona. Recorrimos las calles semipeatonales de Chueca, llenas de tiendas de lencería masculina, ambiente y, a esas horas, abarrotadas de gente. Avanzaba rápido, sorteando a turistas y madrileños, y yo intentaba seguirle el ritmo. Nos abrimos paso y cruzamos la plaza de Pedro Zerolo. Me estaba llevando a la Gran Vía. La avenida nos recibió con más muchedumbre, recorrimos brevemente sus aceras hasta que, al final, se paró en uno de sus hoteles y me metió en el ascensor. En ese momento me sorprendió que tuviera tan claro dónde estaba, pero más tarde descubrí que era allí donde se alojaba. Pulsó el botón que llevaba a la azotea y me rodeó la cabeza con las manos. Sentía su calor y un perfume que me teletransportó a la Costa Brava, al verano y al recuerdo de su cuerpo desnudo rozándose contra el mío. Pero, cuando las puertas estaban empezando a cerrarse y él se encontraba a punto de besarme, la puerta del ascensor se abrió de nuevo y un par de señores con traje se metieron en él. Ambos reímos escandalosamente y los señores nos miraron con indiferencia. El ascensor subió ocho pisos y se detuvo en las alturas. En la azotea, una terraza enorme desafiaba al frío con estufas, música y mucho ambiente.

—Hemos llegado, creo que todavía estamos a tiempo.

Nos sentamos en un sofá en uno de los extremos de la terraza, un poco apartados del gentío. El cielo de Madrid se había teñido de fuego y colores vibrantes. Estaba a punto de anochecer.

—Nos merecemos un nuevo horizonte —dijo convencido.

Rescaté mi antigua sonrisa y se la ofrecí de nuevo, como una luna llena. Él se me acercó poco a poco y me besó como antes, con un beso lento y suave que recorría cada pliegue de mi lengua y llegaba hasta un rincón íntimo del corazón. El cielo brillaba despampanante y el amor me volvía a demostrar que era la única arma capaz de curar. A su lado, siempre seguiría existiendo un punto de fuga en el infinito, un horizonte lleno de luz.

Epílogo

—Bienvenida, Elena; bienvenido, Jero. En primer lugar, quiero daros a todos la bienvenida, en especial a los invitados que habéis venido desde más lejos. Gracias por estar aquí en este día tan mágico para los novios.

»La historia de Jero y Elena es una apuesta contra los contratiempos y el destino. A Elena la conocí hace cinco años en la ceremonia de Luis y Carlota, los primos de Jero, y entonces ya le confesé que me encantaría poder llegar a contar algún día su historia. Y es que Elena y Jero crecieron en ciudades opuestas y vivieron vidas destinadas a no encontrarse, y, sin embargo, hicieron de la suerte una oportunidad para que sus caminos se cruzaran para siempre.

»Todo empezó en un amanecer en una playa del este de Sri Lanka, rodeados de olas perfectas y elefantes milenarios cargados de significado. Allí, Jero confiesa que Elena le enseñó a mirar la vida con otros ojos y Elena afirma que Jero le devolvió la luz que hacía meses que había perdido. Esa madrugada solo se regalaron un beso, pero fue suficiente para que empezaran a soñar con ese chico de Barcelona y esa chica de Madrid que, en la otra parte del mundo, habían sido capaces de romper sus esquemas y robarse el uno al otro el corazón.

»Pero no todo iba a ser tan fácil; el miedo ante la perspectiva de una relación a distancia y las reticencias a amar en todos los sentidos dificultaron el inicio. Tuvieron que ayudar Kate y Amelia, sus dos amigas americanas que hoy han venido desde Portland, para hacerlos coincidir de nuevo y empujarlos a hacer realidad su historia.

»A pesar de la euforia, del amor y del deseo, el destino todavía les tenía preparado un pedazo más de mala suerte. Y a pesar del silencio y de los consejos disuasorios de todos sus amigos, Jero se empeñó en recuperar a esa chica que un día le enseñó a mirar el mundo de forma diferente. Y así, rompiendo cualquier pronóstico que señalaba un futuro por separado, cumplió su promesa de ir a buscarla si ella volvía a perderse, trazó un plan perfecto como detective y llegó de nuevo hasta ella para enamorarse más si cabe de su belleza y confirmar que, juntos, formaban el horizonte.

»Y ahora sí, hemos llegado al momento más importante de la ceremonia, el intercambio de los anillos, símbolo de la unión y del matrimonio.

»Jero, ¿quieres seguir coleccionando amaneceres junto a Elena?

—Sí, quiero.

—Elena, ¿quieres seguir coleccionando atardeceres junto a Jero?

—Sí, quiero.

Agradecimientos

Gracias a Gonzalo por ser el maño en el exilio que me ayudó con las referencias de Madrid; a Maca, de Hip & Love, por ser fuente de inspiración y por pensar en una corona de flores que impresionara a Elena; a Héctor por ilustrarme con sus clases magistrales de Historia del Arte; a Ekaterina por hacerme siempre fotos importantes; a A Eme por hacerme posible; a Ana, Elena e Inés y a todo el equipo de Penguin Random House por haberme ayudado tanto. A E por dejarme dormir durante los meses de escritura; y a Adrià por todo. Y, en especial, gracias a todas las parejas de novios que alguna vez confiaron en mí y me explicaron sus dulces, intensas y bellas historias de amor para hacerme vivir tantas historias de amor de verdad. Sin duda, el amor también mueve el mundo.